首都圏大震災

東邦大学名誉教授
牧野武則
Makino Takenori

幻冬舎

首都圏大震災

装幀／舘山一大

目次

主な登場人物

木田雄三　経済産業省審議官
吉岡　武　「ディープソート」の開発者
長田　昭　地震観測センター教授（チームパンドラ）
小池康弘　海上保安庁海洋情報センター　研究員
秋山　茂　海洋研究開発機構　研究員
斎藤幸子　「ディープソート」のプログラマ
浅田裕美　ジャズボーカリスト
高田　宏　ジャズギタリスト
琴平太一　フリーの科学ジャーナリスト
権藤　順　経済産業省（チームバベル）
山城　豊　国土交通省（チームノア）
小林敬太　ＩＴ企業社長

プロローグ

永田町の首相官邸の一階にある記者会見室は、内外の記者だけでなく、国会議員や政府の地震調査研究推進本部（地震本部）の関係者で満席だった。薄いブルーのカーテンの前に大きなスクリーンが置かれ、右端のテーブルには、地震本部の各委員長や気象庁長官が座っていた。記者たちは、この会見で地震に関する何らかの発表があることを前もって知らされていた。

厳しい表情の官房長官が会見室に入ってくると、ざわついていた室内は水を打ったようになった。長官の表情から重大な発表がなされることは全員に伝わった。多数のマイクが置かれた演台に立った長官は、コップに水を注いで一気に飲み干した。そして記者たちを見渡して、

「今日は、政府の地震本部から重大な報告があります」と切り出し、一呼吸置いた。

「地震本部の調査委員会では、三年前に相模トラフのプレート境界で地震が発生する兆候を発見し、これまでにその地域に集中して稠密《ちゆうみつ》観測を行ってきましたが、詳細な分析の結果、それが巨大地震になる確信を得ました」というと、会見室はざわついた。

ほとんどの記者たちは、情報が錯綜している南海トラフのプレート境界の地震に関する報告だと思っていた。相模トラフのことは予想していなかったため、この意外な発表に戸惑った。

「信じがたいことですが、震源域は大正関東大震災の時より広く、その規模は一七〇三年の巨大な元禄関東地震さえ超えると想定されています」

官房長官は持っていたメモに目を落とした。

「マグニチュードは8・2。その発生時期は、本日から十四ヶ月プラスマイナス三ヶ月後と予測されています。つまり来年の十月から再来年の四月までで、最も確率が高いのは再来年の一月です」官房長官がそういって一息つくと、会見室は蜂の巣を突《つつ》いたように騒がしくなった。

静かになるのを待って、スクリーンの震度分布と津波による浸水のマップを紹介しながら、

「この地震の震源域には東京都心も含まれ、神奈川、千葉を始め首都圏のほとんどが大きな被害を受けることが予想されています。伊豆半島を中心に東海地方東側も含まれます。すでに、気象庁での地震防災対策強化地域判定会で、研究者を交えて地震の発生と規模の判定がなされており、この先、地震発生の可能性が高まると判断された時点で、閣議を経て総理大臣から警戒宣言が出されます」

そして、スクリーンに想定される地震に備える政府の組織を表示した。

「現在、この事態に対処するために、一九七八年に制定された大規模地震対策特別措置法に代わる措置法をこの地域の地震に適用するよう準備を進めるとともに、中央防災会議で防災、減災の方針を策定し、順次実施されることになります」と、記者たちを見渡しながらいった。

「地震の兆候が発見された後、その可能性を検証するために、一年半前に、官邸に首都圏地震対策室を置き、文科省主管の地震本部と連携して、観測と分析を続けてきましたが、この後、

発表に至った経緯を地震本部の専門家から報告していただきます。質問やコメントはその後でお願いします」と続けて引き下がった。

その後、会見室では、地震本部の調査委員長がスクリーンに表示された説明画面に沿って、想定された地震の規模と震源域を、その後に政策委員長が各地の震度と津波の状況を、そして中央防災会議の委員長が防災と減災の計画について説明した。

一連の説明が終わると、言葉を失った記者たちは一様に押し黙り、そして重苦しい雰囲気の中で、質疑が始まった。

神奈川県の日吉にある未来技術開発機構の研究所の会議室で、この地震の分析に関わった研究マネージャーの吉岡と研究員たちは、テレビの報道番組が伝える官邸での会見の様子を見ていた。

吉岡は、官房長官の会見を聞きながら、そもそもこの地震に関わることになった三年前の偶然の出来事を思い出していた。そして、それからXデイと呼ばれた地震発生の時期の予測に至るまで、研究員たちと共に過ごしてきた日々を思い返した。

当時、吉岡たちが開発していた量子コンピュータの試作システムは、まだ動作確認中だった。システムのテストを兼ねて、地震学者の長田の要求に応えて相模トラフのプレート境界の分析に参加したが、それからの展開は吉岡にとって予想外だった。

椅子に深く腰掛け、目を閉じた吉岡の耳には、会見の騒ぎは遠くに消えていき、次第に大きくなってくる海の波音が聞こえてきた。

一　城ヶ島

初夏の日差しの中、三浦半島の三崎口近く、三戸浜海岸から一艘のシーカヤックが、城ヶ島に向けて海面を滑るように進んでいた。吉岡は、休日を利用してファルトボートと呼ばれる折り畳みカヤックのショートツアーを楽しんでいた。

パドルから伝わる海の感触を感じながら漕ぎ続けると、仕事を離れて頭の中を空っぽにできる。彼が愛用しているカヤックは、しなやかな乗り心地と安定感が格別で、冒険家たちにも使われてきたものだ。前の年には、若狭湾の蘇洞門や三陸海岸の北山崎にもこのカヤックを持っていった。

相模湾の水平線の上に、伊豆半島そして富士山、丹沢の山々が浮かぶように連なっている。見慣れた景色だが、季節によって、また天候によって異なる趣きを楽しめる。この時期の海の中は透明で、浅いところでは海藻に覆われた海底がよく見える。海面を進むカヤックは、まるで空を飛ぶように感じられた。

小網代湾の沖合を過ぎ、油壺を経て、城ヶ島の北の狭い海峡を目指した。橋の上で手を振っている人たちに軽く挨拶をして城ヶ島大橋をくぐり、安房崎を島の太平洋側へと回り込んだ。

海鳥が群れる城ヶ島の岩礁を右手に眺めながら海岸線に沿って、ゆっくりと漕ぎ進んだ。馬の背洞門に近づくと、入り江の奥の岩壁に三メートルくらいの段差の逆断層が見えた。大昔に両側から押された地層が、見事に斜めにスパッと切り裂かれた現場である。その断層のダイナミックさにしばらく見とれた。ジオパークがある城ヶ島では至るところで断層が見られ、逆断層とは反対に両側から引っ張られてできた正断層もある。三浦半島では、地殻変動の舞台の一部を見ることができるのだ。

磯にいる釣り人たちの釣り糸に気を配りながら島に沿って長津呂崎を回り、さらに北上した。パドルのストロークピッチは一分間に八十がエネルギー効率がいいといわれている。ロードバイクのケイデンスと呼ばれるクランクの回転数も八十が最も効率がいいらしい。音楽でテンポが八十の曲だと水戸黄門の「人生楽ありゃ、苦もあるさ〜」があり、強風の日など苦しくなるとこれを歌って漕ぐこともある。今日はパドリングを楽しむため、ボブ・ディランの「ブロウィン・イン・ザ・ウインド」をピッチ六〇くらいに合わせてハミングしながら漕ぎ進んだ。

ランチ休憩をとるため、油壺の手前の諸磯埼灯台の下の砂浜にカヤックを揚げた。ライフジャケットやスカートを脱ぎ、ウエットスーツの上半身を外して身軽になって、腰や手足を伸ばした。そして、岩の上に腰を下ろして霞んだ富士山を背景に沖合を行き交う船舶を眺めた。

しばらく休んだ後、カヤックからガスコンロなどを出してランチの準備にかかった。パスタを茹で、缶詰のアサリのソースも温めてボンゴレビアンコを作った。そして缶ビールを開けて、出来上がったパスタを食べた。心地よい海風に吹かれながら食事をするのは、いつもながら至福の時間だった。

海水温は陸上の二ヶ月遅れで、六月ではまだ冷たいが、ランチの後、持ってきたマスクとフィンを付けて海に入った。透明な青みがかった海中は、遠くまで見通せる。吉岡は、しばらく体が馴染むまで、波に身を任せながら海藻が揺れる海底の変化を楽しんだ。この辺りは、熱帯の海で見られるコバルトスズメダイを始め多様な魚が観察できる。温暖化の影響で、熱帯の魚たちがここでも越冬するようになったという。

静かな海中もいろんな音に満ちている。チリチリという漁船のスクリュー音、ボコッボコッと岩にくだける波の音など聞き慣れると何の音か判断ができる。青い世界に差し込む太陽の光が美しい。ここにいると心が和むのは、人間の祖先が海洋生物だった頃の遺伝子が共鳴するのだろうかなどと思ったりする。

しばらく、海面に浮いたままシュノーケリングをしていると、聞き慣れない間欠的な低い音に気がついた。ズーズーと低く重い音で、聞き取りにくいが確かに聞こえている。何かを引きずるような音だ。なんだろうと気にはなったが、思いっきり息を吸い込み、頭を下にして海底まで潜り、ゆっくりと海中を散歩した。

砂浜に戻り、コーヒーを淹《い》れて、目の前に広がる伊豆半島をぼんやりと眺めた。太古の昔、伊豆半島がフィリピン海プレートに乗って流れてきて、やがて本州に衝突し、丹沢山系を隆起させたという話に思いを馳せた。今も恐ろしい力で伊豆半島と本州がおしくらまんじゅうをしている。

そんな様子を頭の中で浮かべていると、先ほど聞いた奇妙な音の正体が気になった。なんだったのだろうかと思い、再び潜水の準備をして海に入った。注意を集中すると、いろんな音に隠れて低い音が確かに聞こえる。少し強くなったり、弱くなったり、ゆったりとした波のように変化していた。伊豆半島と丹沢山系のおしくらまんじゅうの音かな、まさかねと思った。

小型船舶の免許証の裏に書かれている船長の心得に、酒酔い操縦の禁止とあるのを思い出したが、シュノーケリングの後ではビールの酔いも覚めただろうと勝手に判断した。もう一漕ぎとカヤックを出し、南の風に乗って出発した三戸浜海岸を目指して快調に漕いだ。

夏は海水浴客で賑わう三戸浜海岸は今は静かだった。砂浜にカヤックを揚げて、カヤックを洗い、乾くまで待って折り畳み、バッグに押し込んだ。そして、タクシーを呼んで三崎口駅まで運び、京急電車で帰宅した。

吉岡は、カヤックから戻って数日、研究の空き時間に、ぼんやりと伊豆半島とフィリピン海プレートのことを思い出していた。机の上のＭａｃでグーグルマップの画像を開き、伊豆・小笠原諸島から南太平洋までの海底地形も表示されている航空写真を見てみた。伊豆・小笠原諸島の海嶺の列は、伊豆半島を頭とする巨大な蛇がまっすぐ南に横たわっているようだ。そして、その蛇が南海トラフを突き破り、本州に嚙み付いているようにも見える。航空写真からも、この地域の地殻構造がかなり複雑なことが想像された。

本州に嚙み付いている蛇の頭の東は相模トラフで、国府津《こうづ》─松田断層は、陸地で見られるトラフの一部と見られている。数十万年前の本州に伊豆半島が衝突した壮大なドラマの現場を、御殿場近くにある神縄《かんなわ》断層で見られると聞いたことがある。ウェブで調べると、神奈川の山奥にあるその断層は、活断層としても知られている国府津—松田断層とも関係があるようだ。行ってみるかと思い立った。

その週末、吉岡は、輪行袋にロードバイクを入れて、東海道線で国府津まで運び、駅前でロードバイクを組み立てた。御殿場線に沿う県道七二号線は、将来地震が発生する可能性があるとされている活断層に沿っている。定規で引いたようにほぼ真っ直ぐに北に伸び、道路の右側には小高い丘が延々と続いている。今、走っている道路がフィリピン海プレートの上で、右の小高い丘の連なりは、このフィリピン海プレートが沈み込んでいる北米プレートなのかと思いながら、北上した。

やがて松田で渋谷から続く国道二四六号線に入り、駿河小山まで走った。そこから北に伸びる未舗装の山道を走るのだが、砂利道はロードバイクには辛く、降りて押しながら歩いた。山《やま》間《あい》のきれいな景色が続く静かな道をしばらく行くと、やがて車止めの柵が見えた。そこから少し先の右側に目的の神縄断層が現れた。小山町教育委員会が置いた説明板が置かれている。

ほぼ垂直の神縄断層の左側は本州側で、丹沢山系を造る凝灰岩、右側は海底にあった砂利を含む礫層《れきそう》だと説明板にはある。伊豆半島がプレート上に堆積した礫層を乗せながら丹沢山系の下に潜り込んだ証拠だという。現在も伊豆半島が丹沢山系を押し続けている現場である。壮大な現象に見合うような大規模な断層を想像していたが、露頭している断層はわずか一〇メートル足らずで、いささか拍子抜けだった。

規模はともかく、断層を見たのでなるほどと満足した。しばらく小鳥の声しか聞こえない穏やかな風景を眺めた。帰り道は下り坂で、松田を経て一気に海岸が見える二宮に出た。大磯からは箱根駅伝のコースになっている国道一三四号線を走って、綺麗な松林が続く茅ヶ崎を通り過ぎ、夕日が水平線に落ち始めた海岸を横目に、鎌倉を目指して快適に走った。

吉岡は、大学では数学を専攻していた。専門は関数解析で、その応用として統計学的学習や地球物理学での時系列解析にも興味を持っていた。特に地震学に興味を持ち、いずれその分野の研究者になることも考えていた。

しかし、ひょんなことが切っ掛けで、コンピュータを開発する企業に就職し、高速コンピュータの研究開発に専念してきた。そして今は、経産省が主管する独立行政法人の未来技術開発機構に出向し、次世代のコンピュータの研究開発に当たっている。

大学時代の友人の多くは大学に残り、地道に数学や地球物理学の研究をしている。地球物理学では、オーロラなどの地磁気、気象学、海洋学そして地震学など地球に関わる研究を物理学の立場から行う。化学や物理学などの自然科学分野では、大きな問題の多くが解決済みで、研究の対象は次第に細分化され、先端化している。それに比べて、地球物理学の研究は、人間の英知が及ばない深遠な研究テーマが多く残され、自然科学分野の中でも、もっとも冒険やロマンに満ちている学問領域といえるだろう。

一方、吉岡たちの情報技術の分野は、果てしない競争の世界である。他の研究グループに出し抜かれれば、やってきたことが一瞬にして水泡に帰すばかりか、場合によっては粗大ゴミにもなる。そしてまた、時とともに研究開発のパラダイム自体が大きく変化する情報技術を、日夜追い続けなければならない。

そうした激しい競争の中で、一旦事業が不採算に陥ると、企業は、組織を守ることを優先し、養ってきた技術や研究者を捨て駒のように扱ってきた。やがて日本の産業基盤を築いてきた大企業も、切り捨てた技術者とともに技術を失い、追いかけてきた他国の企業との競合に敗退して衰退していった。一九八〇年頃の情報技術のイノベーションで世界を牽引した日本の華やかさは過去のものになったようだ。

吉岡が所属していた企業も同様だった。ビジネス戦略の失敗で競争力を失ったコンピュータ分野の事業を外国の企業に売り渡し、その技術分野のビジネスの規模を縮小した。企業の将来の技術開発を担っていたはずの吉岡の研究室も整理の対象になっていた。

すぐ手を打たなければ、彼の部下だった有能な若い研究者も活動の場を失い、リストラの対象になるかもしれない。吉岡は、窮地から抜け出すために、経産省が主管するナショナルプロジェクトとして設立された未来技術開発機構に対して、量子コンピュータの実現に向けた研究プロジェクトの提案を行った。

物理的にも限界が見えてきた高速コンピュータに対して、従来の概念を超えた新たな方式を模索する研究が世界中で行われている。その中で爆発的な性能を持つ可能性がある量子コンピュータは、科学分野だけではなく、産業界からも将来の先端産業を支えるものと期待を集めていた。

そのような状況を受けて、経産省は、高機能材料から高度情報技術に至るまで、将来の鍵となる核心技術に絞り込んだ研究開発をする組織を設立していた。その未来技術開発機構の研究課題の中に、量子コンピュータの実用化研究も含まれていた。

吉岡たちのプロジェクトは、選考委員会での一年にわたる厳しい審査を経て、多くの候補の中から採用された。そして、いまから三年前に、所属していた企業の研究所から研究員たちを引き連れて新たに創設された開発機構に出向した。

世界はもちろん、日本でも多くの研究機関で量子コンピュータの研究開発がなされている。ひと言で量子コンピュータといっても、そのアプローチは多様で、利用する量子状態も、実現するコンピュータの形態も異なる。それぞれの研究開発チームは、自分たちの方式で、世界の情報技術を制する次世代のコンピュータの実現に向けてしのぎを削っていた。

吉岡たちのチームも、企業で基礎的な研究を行っていた量子コンピュータのアイディアをもとに、試作システムの開発を行い、そのシステムの実装はすでに完了していた。そして基本的な動作を確認した後、システムの機能を検証する実験段階に入っていた。

二　旧友との再会

梅雨が中休みの七月の爽やかな日、システムの調整をしていた吉岡のもとに、長田から「今夜食事をしないか」と誘いのメールが来た。長田は、吉岡とは大学時代の同窓で、学科は異なっていたが、共に山岳会に属し、ロッククライミングのパートナーだった。学生時代、数学を専攻していた吉岡は、長田が熱っぽく語る地震や地球の話を楽しみにしていた。今は長田は大学の地震観測センターにいて、学会でも要職に就いている。長い間会ってはいなかったが、学生時代の山岳会の写真を見ていて会いたくなったという。

二人は、吉岡がよく行く東銀座のイタリア料理の店で、ワインと料理を楽しんだ。ここのイタリアワインは間違いない。オーナーが勧めるままアンティパストからピッツァなどを楽しみ、その後、地下鉄で六本木のジャズクラブに向かった。

店では、円熟したテナーサックスのトリオのバックで、女性ボーカリストが洒落たインプロビゼーションを効かせた疾走感があるスタンダードを歌っていた。二人は店の奥のカウンター席に座り、馴染みのバーテンダーといつもの挨拶を交わした。彼女の歌を聴きながら、吉岡は好みのハイランドのシングルモルトの個性的な香りを楽しんだ。

客は少なくて静かだったが、吉岡はこの雰囲気が好きだった。企業の研究所で人や金の心配をし、トップからのプレッシャーに疲れ果てた時、ここでぼんやりとジャズを聴くことが多かった。

学生時代の想い出や当時の仲間たちの消息などを話していると、二人とも気持ちは学生の頃に戻り、言葉遣いも昔に戻っていった。そして現在の仕事や研究の状況について話した。地震に関してはメディアを通して世間の注目を集めているし、今は研究者も多く、どちらかというと世間の片隅に追いやられていた数十年前の研究状況からは様変わりしている。学生のころと変わらぬ情熱で話す長田の話を懐かしく思いながら聞いていた。

長田の話を聞きながら吉岡は、数週間前の三浦半島のカヤックツアーでの経験を思い出して、長田に聞いてみた。

「先日、カヤックで三浦半島の海岸線を漕いだんだが、油壺の近くでシュノーケリングをしているとき妙な音を聞いたんだ。聞き慣れない音で気になった」

「相模湾で妙な音かい。本当なのか。海鳴りかな」と長田が身を乗り出してきた。

「海鳴りというのかい。今まで聞いたことがない音だったので気になった」

「その音ってどんな音だい」

「うんと低く籠もったような音だ。数分続き、時折大きくなったりしていた。何か引きずるような感じかな」と、吉岡は耳にした音を思い出しながらいった。

長田は、「海鳴りだろうか。そうなら地殻変動の影響が関係しているかもな」と、海鳴りにこだわるようにうなずいた。

長田は、ずいぶん前に地震発生の前に海鳴りを聞いたという漁師の話を思い出していた。しかし、その海鳴りを聞いたというのは海に出ていた複数の漁師だけだったし、陸上では聞いた人はおらず、地震と海鳴りを関係付ける根拠がなかったため、その時は特に取り上げられることもなく忘れられていた。

「それはともかく、あの辺りは、大正関東大地震やそれ以前の元禄関東地震の震源域だったんだ。だから、政府の地震調査委員会でも注目していて詳しい調査が行われているんだ。俺もそのメンバーだった」と、長田は学生の頃のように目を輝かせた。

「そうだったのか。長田が関係していたのか」と、吉岡がいうと、

「政府の地震本部の調査委員会の活動として行った」と、長田が応えた。

「伊豆半島が本州にぶつかっている現場を見たくなった。それで先日、神縄断層を見てきたんだ。行く前にウェブで、調査委員会の報告を読んだよ。委員会は、国府津—松田断層に注目しているようだね」と、吉岡がいうと、長田は笑顔になり、

「興味があるのか。それなら調査委員会の報告書の概要を送ろう。詳しくは政府の地震調査研究推進本部のホームページにもある。この本部は、簡単に地震本部とも呼ばれている。一度見てみるといい」といった。

「神縄断層の丹沢側の岩石は凝灰岩、と立て看板に書かれていた。地物（地球物理学）の講義で聞いたグリーンタフのことかな」と、吉岡が聞くと、

「緑色凝灰岩かい。数百万年前の日本列島形成のルーツだと言われているね。地球科学でも資源工学の点でも興味が持たれている岩石だよ」と、長田が応えた。

「グリーンタフといえば、古代の勾玉《まがたま》や碧玉、翡翠《ひすい》もそうなんだろう。でも神縄断層の丹沢側のは突っつけば崩れそうだった」

「凝灰岩は、火山灰が固まったものだが、その出来方で性質は異なる。海の底でできれば、海水を取り込むし、高温高圧下で圧縮されると岩石の組成も変わる。凝灰岩を分析しただけでも

いろんなことが分かるというわけだ」と、長田は説明を続けた。

地球物理学に属する地震学では、地学が扱う岩石そのものは、あまり研究の対象にはされない。しかし、長田は、海底では凝灰岩など岩石が水を含むことに注目していた。

「凝灰岩は、プレートや地震にも関係しているので、俺はその性質に興味があるんだ。海底にあった凝灰岩は大量の海水を取り込んだまま、プレートとともに沈み込む。そんなモデルを検証しているんだ」

そんな話をしていると、ステージが終わり、ボーカルの女性が席にやってきた。柔らかな長髪とブラウンのロングドレスが華やかな印象を与えていた。

「随分ご無沙汰ね。どうしていたの」

「最近は川崎の山の中で仙人の暮らしだからね。あ、こちらは大学で仲間だった長田。大学の教授なんだ」と紹介した。

「ジャズボーカリストの裕美です。ジャズはいかがですか？」といいながら名刺を差し出した。

長田は大事そうにそれを財布に入れた。一通りの挨拶をして、裕美は別の席に挨拶するために移っていった。

「裕美さんは、ジャズの雑誌のファン投票でも上位にいるんだ。熱心なファンが多いが、今は年配の人が中心かな」

「美人だね。前からの知り合いなのか」

「いわゆる追っかけというやつかな。昔はよく彼女のライブに行ったもんだが、最近はあまり」といいながら、他の席で談笑している裕美の姿に視線を送った。

「コンピュータの専門家になっても、いまだに地球物理には興味ありか」長田がからかうと、

「そうだな、三つ子の魂百までというからな」と、ニヤリと笑いながら答えた。

「いまだに地物に興味を持ってくれていたんだ。嬉しいね」と、笑いながら長田がいった。

「でも、今はコンピュータの世界にどっぷりだ。僕は地物に関わりを持つことはないだろう。地球物理で飯が食える長田が羨ましいよ」と、そんな話をし、レディー・ガガも歌う「チーク・トゥ・チーク」など数曲を楽しむうちに帰宅時間になった。


二人は、再会の約束をして帰路についた。

一九九五年の阪神・淡路大震災を受けて、全国にわたる総合的な地震防災対策を推進するため、地震防災対策特別措置法が議員立法で制定され、それに基づき、地震調査研究推進本部が設置された。地震本部は、全国をカバーする大規模な地震・津波の観測網の整備などを進め、現在では充実した地震観測などが行われている。海洋研究開発機構は、南海トラフの地震・津波観測監視システム（ＤＯＮＥＴ）の設置を二〇〇六年に開始し、二〇一一年から運用している。また同年には、防災科学技術研究所（防災科技研）により、日本海溝海底地震津波観測網（Ｓ－ｎｅｔ）の設置が開始され、二〇一六年に根室沖から房総沖までの日本海溝をカバーする観測システムが本格稼働している。さらに、内閣府の中央防災会議では、津波対策はもちろん、防災の研究や救助、救援支援など行政の活動に至るまで綿密な対応策が検討されている。

長田は、政府の地震本部の調査委員会の中心メンバーとして、全国に展開された観測網からの情報の分析に当たっており、日本列島周辺のプレートの構造について新たな発見をするなど、実績を上げていた。そして、ここ数年で格段に進歩した観測網と分析手法で、地下のプレートの構造の概観が摑めるところまできた。そうした観測データの分析から提案された長田の大胆な発想は、時には他の研究者からの反発を買っていた。しかし、提案されるモデルと仮説の確かさを示す観測結果が得られ始めると、次第に多くの人の支持を集めるようになっていた。

プレートの構造がぼんやりとはいえ分かってきたが、プレート境界で地震が発生するメカニズムについては、現象が地下数十キロメートルと深いところで起きるために、まだ仮説の段階にあった。長田は、自身の仮説をさらに実証するため、新たな観測と分析に傾注していった。地震予知に近づくためには、プレートの挙動を観測し、地震発生に至るまでのプロセスをできるだけ詳細に明らかにする必要があった。

地震予知に対するメディアの注目は依然として高く、地震専門家といわれる個人やグループが、地震予測とその予測の的中率について発表している。昔から言われている地震雲や電離層異常、地電流異常など多様な現象を引き合いに出し、地震発生を予測するものが多い。中には当たるという占いまであり、ゴシップメディアからメジャーなメディア、TVの番組までそれらを報道していた。

地電流は、中国で地震予知に成功した例が報告されて以来、日本にも興味を持つ研究者がいる。FM電波を観測することで、電離層異常を見つけて予知を発表するグループもいる。地震雲と地震の関係を主張する研究者も少なくない。しかし、地殻深くプレートの中で起こっている変化と、地電流異常や電離層異常、地震雲との因果関係は、未だに解明されていないし、予知したという結果も、統計的には意味をなさないことが多い。長田は、そうした現象と地震の関係は決着がついていないと思っていた。

大学や公的研究機関も、地電流や電離層の現象を無視しているわけではない。二〇一六年には、京大の防災研が熊本地震発生の数日前に、局所的な電離層の異常を観測していたという報告をしている。電離層に影響を与えるには、よほどの大きな物質の移動や、顕著な電流の発生がないと説明できないが、それらは、今のところ確認できていない。長田は、プレート間での流体の移動が思いの外速く、そこで生じた電位差が、上空の電離層に影響を与えた可能性があるかもしれないとは思っていた。

地震の発生には、プレートから放出された流体が強く関わっているはずで、その挙動を何としても摑みたい。それもリアルタイムに知ることで、地震発生に迫ることができるだろうと思っていた。また、南海トラフ沿いの観測網で、しばしば観測されている「スロースリップ」との関係も、長田の仮説を支持するものと考えられた。プレート境界では、破壊的な地震を伴わない「スロースリップ」によって、歪みが部分的に解消される。歪みエネルギーの三割程度は「スロースリップ」で解消されているという分析もある。

長田は、地震雲や地電流、電離層の他に、プレートの挙動や構造の変化に直接迫れる現象はないだろうかと考えていた。そんな中、吉岡が話した海鳴りのことが強く耳に残った。

「海鳴りか。考えたこともなかったが、調べてみるか」と思い立った。

三　海鳴り

真夏の太陽が照りつけて木々の緑が眩しい大学のキャンパスは、夏休みに入って静かだった。研究室に戻った長田は、吉岡が聞いたという海鳴りのことが気になっていた。

彼は、今までの地震の観測データを整理していて、地震が発生する前にしばしば長周期の地震動が観測されることに注目していた。また、プレート境界では、地震計では捉えられない地殻変動があることも知られており、この現象はスロースリップと呼ばれている。吉岡から聞いた海鳴りは、スロースリップに関係しているのではないかと考えた。

プレート境界でのスロースリップは、多いところでも二週間に数センチ程度と極めてゆっくり滑るために、地震波を出すことはない。ところが最近、プレート間に点在する小さな固着部がスロースリップの滑りを減速させたり加速させたりして発生する奇妙な地震波が観測されている。

スロースリップに伴って発生するこの奇妙な地震波には、深部低周波地震と超低周波地震と呼ばれている二種類が知られている。周期が十秒以上の長周期成分を持つ超低周波地震の存在は、二〇〇二年に防災科学技術研究所から発表された。一方、深部低周波地震は、一九八〇年ごろに火山性地震の中で発見され、その後プレート境界でも発生していることが確認されたもので、卓越周波数は数ヘルツ程度（周期はコンマ数秒）である。今では、この両方の地震動が、プレート境界でたびたび発生するスロースリップに伴って発生していることが分かっている。

人間は二〇ヘルツ以上、つまり周期が〇・〇五秒以下でないと感知できないので、音として聞こえるにはプレート境界でのスロースリップの地震動の周期は長過ぎる。吉岡が聞いたという音は地殻変動と関係がないのだろうか、それとも彼の幻聴だろうかと長田は思った。

長田は、プレート境界では、地震としては感知されにくい「スロースリップ」あるいは「ゆっくり滑り」が間欠的に起きていることに興味があり、その詳細なモデル化と検証を行おうとしていた。しかし、捉えどころがない現象をどのように観測し、どのようにモデル化するか悩んでいた。

長田は、今までプレートの動きをコンピュータを使った数値計算でシミュレーションを行い、大まかな状況を把握してきた。さらに精密な観測を行えば、プレート境界の様子を解明することができると確信していた。

改めて、スロースリップと海鳴りの関係について思いを巡らせた。スロースリップの動きを、海鳴りとして検知できるのなら、高性能な観測網が整備されていない領域でも情報が得られて観測の幅が広がる。海中での音波の伝播速度は、地殻での圧縮波の速度に比べ五倍以上遅くなる。しかし周波数が変わるわけではない。これまで観測されているプレートでのスロースリップに伴う低周波地震の振動数は、数ヘルツと低いために人間に聞こえるわけではない。しかし、プレートから出されるさまざまなシグナルを海中の音響データで捉えられないだろうかと気になった。

スロースリップに伴う地震動が海中に伝わり、海底や海中での反射や屈折で分散されると、互いに干渉し合い短い周期の波も形成されるだろう。海中での音の伝播モデルを想定して、ラフに分散波の計算をしてみた。大きなゲインにはならないが、数ヘルツの地震動から、計算上は数十ヘルツの音が生成されることを確認した。長田は、その結果を見て「人に聞こえるかは確認できないが、耳が良ければ海鳴りもありえるかな」と思った。

ナガスクジラは、二〇ヘルツの低音で鳴き、数百キロ離れた相手と海中音波で会話するという話を思い出した。そこで、海中での音波の伝播を文献を漁って調べてみた。海洋では、温度や塩分、水圧の違いなどでチャンネル層が形成されることがあるという。そのチャンネル層によってトラップされた音は遥か遠くまで伝播する。大きな川が流れ込む相模湾では、こうした温度や塩分の違いによるチャンネル層が形成されて、微弱な音も遠くまで伝播することはあり得るだろう。それを検証できないだろうかと思い立った。

海上保安庁に関連のデータがあるかもしれない。地震調査委員会などで知り合った海洋情報部の小池にメールを送った。すぐに小池から返信メールがあり、

「海保は、相模湾で海中のチャンネルなどのデータは観測していないと思います。それに季節的な要因もあるでしょうから、使えるようなデータはないでしょう。伊豆半島南端に妻良ブイ、三浦半島南端に長井ブイがあって、リアルタイムで定点測定していますが、確か深さは二十メートル程度までだったと思います」と書いてあった。

もっと詳しく知るために、長田は、小池に電話をした。

「相模湾全域のラフなデータだけでも分かればいいのだが」というと、小池はちょっと考えて、

「もっと詳細なデータは海上自衛隊が持っているかもしれませんね。でも極秘でしょう。海中のチャンネル層を利用して潜水艦を隠すとか、アクティブ魚雷では積極的にデータを利用していると思うので」

「そうなのか。海上自衛隊か。軍事機密だろうね。聞いてみても無駄か。観測に、海上保安庁の船は使えないかな」と、小池に聞くと、

「温度、水圧を測定するCTD（水分塩分計）が使えるのは測量船『昭洋』ですね。でも今はアメリカ西海岸に出向いていています」

「そうなのか。何か手はないだろうか」

それを聞いた小池は、

「塩濃度と温度、水圧の測定なら、そう大変な作業じゃないので実測してみましょうか。長田さんには何か目的があるんでしょう。緊急なんですか」と聞いた。

「プレートの挙動をリアルタイムで詳細に知りたいのだが、海鳴りのデータでそれを捉えられないかと考えているんだ。やってみないと分からないが」

「海鳴りね。どういうことです。詳しく説明してくれませんか。できることがあれば協力しますよ」と、興味なさそうに答えた。

「そいつは助かる。ところで海保の船は使えるのか」

「それは無理です。どの観測船もルーティンの仕事で手一杯だし、計画書作りなどしていると大変です。それに時間も掛かります」といいながらも少し間を置いて、

「そうですね。遊漁船を借りることにしましょう。温度と塩濃度、水圧のデータだけなら手作りした測定器があります。簡単なものですが、数百メートル程度なら確実にデータは取れます」と、小池は答えた。

それを聞いた長田の頭の中には、観測のイメージがすぐに湧いた。

「遊漁船か……二千馬力のクルーザーを持っている友人がいる。ＩＴ企業の社長だが、仕事一筋で、乗る時間がないらしい。貸してくれると思う」

「クルーザーですか。釣りにも使えるのでしょう。そいつはいいですね。で、誰が操船を？」

「大学の同期で小型船舶免許を持っているのがいる」と、吉岡のことを思い浮かべながら、長田はいった。

「決まりですね。観測機器などはこちらで用意します」と、小池が応じると、長田は、

「作業には、うちの研究室の大学院生を駆り出すことにしよう」と、話はトントン拍子に進んだ。

次の日、長田は、海上保安庁の青海《あおみ》総合庁舎にある海洋情報部青海庁舎に小池を訪ねた。会議室に入ると、長田は、すぐにカバンから資料を出して話を始めた。友人の一人が相模湾で聞いた海鳴りの話をし、海鳴りとプレートの状況を把握するための方法について説明した。

「海鳴りというのは、なんだか怪しげですし、根拠薄弱な話ですね」と、小池は訝った。

「俺の勘みたいなもの。というか、気になっていることなんだ」

「でも、海中の音をトラップするチャンネル層は、確かに問題として興味深いし、やってみる価値はありますね」と、小池は、長田とは別の意味で、興味を示した。海中音波による長距離通信は、低周波なので会話は無理だが、簡単な装置で遠距離の救難信号の送受信に使えるかもしれないと考えたのだ。

「協力してくれるかい。ありがたい」と、長田は、頰杖を突いて聞いている小池にいった。

「共同研究として提案してみてもいいのですが、これでは提案書を書くにも理由が薄弱です。まずは予備調査、予算は無しでいいですか」と、小池は長田にいった。

さっそく長田は、吉岡に電話をして、これからの計画について話すとともに、クルーザーの操船を依頼した。しかし、

「海の調査かい。興味があるし、付き合ってもいいが、二千馬力のクルーザーだって。六〇フィートのサイズかい。冗談じゃない。今まで僕が経験した中で、三二フィートのヨットクルーザーが最も大きい。エンジンは百二十馬力くらいだ。できるわけがない」と拒まれた。

「君しかいないんだ。頼むよ」

「知っているかい。自動車は一〇〇パーセントの馬力を出すことはまずないが、クルーザーは二千馬力なら二千馬力出す。多分ぶっ飛ぶように走る。風や潮流の影響も大きい。怖いし、操船に自信がない」

「持ち主は保険に入っているので壊しても大丈夫だと言っている。ゆっくり走らせればいいいだ

ろう。頼むよ」

「海上保安庁には一杯キャプテンがいるだろう。なんで僕なんだ」

「みんな仕事があるらしい。俺が知っている人間で免許を持っているのは君だけなんだ。しょっちゅうカヤックに乗っているのだから大丈夫だろう」

「馬鹿いえ、カヤックとクルーザーは別ものだ」と反論したが、結局、長田の説得に、吉岡は折れて承諾した。


数日後、吉岡は、豪華なクルーザーが多数係留されている油壷マリーナに行った。すでに長田と小池は、クルーザーに観測機器を運び入れ、セットしているところだった。

長田の大学の院生も三人来ていた。これからリゾートに行くような様子ではしゃいでいた。

吉岡は、マリーナのオフィスに寄り、事情を説明した。そして、マリーナのスタッフとともにクルーザーに乗り込んだ。スタッフから操船上の注意とこの海域の情報の説明を受けた。

中型のクルーザーは、年代物だが充分に豪華で、ちゃんとしたベッドが四つ、キッチン、トイレもあり、キャビンの屋根の上にもオープンの操舵席がある。

早速、ロープの回収、フェンダーを上げるなど出港に伴う作業を、長田と小池の二人に説明し、キャビンの上の操舵席に座った。海面からの位置がかなり高く、眺めがいい。エンジンをかけると、力強く低い振動が伝わってくる。

マリーナのスタッフがクルーザーを桟橋から押し出してくれた。周辺の安全を確認して、最も低速でマリーナの出口に向かった。それでも引き波で係留している他のクルーザーが揺れた。そこで作業をしている人たちに睨まれ、恐縮しながら湾の出口に進んだ。

曲がりくねった油壺湾を出ると、数週間前にカヤックで上陸した諸磯埼灯台が見えた。ここから外洋に出る。吉岡は、スロットルを徐々に上げていった。二機の千馬力のエンジンは甲高く吠えるように回転数を上げ、速度を上げると、船体は滑走状態になった。長田、小池の二人も操舵席に上がってきて、しばらく無言で水平線を見ていた。

「快適だね。それに上天気。真夏の真っ青な空と穏やかな海。今日はクルージングを楽しんで、観測は明日にするか」と吉岡がいうと、長田は、怒ったように、

「それもいいが、こんなにいい天気は望めない。最初の測定点に向かおう」と応えた。

吉岡はディスプレイに示された位置をGPSで確認してゆっくりと舵を切った。長田は、白い弧を引く航跡を眺めながら、相模湾の海底の地形を思い浮かべた。駿河湾同様、急速に深さを増す、世界でも希有な湾である。

吉岡は、目を細めながらぼんやりと水平線を見ている長田と小池にいった。

「今の速度は、フルスロットルで四〇ノット、すごいね。時速七〇キロくらいだ」

「測定する地点が多いし、時間がかかると状況も変わる。急ごう」と、長田は応えた。前もって小池が指定していた二キロごとに合計百地点でデータを取る予定なので、移動と測定で、計五時間以上かかるはずだ。

海中に投入される記録計は、水圧と温度、塩濃度を記録するもので、重さは一キロほど、長

さ一五センチ、直径五センチの筒状だった。大物釣りで使う太めのテグスが付けられている。電動の巻き上げ機も釣りの大型リールを利用しているので、クルーザーのロッドホルダーがそのまま使えた。回収のたびに、記録計に保存されたデータをPCに読み出す。潮流で流されて位置は少々ずれるが、長田たちの目的には問題はない。相模湾の最深部は一〇〇〇メートルを超すが、以前に行われた東海大学の調査結果を参考に、作業時間と機材の制約から四〇〇メートルまで観測することとした。

前もって計画を聞いていた院生たちの動きは的確で、記録計の投入、回収、データの取り出し、ディスプレイでの確認を順調に行っていた。キャビンでは、測定された結果がPCのディスプレイに表示されていた。魚探での海底地形も表示されていた。

海洋の垂直方向の温度分布は海面から二〇〇メートルの深さまで低下し、それより深くなるとほぼ一定していた。温度が下がると音速は低下するが、水圧が増すと音速は速くなる。つまり、一〇〇メートルほどの深さまでは音速は低下するが、水深一〇〇メートルを超えると、水圧の影響で速くなる。水深一〇〇メートルくらいが、音をトラップするチャンネルを構成しているのだろうと予測した。院生たちは、これから行う三次元モデルの音響解析について議論し合いながら、興味深そうに観察していた。

院生たちの議論を微笑ましく聞いていた長田は、陸に向かって大きく傾斜する海底と海面近くで予想されるチャンネル層が作るくさび形を見て、この構造はチャンネルでトラップされた音を増幅するかもしれないと思った。長田の頭の中では、分析するターゲットが明確になりつつあった。

問題はその発信源の特定だが、この調査では難しいことを長田は承知していた。もしプレート境界からのシグナルなら、長田が追究しているプレートの挙動の仮説が関係するだろう。彼は次に行うべき調査を考えていた。仮説を立て、それを証明する事実を洗いざらい提示し、その正しさを明らかにする必要がある。

キャビンの中のキッチンでは、料理が得意だという女子の院生が、冷蔵庫に食材が入っているのを見つけ、オードブルやパスタを作っていた。冷蔵庫には自由に使っていいとメモが張ってあった。オーナーの小林社長がマリーナに食材を依頼してくれたのだろう。ビールもシャンパンもある。操船している吉岡を無視して、船内はパーティ状態になっていた。

操舵席に釘付けになっている吉岡に長田がビールとオードブルを持ってきたが、アルコールを飲むわけにはいかない。パスタを食べながら、次のポイントへクルーザーを走らせた。途中大型船や漁船に航路を譲ることがあったが、順調に観測を終え、油壺に戻った。問題は接岸だった。風も出てきて、一層困難になっている。仕方がないので、マリーナのスタッフを電話で呼び出し、ロープで接岸のサポートをしてもらうことにした。

マリーナのレストランで、やっとビールにありつけた吉岡は、海上保安庁の小池と長田が、相模湾のチャンネル層の解析を共同で行うという話を聞きながら、彼らが海鳴りの正体について話していることを理解した。諸磯の海岸で聞いた海鳴りのことが、二人の興味を引いていることを嬉しく思ったが、二人が何を考えているのかは分からなかった。

長田は、音源の正体が自分が考えている「プレートからのシグナル」なのか否か考えていた。もしそうだとすると、その後の研究の展開を思った。

小池も落ち着かない気分だった。プレートの挙動は海上保安庁が進めてきた重要テーマの一つである。データの分析が進めば、その結果次第では、長田とさらに密に関わることになるだろう。

大学では後期講義が始まり、学生たちで賑やかなキャンパスが戻っていた。研究室に戻った長田と院生たちは、観測したデータから、音波の伝播をシミュレートする大雑把な計算プログラムの作成を行っていた。汎用の計算プログラムを修正して、なんとか使えるプログラムを数日で作り上げた。三浦半島の諸磯に到達する音源が特定できるかが最初の課題だった。

海中の塩分濃度や温度、水圧の分布から海中での音の伝播を計算し、その結果から、安定したチャンネル層が形成されることが確認された。さらに諸磯海岸に、多方面から遠方の音が到達することも分かった。しかし、一地点の観測では方向や深さは特定できないことはいうまでもない。

長田と院生たちは、音源が、相模湾や房総半島方面にある場合に、その音源を特定するための観測点を、シミュレーション結果を精査して、五地点ほど決定した。長田はメールで小池に、今まで進めてきた計算結果を報告した。そして二人で計算内容と結果について議論した。小池は、プレート観測の追加研究として提案書を作ったうえで上司に説明し、許可を得ることにした。目的は相模湾の海洋のチャンネル層で伝播しただろう海鳴りの正体を捉えることである。

すぐに小池は、高感度で水圧の変化を計測できる水中マイクロホンを、懇意の音響メーカーに製作するよう依頼した。一方、長田は、院生たちと、観測されたデータから、相模湾の三次元の音響モデルのプログラムを作成し、音源を特定するプログラムの作成を急いだ。

小池からは、海の中は結構騒がしく、様々な音が混在しているので、その峻別が課題であることが指摘されていたが、探す音自体が不明なので、いっそうの困難が予想された。

長田は、信号解析で用いられる独立成分分析で、音源の峻別を行うことを小池に伝えて、観測点にマイクロホンの設置を急ぐよう頼んだ。長田は、プレートからのシグナルが特定できるのなら、なんでもヒントになると考えていた。

フィリピン海プレートは太平洋の彼方から移動してきて、南海トラフではユーラシアプレートの下に年間におよそ五センチ沈み込んでいる。隣接する相模トラフでは年間におよそ三センチ、北米プレートの下に沈み込んでいる。長田は、プレート境界で起こるスロースリップに伴って発生する低周波微動が、何らかのメカニズムで海洋に伝わると想定した。極めて微弱なために、地震動の発生源の近くに設置した高感度の地震計でないと捉えにくい。しかし、海中では条件が揃えば遠方まで伝播するのではないかと期待した。

観測の目的は、相模湾から房総半島の下のプレートの挙動である。クルーザーで測定した相模湾のデータから、あるかもしれないプレートでの海鳴りの音源の位置を特定するため、大島と千葉の館山沖、三浦半島の城ヶ島沖など、五箇所の観測点が選ばれた。設置場所は、航路や漁場などを避けるために限定された。設置に当たっては漁業権など困難なことが予想されたが、漁協の協力を得ることができた。さすが海上保安庁だった。

この水中マイクロホンは、水圧の変化を捉えるもので周期数十秒の変化まで観測できた。小池と音響メーカーの研究員は、七センチくらいの厚さのバウムクーヘンのような圧力素子の両面に、真空蒸着で端子を作り、手作りの広帯域の水中マイクロホンを作った。そして、二週間ほどで、海保の技術者によって予定の場所に設置された。観測データは、タイムスタンプとともに、小池の研究室と長田の研究室にインターネットの広域ＬＡＮで送られた。

予想通り、観測された海中の音は雑多だが、局所的な音や定常的なノイズをかなり特定できることが分かり、それらをフィルタリングすることで、目指す音源からのシグナルを特定することの見通しを得た。さらに、独立成分分析法をもとに、未知の音源を特定するプログラムを利用した。とはいえ、得体の知れない音も少なくなく、その特定には時間がかかった。

各観測点から、インターネットのパケットで送られてくるデータを、大学の研究室でモニターしていた院生たちは、いろんな音を楽しんでいた。

「海の中はいろんな音で満ちているね」

「サンプリングしたデータでフィルターをかけてみよう」

「これが大型船のスクリュー音で、これが漁船……」

「アメリカ海軍が、世界中に高出力の低周波のソナーネットを作るらしいね。そんなのができたら、もっと騒がしくなるな」

「馬鹿げた計画だね。アメリカ海軍は海洋生物のことも心配した方がいい。今だって、潜水艦のソナーは、海洋生物の環境に悪影響を与えているんだ」

「クジラたちは、こんな騒々しい中で仲間たちと交信しているのか」

「高度な識別能力をクジラたちは持っているのだろうね」などと話していた。

「俺たちの分析プログラムも、クジラに負けるわけにはいかない。あっ、A3地点に何かが近づいている」

「他の地点に反応はないな。A3の近くに大きな魚がいるのかな」

「マイクロホンに興味があるのかな。突っついているよ」

「B2地点は、静かだね。フィルターが効きすぎたかな」

「タンカーなどの船舶の音をカットし過ぎたためだろう。設定を変えてみるよ」

「長周期の振動の観測は、ほんと微妙だね」

「本当に海の中はにぎやか過ぎる」

「そうだね。そんなデータを区別するにも、もっと多くの地点でリアルタイムで測定しないと正確には把握できないな」

「まあね。でも僕らのターゲットは、プレートの挙動だ。そいつの素性が分かれば、見通しが立つ」

「とりあえずは音源の位置を見つけ、そこからの音を分析できればいいわけだ」

「現象が長周期なので精度は上がらないのは覚悟の上。それを繰り返せば、信頼度は向上するだろう」

しかし、院生たちは、あまりに漠然とした分析に数日で飽きてきたし、彼ら自身、それぞれ個人の研究テーマを持っているので、たまに観察して話し合う片手間の作業だった。

一週間分の収集したデータを眺めていた院生たちは、それぞれの地点の特徴ある波形をマークして、分析を行っていた。一人の院生が、

「この波形なんだが、先生がいっていた長い周期の振動に当たらないかな」というと、

「確かに。気がつかなかったが、いくつかの地点に似たような波が現れているようだ。周波数は一〇ヘルツから二〇ヘルツくらいだ。発生源が同じかもしれない」と、他の院生が応じた。

「以前のデータにもあるかもしれない。いくつかのサンプルを採って、音源の位置を計算してみよう。それから先生に報告だ」

「これはすごい発見かもよ」と、院生の一人が、弾けるような声でいった。

「そうだな。海中の音でプレートの動きが捉えられればすごいね」

院生たちはこれから行うことが見えた気がして、一気にテンションが上がっていた。

あくる日、長田は院生からの連絡を受けて研究室に行った。院生たちはディスプレイに、対象となる音響データを表示して待っていた。長田は、特徴ある波形を一つひとつ検証して、院生たちと検討した。

「一〇ヘルツか。周期に直すと〇・一秒。これらが怪しいね」

「それぞれ音源の位置と深さを計算していますが、位置の決定は難しく、一〇キロ程度の誤差があります。深さについては、まったく当てにはできないです」

「位置の信頼性はもともと期待できないが、一応参考にはなる」

「音源は、房総半島の地下、沈み込んでいるフィリピン海プレートの方向にあると思います」

「そうだな。君たちは世界で初めて、音響データでプレートの動的な動きをリアルタイムで捉えた可能性がある」

「やったぜ」

院生たちは嬉しそうにいった。

「いや可能性があるといっただけだ。でも、次の学会で報告する価値は十分にある」

「この後、僕たちで観測を続けて、データを発表に向けて整理しておきます」

院生たちは、元気に応えた。


長田は院生たちと話しながら、予想していたとはいえ、思った以上に音波で十分な精度のデータを得るのが難しいことに落胆した。しかし、日々動いているプレートを音響データで捉えることができ、そこからシグナルが出されている可能性が確認された。これらから、次に向けて行わなければならないことがイメージできたことは収穫だった。

相模湾のプレート境界でスロースリップが起きていることが確認できたら、次にはもっと詳細にプレートの内部状態のデータを取らなければならない。観測された海鳴りで、およその場所の特定を行い、その地域の地殻構造を集中的に地震波トモグラフィーで詳細に調べること、そしてプレート境界に存在する水による間隙流体圧が地震の発生に寄与していることが分かっているので、間隙流体圧についてリアルタイムで詳しく調べる必要があると、長田は考えていた。

二十年前から海上保安庁で行われているGPSと音波測定で、太平洋岸のプレートの大まかな動きは捉えられている。そのデータは、海上保安庁の情報部のホームページにも公開されていて、プレートの沈み込みと歪みの蓄積を推定するのに役立ち、プレート境界に関する様々な仮説の検証に役立っている。

二〇一六年の熊本地震も島根県西部地震も、その原因を、この海上保安庁の地殻変動のデータに表れている地殻の歪みで説明できる。もちろん結果の説明であって、そのデータでいつ地震が起こるかを予知できるわけではない。しかし、地震の発生機構について、ある程度の確証を得たといえるところまで来ている。

海上保安庁のデータは、プレートの大きな動きを大まかに捉えるには有効だが、リアルタイムでプレート境界の状況を捉えることは難しい。目的とする詳細な観測を行うには、新たな観測手段が必要だった。さらにそこで得られる大量の観測データをリアルタイムで解析し、将来を予測するには、現在のスーパーコンピュータをもってしても困難が予想される。

「いずれにしても一人の研究者が片手間でやって何とかなるものじゃない。もっと大きな組織が潤沢な研究資金で動かないと難しい」

長田は、個人的に進めてきた活動から、次の本格的な観測体制に移行することを考えた。しかし、根拠が薄弱な現段階の仮説では、多くの研究者を納得させて大きな組織を作ることは不可能に近い。

観測システムの構築はともかく、計算については、コンピュータの専門家の吉岡に相談できる。長田は、吉岡がいる開発機構を訪ねて、自分が抱えている研究の企画を説明することにした。

四　ディープソート

吉岡たちが開発しているコンピュータの名前のディープソート「Deep Thought」は、ダグラス・アダムスが書いたSF小説『銀河ヒッチハイク・ガイド』に登場するスーパーコンピュータに由来する。小説では、ハツカネズミたちは、生命、宇宙、そして万物についての究極の疑問に対する答えを知るために、全時代および全世界において二番目に凄いコンピュータ、ディープソートを作った。

そのコンピュータが七百五十万年かけて出した答えは「四十二」だった。「七百五十万年かけて、それだけか」と問うと、「何度も徹底的に検算しました」と、コンピュータが応じた。そして「まちがいなくそれが答えです。みなさんの方で究極の疑問が何であるかわかっていなかったところに問題があるのです」と応えた。

　科学技術を支える究極の計算速度を目指すスーパーコンピュータの開発は、一九七六年にロスアラモス国立研究所に納入されたCRAY-1の成功が、実質的な発端だった。その後、新材料、航空宇宙、原子力分野などからの要請に応えるため、日米を中心に開発競争が激化し、スーパーコンピュータ摩擦といわれた政治問題まで引き起こした。

　その後、中国も参戦し、開発競争は一層白熱している。CRAY-1の性能は一六〇メガフロップスだったが、二〇一六年には、中国の「神威・太湖之光」が九三ペタフロップスを達成していた。四十年で、五十八万倍も高速になっていた。平均消費電力は莫大で一五・三七メガワットであり、中規模の水力発電所の発電量に匹敵していた。

　物理的限界に達したと言われたスーパーコンピュータは、その後も、主に日本やアメリカのベンチャー企業が中心になって、新たな技術が開発され、次々にその限界を突破している。中でも、冷却液に膨大な数のコアプロセッサを浸け込むことで、劇的な小型化、省電力を実現した。この冷浸によるシステム性能の向上は、他のスーパーコンピュータの開発へ波及し、そして、二〇二〇年のタワーサーバー当たり一〇〇ペタフロップスを目指したスーパーコンピュータのベースになった。

　一方、超高速計算が期待された量子コンピュータについては、その実用化はまだなされていない。一九八〇年にポール・ベニオフが、量子系ではエネルギーを使わず計算ができることを発表し、一九八二年にファインマンが量子計算が古典計算に対して指数関数的に優位であることを指摘した。それを受けて、一九九二年から、通常のコンピュータより速く量子コンピュータで解ける問題とそのアルゴリズムが次々に発表される。一九九四年にピーター・ショアが実用的な「ショアのアルゴリズム」を発表し、素因数分解が極めて短時間で実行できることを示してから、一気に注目を集め、世界中で研究が加速することになった。これが実現されると、現在のネット社会を支えている暗号システムが崩壊してしまうと大騒ぎにもなった。

量子コンピュータを実現するには、量子ビットでデジタル計算を実現する量子計算のアプローチと、アニーリングに特化した量子アニーリングを目指すアプローチがある。このアプローチの違いは、前者が、現在主流のデジタル計算を行うノイマン型のコンピュータの高速化を目指すのに対して、後者は、非ノイマン型のアナログコンピュータの実現に対応する。

量子計算の研究の歴史は古く、一方、量子アニーリングの研究は最近盛んになったばかりで、理論的な研究は十分とはいえない。どちらが有利ということではなく、両者は別物と考えた方がいい。

二〇一一年に、カナダの企業が、量子コンピュータ「D-Wave」を発表した。これは、量子アニーリングで最適化問題を解く専用マシンであった。その後、多くの企業や研究機関が実用的な量子コンピュータの実現を目指した研究を発表してきた。解決しなければならない問題が多く残されているが、原理からさらに進みハードウエアの開発、そしてプログラミングの提供など、実用化に向けて動き始めている。

二〇一五年には、日本の企業から、量子アニーリングのモデルの一つであるイジングモデルを処理するイジングコンピュータが発表された。このコンピュータは、量子アニーリングを模擬的に再現することで、常温で非ノイマン型のコンピュータが実現できる可能性を示したものだった。適用できる問題は、最適化問題などアニーリングが有効な問題に限られるが、人工知能など将来のコンピュータを目指すものとして、一部の研究者の間で注目されていた。

量子コンピュータが注目され始めた当時、吉岡は、企業の研究所でスーパーコンピュータの開発を行っていた。ますます膨大になる演算コアや物理的な制約のために、いずれは今の方式のデジタルコンピュータによる高速化には限界が生じると感じていた。次のシステムの有力な候補として、量子コンピュータの実現に向けて調査研究をしていたが、このイジングコンピュータのアプローチに共感して、似たようなアプローチで実用化を目指し、量子アニーリングマシンの開発に活路を見出そうとしていた。

長田は、吉岡からディープソートの現状の説明を聞くために、東急東横線の日吉駅を訪ねた。吉岡と駅前で待ち合わせ、もうすぐ十一月だというのに汗ばむ陽気の中、賑やかな学生たちに交じってのどかな住宅街を通り抜け、慶應義塾大学の日吉キャンパスの方に向かった。やがて、雑木林の中に建つ小さな白いビルに着き、入り口で、なにやらセキュリティシステムと思しき手続きを済ませた。そして、二人はエレベータで地下に降りた。

ここは、旧日本海軍の司令部があった施設で、縦横にめぐらされた地下壕の広大さは想像を絶する。地下の環境を利用して、コンピュータとそのアプリケーションの開発を行うための施設が置かれていた。

　複雑に枝分かれをした地下壕を通り、辿り着いた厳重なドアを開けると、明るい部屋の真ん中に、見慣れぬ装置が設置されていた。複雑に絡み合うパイプに取り巻かれたステンレス製の円柱が四セットあった。その円柱の直径は一メートル、高さも一・五メートルくらいだった。

　しばらく、その装置に見入っていた長田は、

「これが君が開発しているコンピュータなのか。小さくて、スーパーコンピュータらしくないね」と、がっかりした様子で、つぶやくようにいった。巨大な建物にぎっしりと膨大な数のコンピュータユニットが置かれたスーパーコンピュータを見てきた長田は、はぐらかされた思いだった。沈んだ表情の長田を見て吉岡は、

「これは最近話題になっている量子コンピュータの動作を模擬する試作システムの一つだ。本体は液体窒素で極低温に冷却されている。このシステムは、振動や放射線、温度の変化などの外界からのノイズに敏感なので、地下壕に設置しているというわけだ」と説明を始めた。

「量子コンピュータか。以前に驚異的な速度で素因数分解が解けるアルゴリズムが見つかったと大騒ぎになったことがあるがあれか」長田は掲載されていた科学雑誌の記事を思い出しながらいった。

「そうだ。それ以降、世界中の研究機関で量子コンピュータの研究が加速しているんだ」

「よく知らないが、量子ビットというのは、原子の量子状態なんだろう」

「そう。光子でも電子でも原子でもいい。それらの量子状態を利用している」

「このコンピュータでは、どれなんだ」

「研究段階では、光ファイバーやプリズムなど光学系の装置が充実している光子で行うことが多い。光子を使った実験システムで量子もつれの実験も成功しているし、多量子間の状態の相関も実証されてきた。理論で予想されたことが確かめられ、不確定性原理という雲をつかむような現象も、具体的に理解されてきたんだ」

「光子の量子状態って」

「知っての通り、光は波動と粒子の性質を併せ持っている。なので、光子の量子状態は位置と運動量になる」

「光子の量子状態だと、位置が状態なのか」

「そう。通信では光子の量子状態を利用することが多いが、位置を状態とするとコンピュータとして実現するのは難しいと思われている。ここでは、光子より複雑な原子の状態を量子状態として使っている。つまり原子のスピンとエネルギー準位が状態になる」

「なるほど」と、量子力学が苦手な長田は、頭が混乱して曖昧に応じた。

「駆動は、微小な磁気で状態の変化を起こさせている」

「量子もつれというのは、確か、情報の瞬間移動ができるテレポーテーションってやつだな」

「それはそうだが、ここでは計算結果の検出などに量子もつれが関わっている」

「そんなことが実現できているなんて、夢のような話だな」

「でも、理想とするところはまだ先のことだ。ここでは、理想的な量子アニーリングと同じような動作を別の方法で実現しているんだ。ジョセフソン接合素子って言葉を聞いたことはないかい。トンネル効果を利用する高速素子として、一九八〇年代に注目されていた。当時は液体ヘリウムで冷やす超電導のもとで動作していたのだが、現在は液体窒素の温度でも安定した動作が可能になっている」

「確か、負の回路、インバータが作れないとかでスーパーコンピュータが作れなくて頓挫した」

「ジョセフソン接合素子が高速コンピュータでうまくいかなかった原因はいろいろあるが、汎用のデジタルゲートを作るにはハードルが高かったのだろうね」

「それがこのコンピュータで採用されているのか」

「いろいろあったが、実験装置レベルではなんとか動いているんだ」

吉岡は、ディープソートの各部の説明をして、システムの特徴に話を進めた。

「研究開発されている量子コンピュータの特徴はいくつかある。従来のコンピュータのビットに対応する量子ビットを考え、デジタルコンピュータと同じ機能を持つコンピュータを作ろうというアプローチがある。それとは別に、量子状態の重ね合わせに着目したアニーリングをベースにするアナログコンピュータを作ろうという立場がある」

「このディープソートはどっちなんだ」

「後者のアニーリングマシン。今のコンピュータのように、デジタル計算ができる量子ビットによるコンピュータが理想だが、僕はその実現はまだ困難だと思っている。アニーリングによる積分だけを行う専用のマシン、多次元の積分を行う機械だと考えてくれ」

「アニーリングって焼きなましという意味だろう。具体的にはどういうことだい」

「焼きなましは、金属の温度を上げて、そのあとゆっくり冷却して金属の組織を均質化する熱処理をいうのだが、計算ではその方法に倣っている。広域の最適化アルゴリズムの一つで、シミュレーテッド・アニーリングと呼ばれる」

「それで、どういう計算なんだ」

「大局変数として温度を導入して、まず初期値の温度を与える。その温度で近傍値を計算し、温度を下げて次の近傍値を計算。この操作を繰り返して最適値を得るものだ。確率の話が入るので説明が面倒だが、およそこんな計算だ」

「勾配を調べて次の解の候補を見つける山登り法に似ているのか」

「その山登りは、初期値の選び方で局所解にトラップされることがあるが、アニーリングでは確率的にそれが避けられる」

「確率的にってなんだ」

「ほぼ大丈夫ということだ。ある関数の解を求めたり、探索問題を解くことができるのだが、それらは積分計算やフーリエの計算の基本になる」

「それは分かるが、量子コンピュータで有利だというのは」

「積分計算はデジタルコンピュータでは繰り返し計算が大変だろう。ところが、それが量子状態の重ね合わせなどで一瞬で終わる。この方法は強力なんだ」

長田は、吉岡の説明が飲み込めないでいた。

「つまり、デジタルコンピュータではなく、アナログコンピュータに似ているってことか」

「そうだ。使い方は昔のアナログコンピュータの考え方と似ている。状態間の相互結合をダイナミックにプログラムできるようにしている。その方法は詳しくは言えないが」言葉を濁しながら吉岡は答えた。

「量子力学は苦手だったんだ。学部の時の講義もまったく理解できず、過去問の丸暗記で単位を取った」長田は頭を左右に振りながらいった。

「それに、教師が黒板に数式を書いて、この記号はブラケットという。ブラは女性のブラから来ている。形が似ているだろといって、にっと笑ったことしか覚えていない」

「実を言うと僕もそうだった。数学としての面白さはあったが、物理としてのイメージが湧かなかったし、興味もなかった」

「それでよく量子コンピュータを作る気になったね」

「必要があって最近の量子コンピュータの研究を調べていて、具体的な問題として理解できるようになったんだ」といいながら、吉岡は、企業での苦境を打開するために、量子コンピュータに賭けてきた、ここ数年を思い出していた。

吉岡は、すぐに長田の理解を得ることは難しいと判断して、システムを使う上で必要なことに話題を向けた。

「使う上では量子力学の知識は必要ないんだ。対象の物理問題をこのシステムにマッピングするのだけれど、解くべき問題に対する知見が明確であればできる。実際のプログラミングは、まだプログラミング言語のようなものはないので、このシステムに慣れていないと難しい。なので、当面は我々プログラミングチームで行うことになる」

不安そうな表情の長田が聞く。

「もう少し、僕らに分かるように説明できないのか」

「今分かっている有用なアルゴリズムは、因数分解を行うショアのアルゴリズムや情報検索を行うグローバーのアルゴリズムなどだが、それらの計算の中核は、フーリエ変換、つまり畳み込みに関わる計算なんだ。そんな計算がディープソートの基本となっている」

「正直分からん」長田は、吉岡の話と、自分が行ってきた弾性波方程式の数値計算が結びつかず、混乱していた。

「考え方を変えてくれればいい。ディープソートは数値計算をするわけではない。例えば光のプリズム。一条の光を投射すると、周波数に応じた虹色に分光されるだろう。あれって、数値計算でよく使うフーリエ変換の結果だよね。その積分は地震波などの信号解析や流体力学などの多くの計算で普通に用いられる演算と同じだ。プリズムはその演算を数値計算で行っているわけじゃなく、一瞬で積分を行って結果を出している」

「なるほど。でもそれって前に話題になった光コンピュータのことだろう」

「当時の光コンピュータは基本的にはデジタルコンピュータの演算を実行するもので、光でデジタル信号を伝達し、デジタル信号の演算を光演算装置で行うものだった。根本的に異なる」

「数値計算を行わないのか。給与計算とかどうする」

「数値計算は得意じゃない。知っての通り素因数分解を行うアルゴリズムも提案されているが、実際に検証されているのは、計算のほとんどを占めるフーリエ変換の部分だけだ。情報検索のアルゴリズムも提案されているが、方法はアニーリングによる最適解探索だ」

「では今のコンピュータと違った使い方になるのか」

「その通り。今のディープソートは、見方を変えて、積分マシンだと考えて欲しい。信号処理や自動学習、ビッグデータの分析、微分方程式をサポートすることを目的としているんだ」

「我々の地震分野の計算はカバーできるのだろうか」

「ディープソートだけで目的の計算が完結するわけではない。隣の部屋には、普通の高速のスカラーコンピュータがあり、プログラムの大部分はそちらで実行され、計算量が膨大な部分をこのディープソートが担うんだ」

「プログラムを構成する一つの計算モジュールを実行するオブジェクトとして見るというわけか」

　長田は、ディープソートを使用するイメージが、なんとなく摑めてきた。ディープソートは計算尺、デジタルコンピュータはそろばんという喩《たと》えを思い浮かべていた。コンピュータが普及する前は、電気回路の設計も建物の設計も、計算尺とそろばんで行っていたと聞いたことがある。三角関数や指数計算などは計算尺で、四則演算はそろばんや手回し計算機で計算していた。それで、飛行機も船も高層ビルも問題なく作れたというのだからすごい。

「ところで、ディープソートを使うメリットは」と、長田が聞くと、

「理論的には無限の計算速度と無限の容量」と、吉岡は答えた。

「無限なんてあり得ないだろう」

「詳しくは説明しないが、このシステムは原子のスピンの状態を量子状態として用いている。量子状態では常識ではありえないことが起こる。理論的には無限の状態を持つことができ、その状態の操作は無限の速さでできることになっている。しかし実際には、ノイズの対策もあるし、精度の保証をすると限界がある。そのための実験を行っているわけだ」

「その限界は、検証できるのかい」

「ディープソートを開発する目的の一つだ。これが使い物になるのかだね」

長田は、深く考えるのを止めて、

「どれくらい速くなるんだ」と話題を変えた。

「指数関数的にだ。大きな問題ほど有利になる。でも今の技術レベルでは、結果が有効なのかは、やってみないとわからない」

「それじゃあ当てにならないのではないか」

「見込みはある。常識ではできるわけがない膨大な計算を実行できる可能性があるんだ」

「なるほど」

「君が抱えている問題をプログラミングのチームに説明してもらい、チームはそのプログラムを試作する。そうして、まずは君にテストをしてもらおう」

「そうだな。では評価しやすい簡単な問題を準備しよう」

「既に計算した問題でいいだろう。その方が評価もできる」と、吉岡は言って、プログラムチームのリーダーの斎藤マネージャーに電話をし、呼び寄せた。

白衣を着た斎藤は痩せて背が高く丸い眼鏡をかけており、哲学専攻の学生を思わせた。ショートカットの髪型が、一層シャープな印象を与えた。眼鏡の奥から鋭い視線を送ってくる。

長田は、ちょっと緊張しながら、持参していたノートPCを出し、問題の方程式を説明した。その差分計算について話を進めたが、頬杖を突いて黙って聞いていた斎藤は、途中で遮って、

「分かりました、しばらく時間をください」とつぶやくと、ぽかんとしている長田を置いて、自分の部屋に戻っていった。

「彼女は分かったって。全部話していないのに……」

「大丈夫だ。ディープソートでは差分方程式を数値計算で解くわけではないので、彼女に任せていい」

「しばらく時間をと言っていたが、いつまで待てばいい」

「多分明日か明後日。連絡するので、また来てくれ」

「簡単な問題といっても、そんなに早くは無理だろう」と、長田は念を押すようにいった。

「問題を解決することが彼女の楽しみなんだ。任しておけばやってくれる。それにそのポテンシャルを計算するポアソン方程式は、斎藤さんにとっては見慣れた問題なんだ」と吉岡はいって、

「間違っても、一プラス二なんていう計算問題は考えないでくれ。ディープソートには、量の概念はあっても数字の計算の概念は、まだ十分に実現していないんだ」と続けた。

まだ納得がいかない様子の長田を見て、吉岡は話題を変えた。

「フーリエ変換が得意なディープソートの応用として、ホログラムによる三次元ディスプレイの試作も行っているんだ。具体的な実証問題としてやっている。君が来るので、プレートのモデルを作成してみた」

「ホログラムディスプレイは昔から話題になっていたが、実現できたのかい」

「すでに実用化されていて、静的なホログラムはクレジットカードのマークに使われていたりするし、さらに実用的な三次元ディスプレイの試作研究も盛んだよ」

「コンピュータの計算結果も三次元で表示できるのかい」と長田は期待を込めて訊ねた。

「それが目的なんだ。計算結果をフーリエ変換してホログラムを作る。まだ商品レベルではないが、地殻内部の表示に向けて使えるものにはなるだろう」

「固体内部の三次元の表示は、どうするんだい。三次元を輪切りして見るのはどうもね」

「それじゃ意味が半減するよ。このディスプレイでは、興味がないところは透明、あるいは半透明にして、注目しているところを指定した色と透明度で表示するようにしている」

「それで三次元の表示がうまくできるのかい」

「実際に見てもらおう。地殻構造の専門家の君の意見も聞きたい」と、吉岡はいって、別の部屋に長田を案内した。

薄暗い部屋の中に小さな舞台のような台があり、その後ろに直径一メートルほどのレンズがついたカメラのような装置が置かれていた。

「計算された三次元データは、参照光とともにディープソートに畳み込んでホログラム画面を作る。そこの再生装置で、そのホログラム画面に参照光を照射することで、三次元の画像が、この台の空間に表示される仕掛けになっているんだ」

「ホログラムの原理は知っているが、コンピュータでホログラムを作るのか」

「ま、見てくれ」

吉岡が、装置の電源を入れて、いくつかの操作を行うと、台の上に、ぼんやりとした表示が現れ、次第に明確になってきた。見慣れたプレートの構造だ。陸側のプレートは透明で、海洋のプレートが半透明のアンバー色で、さらに下部の構造は濃い茶色で表示されている。

長田は、位置を変えながら表示されている三次元画像をしばらく見ていたが、

「いいね。色や透明度は変えられるんだね。これだと直感で理解できる」といって、うなずいた。

「まだ色や透明度の指定の仕方に工夫がいるんだ。ここでは、仮に弾性波速度といった物理量で決めるようにしているが、注目しているパラメータを柔軟に指定できるようにするつもりだ。コメントがあれば教えて欲しい」

長田は腕組みをして聞いていたが、

「ありがとう。使い勝手を含めて考えてみよう」と応じた。

長田は、想像を超えた世界で理解できない人種に出会った気分だった。一方、吉岡は、将来予想される問題に対するシステム規模と、ディープソートの状態の相互結合のための方式について思いを巡らし、およその見当をつけた。

元の会議室に戻り、いくつかの質疑をした後、「今日は横浜でジャズはどう？」と吉岡が誘うと、

「またジャズかい。じつはあまり趣味じゃないが、付き合うよ」と、長田は答えた。

ギターの名手、高田から案内メールが届いており、二人は、メールに示された横浜のライブハウスに向かった。以前、高田から聞かされた、ギタリストが楽しんでいるという不協和音の面白さを確かめるために、彼のギターを聞きたいと思っていた。不協和音と量子力学の不確実性、関係は定かじゃないが、共に可能性を広げることでは似ていなくもない。

夕刻、爽やかな秋風が吹き抜ける馬車道を、早足でジャズハウスに向かった。店の中は数人の客がいるだけで静かだった。高田は、ギターをチューニングし、ステージで演奏を始めるところだった。今日はピアノとのデュオだった。やがて、チャーリー・パーカーのアルト・サックスで知られる「ア・ナイト・イン・チュニジア」をゆったりしたテンポでじっくりと聴かせ始めた。高田独特のアコースティックギターのソウルフルな響きは、人を惹きつけるものがある。ピアノとの豊かな音の共演に聞き入った。

一方、長田は、ステージの演奏は上の空で、

「ディープソートは理解を超えていた。説明されたことも納得がいかない。ディープソートが

持っている想像を超えた計算能力は、望んでいるプレートの詳細な分析に新たな道を開くことになるだろうか。やってみる価値はあるし、吉岡の協力が得られれば、その先が見えるかもしれない」と考えていた。

五　プレート観測

関東でのプレート境界に関わる地震は、相模トラフのプレート境界で起こる。大地震は、一七〇三年に起こった元禄関東地震とそれから二百二十年後の一九二三年の大正関東地震が知られている。

近代になって、東京周辺では一八五五年の安政江戸地震、一八八〇年の横浜地震、一八九四年の明治東京地震、一八九六年の茨城県沖地震、一九〇九年の房総沖地震、一九二四年の丹沢地震、一九三〇年の北伊豆地震などマグニチュード7クラスの地震が頻繁に起こっていた。これらの地震は内陸型の地震で直下型地震とも言われる。

関東での巨大地震につながるプレート境界地震の発生間隔は、統計的分析にはデータが少ないが、政府の地震本部では、二百二十年から六百年とされ、三十年以内でのマグニチュード8クラスの地震の発生確率はゼロ〜五パーセントとされている。今は、大正関東地震から百年も経っていないので、統計的分析によれば、次の地震発生までは百年以上あるということになる。

長田が注目している相模トラフは、北米プレートの下にフィリピン海プレートが沈み込み、さらに東側から巨大な太平洋プレートが沈み込む複雑な位置にある。この地点での地殻構造は、それら三つのプレートが重なっており、一層その分析を難しくしている。これらのプレートが相互に関わりあっているはずで、どのような関係にあるのかが、彼の興味の中心だった。

イチョウの黄金色で染まったキャンパスは静かだった。遠くに根津神社が見える東京の下町にある大学の研究室で、長田は、院生たちと相模湾で観測した音響データを改めて見ていた。正体は不詳だが、プレートで何か変化が起きていることを示すシグナルが発生している。院生たちとそのシグナルについて議論し、スロースリップを含むいくつかの可能性に絞っていった。長田は、その正体を明らかにするには、さらに観測が必要なことを確信し、正体を突き止めなければならないと強く思った。

関東地方の陸上では、大学や民間、国の研究所の観測網がすでに整備されており、また海底の地震観測網も充実している。それらのデータを用いるとともに、さらに相模トラフに観測の領域と目的を絞り込んで、詳細な観測と解析をして、リアルタイムにプレートの状況を捉えたい。長田は、吉岡のコンピュータの解析能力の支援を得られれば、今までできなかった分析ができ、その先が見えると考え、そのための観測と分析のシステムを構築する検討を行った。

長田は、相模トラフのプレート観測の目的と観測体制、解析手法の概要をまとめた。提案の中核は、吉岡のコンピュータの爆発的解析能力だった。「誰がこのコンピュータの能力を信じるかな」と思いながら、研究計画を書き進めた。そしてまずは、吉岡と小池と相談だな、とつぶやき、二人に、相談したいことがあるとメールを送った。

次の日、吉岡と小池が、長田の研究室に現れ、過日の海鳴り観測の話などをした。二人には呼ばれた理由がわかっていた。しばらく地球物理学から離れていた吉岡は、

「最近のプレートテクトニクスの最前線のことはよく知らないのだ。地物の話題を離れてから何十年も経つからね」と、長田と小池を見ながらいった。

「そうか。昔とは隔世の感だろう。一九七〇年代の半ばくらいから東海沖が注目されて以来、観測網が整備されてきたことは知っているだろうね。さらに、一九九五年の阪神・淡路や二〇一一年の東北沖地震以降、地震観測網が全国にわたって緻密に整備されてきたことだね」と、長田が答えた。

「二〇一一年の東北沖地震は、3・11東北地方太平洋沖地震で引き起こされた震災を言うんだよね」と、吉岡がいうと、

「3・11東北地方太平洋沖地震は気象庁で命名されたが、とても長いので、俺たちは、3・11東北沖地震と呼んでいる」と、長田はそんなことも知らないのかと、ぶっきらぼうに応えた。

「その地震観測網のことは話には聞いている。防災科技研のF－netとかHi－netとかいう全国を網羅する稠密観測網だろう」

「その防災科技研では、海洋研究開発機構から移管された、南海トラフ沿いの巨大地震発生領域にケーブルで接続した海底地震計網のDONETを整備していますし、S－netと呼ばれ

る日本海溝海底地震津波観測網では、房総沖から根室沖まで水深六〇〇〇メートルを超える海底に百五十箇所の観測点を設置しています」と小池が手短に解説した。

「すごいね。全国、陸上から深海まで、まさに水も漏らさずだね」

「世界でも類を見ないとんでもない規模のリアルタイム観測ネットワークで観測が行われているわけだ」と長田が応じた。

「それだけの観測網の維持と管理はどうしているんだ」

「防災科技研でやっている。昔と違ってインターネットの時代だし、政府の地震本部も関わっている。地震が起きた時、その震源を決める実際の作業は現業の気象庁の地震火山部が行っている。データをリアルタイムで流通させるため、東大の地震研で、全国の大学や防災科技研、気象庁、海洋研究開発機構などとデータを共有するＪＤＸｎｅｔと呼ばれるデータ流通ネットワークの運用を行っているんだ」

「広域イーサネットか。Ｌ２－ＶＰＮだね。我々のシステムでも使っている」

「海洋研究開発機構の地球深部掘削船『ちきゅう』も重要なデータを提供しています。二〇一二年に水深六八九七・五メートルより海底下八五四・八一メートルに至る孔内に温度計を設置していました。その後、海底下からの掘削深度二四六六メートルの海洋科学掘削の世界最深度記録を更新しています」と、小池が、資料を見ながら海底観測の状況を説明した。

「地殻深部の現物が得られるのは有用だろうね」

「そうさ。重要な発見がいくつもある。それだけじゃなく、全国の大学や地方自治体でも様々な観測システムが整備されて研究が行われているんだ」

「それだけの観測システムから得られるデータは膨大だね。確かにその分析の大変さが思いやられるな」と、吉岡は、その計算量の膨大さを概算した。

「そうなんだ。研究の目的や分析するターゲットを絞り込んで、精力的に研究されているが、それでも十分ではない。データは得られるが、分析体制や技術者はこれでいいのか確信できない、というのが現実だ」

「日本の地震観測体制のことは分かったが、長田はそれでも十分ではないというんだね」と吉岡は、本題に入るよう誘った。

「もちろんそうした観測網から得られるデータは有用だし利用するが、俺が注目している相模トラフでのプレートの状況を解明するには、今以上に緻密な観測が必要だと思っている」

「この前いっていた海鳴りの観測で、研究のテーマを確信したということかい」

「それもあるが、前から思っていたことなんだ。プレートの状況をできるだけリアルタイムで把握したい」長田はPCの画面で表示した研究の提案書を表示した。

長田は、この領域で、これまでに行われた様々な観測と分析結果、論文を参照しながら、研究の最前線を紹介した。静的なプレートの状態はかなりのところまで分かってきたこと、プレートの地震では、固着部分であるアスペリティと間隙流体圧が大きな要素として関係していること、アスペリティの存在を想定させるデータを紹介した。そして、それらの分析を、三次元でリアルタイムで行いたいが、緻密な観測システムの整備と、何よりもそれを分析する高速コンピュータが必要なことを説明した。

黙って話を聞いていた吉岡は、

「元教授の地震学者が、日本の地震予知研究を無駄だと批判していたが、実のところ、どうなんだい」

「大規模な地震観測網を整備している我々を地震村と批判しているが、原子村になぞらえて、ステレオタイプにはめ込もうとしているのだろう」と、長田がいった。

「結果が見えている研究は、単なる作業だということが理解できないのでしょうかね。今は予知できないのは事実ですが、予知したいのが我々の望みだということを理解して欲しいもんです。それに地球の営みに対する尽きない興味もね」と、小池が応じた。

一応の説明が終わると、長田は、

「それを分析する能力を持った機材も人材も、日本には全く足りないがね」といった。

「日本は世界ではトップレベルと思っていたがそうなのかい」と、吉岡がいうと、小池は、

「絶対的に足りないのは技術者です。観測にしても掘削にしても分析にしても、日本は技術者を育てていないのです」といった。

「この分野でも、日本は技術者を粗末にする上に、育成も十分じゃないのか」と、吉岡は呆れた。

「機材が貧弱で人も少ないのは承知だ。その中で工夫するしかない」と、長田はいった。

「僕のディープソートのチームがこれから関わるとして、行わなければならない計算の概要に

ついて教えてくれないか」と吉岡は、ノートを開いてボールペンでメモを取りながら聞いた。

「プレートの構造を知り、そこでの時間変化をリアルタイムで見たい。しかし、構造を知るためには詳細なデータが必要だし、データを分析するには詳細な構造が必要なんだ。これではニワトリと卵……そこで考えているのは、まずは構造を見ないで変化を捉える。観測点を限定するためにだ。つまりアタリをつける作業を行う」

「おっ。量子力学の不確定性原理みたいだね。どうするんだい」

「物理でのグリーン関数を使う」

「聞いたことがある。電子回路の伝達関数のことだろう」と、吉岡は時系列解析の教科書を思い出しながら聞いた。

「似たようなものだ。グリーン関数は物理でよく使われる、電子回路の解析で使われている伝達関数を一般化したものだ。入力と出力からその間の伝達特性を推定して関数で表す。入力に対する出力の組み合わせのセットが大量に得られれば、推定する伝達関数の精密化がなされるというわけだ」

「地下構造や物理的素性がわからなくても、伝達特性は関数で表せる。関数の統計的学習だね。学習した関数に変化があれば、その地域の変化に何らかの原因があったことが分かるというわけか」

吉岡は、計算のモデルの概要をボールペンでノートに書き、長田に見せながら、

「大枠は分かった。計算の中身は相互相関の計算だね。アニーリングが得意なディープソート

に向いた計算だと思う」と、頷きながらいった。

「しかし、なぜグリーン関数か説明してくれないか。各地点間での地殻の伝達特性しか分からないだろう」

「今知りたいのはプレートの活動の状況なんだ。プレートは常時沈み込んでいるわけだが、そこでどんな現象が起きているかが知りたいんだ」

「伝達関数を知ることは、何か変化がある場所を特定することが目的なんだな」と、吉岡が確認すると、長田は
「うん。その分析で変化が見られる領域にアタリをつけて、より精密に観測しようというわけだ」と応え、

「興味のあるところに絞り込んで、地殻構造の詳細化とリアルタイムでの変化を把握したい。そのために地震波トモグラフィーによる解析はもちろん、有用な方法は全て使いたいんだ」と続けた。

「そうか。相模トラフは陸地に近いし、すでに観測点はいっぱいある。それにプレートの構造も複雑で研究対象として面白いということか」

「さすが読みが早いね。それに場所を絞ってピンポイントで精密な分析を行う」と、長田は片目をつぶっていい、

「弾性波速度分布を得るために、大量の観測データに対して詳細な計算が必要になるが、現在の最速のスパコンをもってしても難しい。そこで君のディープソートのサポートが欲しいん

だ」と、吉岡の反応を確かめるように続けた。

「三次元の弾性波速度モデルだよね。詳細な解析をするとなると半端じゃない計算量だ。ディープソートでできるかは検討しないと分からない」

「君のシステムでどれくらいのことができるかも知っておきたいのだ」

「関係する資料をメールで送ってくれないか。いずれ課題になるのなら、今から勉強してディープソートのチームで検討しておこう。試作段階のシステムに対するいい評価になりそうだ」

と吉岡は応じた。

「ところで、この研究提案が固まれば、ディープソートを使うことをオープンにしていいかな。解析に興味のある有能な研究者を集めたいんだ」

「ディープソートは、存在自体はオープンにしているが、実態はまだ開示していないんだ。実際に何ができるかは、まだ試行段階だし、その能力でさえ検証はまだ十分じゃない。だから今のところは、必要最小限のメンバーに限定しておきたい」

「ディープソートは評価前なのか。やってみないと分からないのかい」

「その通りだ」

「しかし君は、できるといったじゃないか」と、長田は訝った。

「うん。できるといった。しかし使えるだけの信頼性を持ってできるかはやってみないと分からないんだ」

「信頼性がないのか？」

「いわばアナログ計算だからね。僕は確信があるが」と、吉岡は言葉を濁らせた。

そんな吉岡の言葉に、長田はディープソートに対する評価が瓦解する思いだったが、新たな解析システムへの期待の方が大きかった。できないことが少しでもできるようになれば素晴らしい。成果の発表はともかく、今はできることを進めようと思った。


長田は、まずは過去の膨大な地震データから、グリーン関数を求める地震波干渉法を、ディープソートで実行させるよう吉岡に依頼し、彼のチームと検討することにした。データは防災科技研のHi-netで公開されており、また関東圏には大学をはじめ多くの観測点がある。その中から特定の領域に焦点を絞って計算を行った。十数年にわたる、数百箇所の観測点の組み合わせと、数万件の過去の地震データが対象になる。計算は大量の組み合わせの相互相関を取る簡単なものだが、その計算量は実に膨大であった。

吉岡のチームは、ディープソートに合わせるためのデータの整理に手間取ったが、一旦始めると、数日も経たず結果が得られた。十数年間の地殻内部の変化を示す計算結果は、ホログラムディスプレイに表示された。その結果では、予想通り房総半島沖や東海沖にも顕著な関数の変化が認められたが、埼玉県や茨城県、東京湾など広い範囲に、関数の変化が点在していた。

長田と小池は、吉岡からの連絡を受けて日吉を訪ねた。小池は、慶應の日吉キャンパスの近くに、スーパーコンピュータの組織があるとは知らなかった。長田から旧海軍の司令部の跡地だと聞いて一層興味を持った。木枯らしが吹く中、コートの襟を立てて道を急ぎ、ディープソートセンターに着くと、ジーンズスタイルの斎藤マネージャーが待っていた。二人は、すでに計算が終わった地殻構造が表示されたホログラム室に入った。

長田は、最初に会った時のイメージとは違い、にこやかに説明する斎藤マネージャーに戸惑った。

「ここに示されている地下構造は、すでに過去の地殻トモグラフィーで得られたものです。その上に、今回の計算で得られたグリーン関数の変化の大きさを赤色の濃淡で示しています」と、斎藤は説明を始めた。

「地殻構造との関係が分かりやすいですね」と、小池は、感心した。

「この辺りの変化が大きいね。深さの情報が十分じゃないのは、解析の特徴なので仕方がない。足りない部分は君たちの知見で埋めなければならない」と、吉岡はその場所を指差した。

「これだけでも分かることがある。漏らさずに気がついたことを洗い出そう」と長田がいった。

吉岡と斎藤は、もっと観察したいという長田と小池を残して、部屋を出て行った。長田たちは、ホログラムディスプレイを見ながら、それぞれのコメントを述べ、議論を深めていった。グリーン関数の変化は、その地域の地殻で、なんらかの原因で弾性波速度の変化が見られることを示している。長田は結果を見ながら、その現象の正体をさらに詳しく知りたいという欲求がとめどもなく湧いてくるのを感じていた。

小池が「ちょっと気になる地域があります」といって、ディスプレイに房総半島沖のグリーン関数の経年変化の様子を動画で表示した。ゆったり動く複数の赤い領域の中でも、特異な動きが見られる箇所があり、生き物のようにうごめいていた。

「二〇一一年の3・11東北沖地震のだいぶ後だろう。俺も気がついていた」と、長田がいうと、

「それほど大きくはありませんが、変化している位置も移動していますね」と、小池が応じた。

「あの地震で、海底の観測機器が影響を受けた可能性はどうなんだ」と、長田はホログラムディスプレイを操作しながらいった。

「地殻トモグラフィーのデータをもっとズーミングしてくれませんか」と、小池が頼むと、

「了解だ。こっちのディスプレイも出そう」と、長田は、大型のディスプレイにも表示した。

「思いの外、3・11東北沖の震源域の南端に近いね」と、長田がいった。

「フィリピン海プレートが北米プレートに沈み込み、さらに太平洋プレートが沈み込んでいる接点の辺りかも」と、小池が応え、

「離れてはいますが、伊豆諸島の海嶺の最近の活動も気になります。最近、伊豆諸島の八丈島の南一〇〇キロの明神礁の海底火山の活動が活発になっていると聞いています」と続けた。

「地震と海底火山とは直接は関係ないだろうが、頭に置いておこう」と、長田が応えた。

「示された関数値の変化は、年に数十メートルになります。範囲もかなり広い。そんな大きな変化が地殻の中、プレートで起こっていることになる。あり得るでしょうか」と、小池が疑問を挟むと、

「水の介在には分からんことが多い。確か、石油層の分析で、長い時を経て水が岩盤中を一〇

〇〇キロ移動していることが報告されていた」と、長田は応えた。

「長田さんの考えでは、超臨界水は、液体ではなく気体に近い性質を持つというんでしょう。数十キロの深さでの岩石内の挙動は知られていませんが、僕たちはそれを見ているのかもしれませんね」小池は、ホログラムディスプレイの表示を指差しながらいった。

長田は、今まで自身が考えていたアスペリティ仮説とそれに関わる間隙流体のモデルを頭の中に描いて、

「これはあくまで仮説、というか妄想の段階だが、3・11東北沖地震の震源域は房総沖近くまで延びて、そこで止まっている。止まった位置は、太平洋プレートとフィリピン海プレート、北米プレートの交わる辺りに近い。そこで滞留したプレート間の間隙流体が、俺たちが注目しているフィリピン海プレートと北米プレートの間に供給されたのかもしれない」といった。

「そして、間隙流体の流体圧が増大して、プレート境界の固着部分であるアスペリティに浸透していった。その様子がこれなのかも」と、小池が応じた。そう答えながら、長田のアイディアに感化されているのかもと思った。

「大正関東地震は、この地域のプレート境界地震としては、規模は大きい方ではない。アスペリティの一部が滑っただけで、かなりの部分が滑らないで残っていたのかもしれない」と、長田は、ホログラムディスプレイに表示されているプレートの構造を見ながらいった。

「そうですね。沈み込みが年に三センチだから、全部が固着していても、百年では、三メートルしか戻らない。それでは大した地震にはなりませんね。でも、考えている相模トラフの震源

域がさらに大きいとすると、大正関東地震で滑っていない箇所も滑るわけですから、大正関東地震とは比較にならない規模の地震もあり得ます」と、小池が応えた。

さらに、「その両方の仮説が正しいなら、この地域の地震発生の間隔は二百年以上と言われていますが、次の地震はそれより早いことも考えなければなりませんね」といいながら、小池は、その仮説が意味するところを考えた。

「そういうことだ。何が起こっているかは不明だ。分かっているのは何か変化があったということだけだ。予断や思い込みは避けて、視点を変えた分析をこの領域に対して行う必要があるな。知っての通り、一九七八年の宮城県沖地震では、その沖合にもっと強いアスペリティが滑らずに固着して残っていた。エネルギーが全部解放されずにいたと考えられている。そして残った部分が二〇一一年の3・11東北沖地震を引き起こし、それに伴って宮城県沖地震のアスペリティも再び滑った。つまり、宮城県沖のアスペリティだけに注目すると、この二つの地震はプレート境界の同じ場所が滑った地震なんだ。宮城県沖地震はマグニチュード7・4で、亡くなった人は二十八人、建物の被害が八千戸弱だった。規模としてそう大きくはないが、その三十三年後に、誰も全く予想していなかった3・11東北沖地震が起こったというわけだ」長田は当時の調査を思い出しながらいった。

「一九七八年の宮城県沖ではプレート境界のアスペリティの全部が滑りきらずに途中で止まり、そして、残った部分が二〇一一年の大地震を引き起こしたというわけですね」と、小池は小さくうなずきながらいった。そして、

「長田さんは、一度の地震でプレートのエネルギーの全部が解放されるわけではないというんですか」と続けた。

「そう考えたほうがいいケースが少なくない。二〇一六年の熊本もそうだった。一回目よりも大きい二回目は数日後に起こっている」

「地震の発生の周期説をもとに地震本部は、相模トラフでの周期は二百年から六百年としていますが、3・11東北沖地震の時と同様、大正関東地震ではエネルギーの全部が解放されておらず、従って、現在でも大規模な地震が発生する可能性はあるというんですね」

「もちろん仮説だが、それを裏付けるかもしれない兆候が見つかったわけだから、無視はできない」と、長田はいって口を強く結んだ。

「大正関東地震の二百二十年前の元禄関東地震の震源域は、大正関東地震の倍以上あった。熱海や房総では二〇メートルの津波が発生したと言われている。過去にそれだけ大規模な地震があったにもかかわらず、大正関東地震の規模は小さかった。これをどのように解釈する」と、小池の目を見ながらいった。

「やばいですね」と、小池は応えた。

「大正関東地震もそうだが、むしろ3・11東北沖地震の震源域が近いのも気にかかる」長田は太平洋プレートと相模トラフのプレートの構造を示す図を見た。

「相模トラフのプレートのさらにその下に、太平洋プレートが潜り込んでいますね」

「それぞれのプレートでの応力のモデルを精密に作ろうか」

「それから起こりうる現象のシミュレーションですね」と、小池は頷いた。

「ところで、ディープソートの結果は信頼できるのでしょうか。ちゃんとした数値計算をやるんじゃなくて、聞いているところだとアニーリングマシンなんでしょう」と、小池は前から思っていたことをいった。

「そうなんだ。だが吉岡は信頼性には自信を持っているらしい。俺たちが信頼して使えるか、それを検証するのも今回の研究の対象ということらしい」と、吉岡の本音を考えながら、

「それにしても、この領域の変化は気になる。俺たちが現在使えるスパコンと解析プログラムを使って、ディープソートが指摘した問題になっている領域に限定して、徹底的に詳細に分析しようと思っている」と続けた。


それぞれの研究所に戻った長田と小池は、大学間で共同利用されるスーパーコンピュータなどを用いて、主に間隙流体の分布と経年変化について集中的に分析を行った。使い慣れたソフトとはいえ、膨大なデータに手間取り、また計算結果の詳細な検証を続け、数ヶ月が経過した。年が明けた三月まで、その検討は続いた。

一方、吉岡は、二人から提供された論文を読みながら、今後の計算に対応できるよう、状態間の相互結合法の改良などディープソートの調整と改良に追われていた。

長田と小池は、自分たちが行った分析結果をディープソートに送った。そして、吉岡たちと分析結果を検討するために再度、ディープソートが置かれている日吉の研究所に向かった。

春の訪れを感じさせる暖かな日、コートに手を突っ込んで雑木林に沿った道を早足で歩きながら、

「こんな結果が得られるなんて思ってもみなかった」と、長田はつぶやいた。

「分析結果の解釈はまだ多様だから、取り越し苦労かも」と、小池は困惑を隠さなかった。二人が分析した結果では、ディープソートのグリーン関数の解析により、何らかの変化があるとされた領域で、弾性波の減衰が見られていた。S波の減衰はプレート間の流体の存在を暗示していた。

二人は、研究所に着くと、研究室で待っている吉岡と斎藤に、分析結果の報告をした。斎藤は、長田から送られてきたデータを、ディープソートのホログラムディスプレイに取り込んでいた。

「前に説明したように、間隙流体の存在が地震発生に関わっていると見ている」と、長田は説明を始めた。

「ディープソートで計算したグリーン関数で異常が見られたところを、過去の地震データを利用して、大学のスーパーコンピュータで、弾性波の解析を行い、集中して分析したんだ。その結果は、プレート境界のこの部分、S波が減衰している箇所は、間隙水圧が異常に高いことを示している。それが数年の間に数キロメートル広がっているとみられる」

「S波の減衰というと、例の間隙流体の存在かい」と、吉岡が、両腕を頭の後ろで組み、ふう

と息を吐きながらいった。

「そういうことだ。流体圧が高まり、プレート境界の固着部分に水が入り込んでいると思われる。その範囲は、まだ明確には分かってはいないが……」と、長田がいい、

「この分析はかなり粗いし、思い込み半分、まだ断定はできない」と続けた。

「この結果を認めると、今までは単にプレートの状態をリアルタイムで観測しようという計画だったが、地震の発生の可能性を含めた観測が必要になったということか」と、吉岡が聞くと、

「観測された間隙流体の動きは、そんなに大きくはなさそうなので、急を要するわけじゃないが、精密な観測が必要だと思う」と、長田は言葉を選ぶようにいった。

「間隙水に注目ですね。観測はS波が中心になります。S波の減衰とP波とS波の速度比を、かなり厳密に観測しなければなりません」と、小池がいうと、

「今までの観測網でもある程度の分析ができるが、場合によっては新たな観測が必要になる」と、長田は、新たな観測方法について考えを巡らせながら応じた。

ホログラムディスプレイに表示されているプレートの映像を、三人は、しばらく立ったまま腕組みして見ていた。

「緊急性はないにしても、プレートの監視が必要なことは明らかになったわけだ。知らなければ良かったが、知ってしまったのだから、逃げられないな」と、吉岡は事態を理解した。

「しかし、緻密な観測を行うとなると、膨大な費用がかかるし、多数の研究者の参加も必要だ」と、長田がいうと、

「政府の地震本部も防災科技研も南海トラフの地震に集中していますし、海洋研究開発機構も海保も今行っているプロジェクトで手一杯でしょう。大学の研究者を動員するにしても、彼らは自分の研究テーマを持っていて、すぐには動けないと思います」と、小池も続けた。

「もう一つの問題は、地震予知に関わっていることだね。巷の地震研究者が、東京で八月にマグニチュード8の地震が起こると、気楽にテレビメディアや週刊誌に発表するのとはわけが違う。政府の機関が動き、地震の予測が発表されたり、情報が漏れたりすると、社会的にも経済的にも、大混乱をもたらすだろう」と吉岡がいうと、

「そうなんですが、予算もなく、人もいない。観測の目的も明らかにできません。それでいて出来るだけ早急に観測を行う。どうすればいいんでしょう？」小池は、長田と顔を見合わせた。

しばらく考え込んでいた吉岡は、

「なんとか方策は考える。二人は、どのような観測体制が必要かを検討してくれないか。ここはお役人のサポートが必要だ。行政のお偉いさんに説明できる提案書、つまり分かりやすい言葉で作成してほしい。データ解析の検討には、ディープソートセンターから斎藤マネージャーも参加させよう」といった。

吉岡は、数年前に、岐阜羽島まで新幹線で行き、ロードバイクで岐阜の根尾谷の「淡墨桜」を訪ねたことがあった。想像をはるかに超えた巨大な淡墨桜の姿にあっけにとられた後、桜見物で渋滞する車列を横目に戻る途中、根尾谷断層観測館があるのを見つけた。その展示館は、一八九一年のマグニチュード8の直下型の濃尾地震の時にできた断層の断面を、深さ十数メー

トル、掘り返して見せている。小藤《ことう》文次郎が、根尾谷断層の調査から「地震とは断層のずれである」と世界で初めて指摘した、地震学にとってはエポックメーキングな断層である。スパッと垂直に近い角度で切れた六メートルの段差の断層に鮮烈な印象を受けた。

吉岡は、その時の根尾谷断層の様子を頭に浮かべながら、

「プレートの落ち込み角度はどれくらいなんだ」と、長田に聞いた。

「相模トラフに関わるプレートでは、深さ三〇キロで、二十五度くらいだ。若いプレートだともっと浅い角度で、古くなると垂直に近くなる」

「角度によって、起こる地震の規模は異なるのかい」

「浅いほど起こりにくい反面、大きな地震になりやすい傾向はある。でも……」と、言葉を濁した。

「でも、って」

「福島沖のプレートの沈み込み角度はそう浅いわけではなく、大きな地震はないと思われていたんだ。ところが、3・11東北沖地震が起こった。地震学者たちは自信喪失した」

「それ以降、大掛かりな観測網の整備と詳細な調査が行われてきたわけか」

「調査が進んで分かってきたことも多いが、分からないことも多くなったよ」と長田は、遠くを見るような眼差しで応えた。

プレート境界地震の本震の場合、押されていた陸のプレートが戻るので、水平に近い二十度から三十度程度の角度の逆断層になる。その後起きる余震のほとんどは正断層であることも知

られている。限界まで押された陸のプレートは、跳ね上がり（逆断層）、延ばされた陸のプレート内で正断層が起こることが確かめられている。

そう話す長田の説明に、観測の精度が向上していることを知り、吉岡は納得した。

吉岡は、長田からプレート境界における間隙水圧のモデルを扱った何本かの論文を受け取り、それらの概要を読んでみた。間隙水圧の時間的推移のモデルは、熱伝導のように拡散方程式で行けるだろうか、それとも粒子モデルのような動力学でモデル化するのか、論文の結果を精査しながら、ディープソートでの計算方針を探った。大方の見込みをつけて、ディープソートセンターの斎藤たちとプレートの専門家を交えて検討することとした。

長田と小池は、首都圏に関わるフィリピン海プレートと北米プレートそして巨大な太平洋プレートの三次元モデルを作り、それぞれのプレート間での沈み込み速度と応力の分布を丹念に計算していた。そして大正関東地震や3・11東北沖地震の震源域をその上に乗せて、何が起きているのかを検討していた。

「3・11東北沖の震源域は房総の銚子沖近くで止まっている。相模トラフのプレートの下まで広がっているように見える」

「この図は、相模トラフから見ると、また違った風に見えますね」と、小池がいい、

「房総半島の南東には、空白の領域が百キロほど広がっています」と続けた。

「3・11東北沖地震で、断層が滑り始めた本震も大事だが、どこで、どうして止まったかも重

要だ」

「はい。止まったと思われる場所は、相模トラフからフィリピン海プレートが沈み込んださらに深いところ……この辺りと思われます」

「その深いところから大量の水がフィリピン海プレートと北米プレートの境界に供給されたらどうだろう」

「当然、巨大な地震が起こります」

「ということだ。この辺りの間隙流体とその圧力の観測の強化と間隙流体の動きのシミュレーションだ」

「そうですね。急ぐ必要があります」

「小池さんには、間隙流体の観測方法と分析の検討をお願いする。無論、吉岡と俺も一緒だ」

間隙流体の観測といっても、地下深く二〇〜三〇キロメートルである。小池は、観測の重要な手がかりとなるS波、P波とS波の速度比による精密な観測法を検討し、長田と吉岡は、得られたデータから、間隙流体の組成を分析するプログラムを作成していた。

六　アスペリティ

アスペリティは、一九八一年に金森博雄たちが提案した概念で、震源断層面上での不均質性を表す。今日では、観測の充実によって多くの知見が得られ、プレート境界で発生する地震では、アスペリティ仮説が有望視されている。この仮説では、沈み込むプレートとその上の陸のプレートとの間に固着部があり、限界を超えた時に固着部が剝がれ、地震が発生するとされる。最近では、この固着している部分をアスペリティと呼んでいることが多い。この仮説を十分に検証する証拠はないが、最近の多くの論文では、たびたび状況証拠が示され、この仮説を支持している。3・11東北沖地震は、今まで地震が極めて少ない地域とされていた宮城県のはるか沖で起こったため、アスペリティの概念に注目が集まった。そして地震発生機構の有力なモデルとして、多くの研究者が認めるようになっている。

太平洋プレートは年に九センチメートル、フィリピン海プレートは年に約三センチから五センチ、日本列島に向かって動いていることはGPSによる観測などで確かめられている。ほぼ一定の速度で押されているのだから、日本のどこかで地震が起こり歪みが解消される。

地震にある程度周期性があることは、過去の観測例をもとに統計的な分析から確かめられている。政府の地震本部が発表している地震の発生確率、「今後十年でマグニチュード7の地震が起こる確率は三〇パーセント」は、その統計分析を基にしている。統計分析はある程度の目安になり、防災、減災の観点から参考にされている。しかし、実際に地震が起こるか否かはまさに「当たるも八卦当たらぬも八卦」である。

二〇一五年までの四年間、海上保安庁は南海トラフでプレートの動きを観測してきたので、小池も、そのような観測を相模トラフで詳細に行うことに興味があった。南海トラフでの観測は、測量船を中継として、海上でのGPS測位、海中での音響測距を組み合わせて行うもので、プレート間の動きを直接観測したものとして注目された。あるプレートの沈み込みの速度はどこであってもそれほど変わらない。固着部があるとプレートの上側、つまり陸側のプレートを引き込むので、真上の陸のプレートを変位させる。固着していない場合は、この変位がないのでその違いが現れる。

アスペリティ仮説での地震の発生で鍵になるのは、プレート境界に存在する間隙流体を含む層だとされている。そのため間隙流体層の状態を観測することが、プレート境界のアスペリティの状態を把握する上で重要になる。

流体の中では、S波（横波）は伝播せず、P波（縦波）は伝播する。地殻構造の解析で用いられるトモグラフィーの技術を用いた地震波屈折法で、このS波の反射や減衰を観測することで、間隙流体層の存在を推定することになる。このトモグラフィーの技術は、病院の診断で使われるCTスキャンやMRIと原理的には同じである。

通常の人工地震で使われるエアガンや爆薬を使った爆破では、圧縮波であるP波が発生する。人工的にS波を発生させる装置は、実験室以外ではあまり知られていない。小池は、海底に稠密に設置される、新たな海底地震計の構想を練っていたが、同時に、水平横波（SH波）を発生させる新たなS波発生装置についても検討を行っていた。

観測点間の距離を厳密に測定する方法も重要だった。音波は、温度や海流の影響を大きく受けるので、レーザーや可視光線が使えないかを模索していた。海洋研究開発機構のレーザーを使った装置の実験では、使える距離は二〇〇メートル程度、一方、ＬＥＤを使った可視光線では、一〇〇メートルという報告がある。ともに多点の中継が必要だが実現する可能性はある。

もう一つの障害は、底引き網漁船の網への対策だった。観測点の間をケーブルで結んでいては、底引き網で切断されてしまうし、漁業権を持っている漁協に対して底引き網漁を控えてもらうのも難しい。そうした課題を整理して、経験がある海洋研究開発機構と海上保安庁に新たな海底地震計の設計と費用の検討を依頼した。

海洋研究開発機構では、海上保安庁とともに、海難事故や海底調査などを柔軟に行うことができる海中作業ロボットの開発を急いでいた。

それを担当していたのは、同研究員の秋山だった。小池とは大学の同期で、友人でもあり、成果を競うライバルでもあった。

彼が設計するロボットは、海底でも機敏にそして柔軟に動き、複数のロボットで協調作業を行うことを目的としていた。そのロボットの格好は長い足を持つ大きな蜘蛛のようだった。関係者は「海蜘蛛」と呼んでいた。海上保安庁のレンジャーの「海猿」は格好いいが、有能な潜水士といえども、海中では機敏に動けるわけはなく、いかに動かないで有意義な作業を行えるかが重要だった。そのために、自分の手足となるこうしたロボットの支援も必要としていた。

長田は、今後のプレート観測について相談するために、小池と吉岡を大学の研究室に呼び寄せた。本郷通りには老舗の店が多く、落ち着いたジャズライブハウスもある。吉岡は学生の時にしばしば訪れた街並みを懐かしみながら、瑞々しい若葉のケヤキ並木を歩いた。

長田の研究室の中は、時代物の壊れかけた地震計やケーブル、記録紙などが乱雑に積み上げられていた。本棚に置かれたCDプレーヤーから、キース・ジャレットのアルバムの「メロディ・アット・ナイト、ウィズ・ユー」のピアノ曲が流れていた。「吉岡に感化されたんだ。ジャズピアノは気持ちが落ち着くね」と、長田は、はにかんだ。そして、ミルにコーヒー豆を入れてカリカリと挽《ひ》いた。

長田は、コーヒーを淹れながら、小池と進めていた観測とその結果を吉岡に報告した。そして、長田たちが研究しているアスペリティモデルについて、ディスプレイの表示を見せて説明した。バックに流れるキースのピアノが、その画像にマッチして、なぜか効果的だった。

吉岡は、長田が説明する久しぶりの地球物理学の話を興味深く聞いていた。

「間隙流体ってなんだ。以前、膝に異常を感じて検査してもらった時にその用語を聞いた。関節の軟骨の話だった」と吉岡がいうと、

「へえ、そうなのか。人体の関節でも」と長田は、話をはぐらかされた思いで応じた。気を取り直して、話を続けた。

「アスペリティ仮説と言っている。仮説とはいえ、それを立証できそうな観測例が数多くある。間隙流体は、プレートの間に存在する流体、つまり水のことをいっているんだ。この水が地震発生に関わっているんだ」

「そうか。昔、地震に水が関わっている話を聞いたことがある。一九九〇年ごろにショルツが

発表したと。確かダムに水を入れると地震が多発するという話だった」と、吉岡がいうと、

「よく覚えていたね。ショルツは、ダイラタンシー水拡散モデルという地震発生モデルを発表している。俺は、地殻の深部でもそんなことが起きていると想定している。プレートの境界にはアスペリティと呼ばれる固着部分がある。それが水の浸透による間隙流体圧の上昇で強度が低下し剝がれると、バーン。地震が発生するというわけだ」

「君の地震発生機構のモデルもそうなんだね」

「今の地震学では、もはや定説と言っていい。研究者の多くは、このアスペリティモデルの実証に奔走しているし、全国に及ぶ稠密な観測網が整備されてきたんだ」

「それなら、すでに分析法も計算法もかなり確立されているのだろう？」

「確かに。地殻の深部の構造まで明らかになりつつある。特に南海トラフを始めとする大地震が想定される地域での研究は、大規模な観測でプレートの構造も把握できるところまで来ている」

「しかし、地震発生機構の解明にはまだ十分ではないというわけか」

「そうだ。もっとリアルタイムにプレート境界やアスペリティの状況が知りたい。地震はいずれ起こる。そのために、プレートで何が起きているか、できる限り緻密に観測して分析することが必要なんだ」と、長田は小池に同意を求めた。

　吉岡は、まだプレートの活動の観測のイメージが摑めなかった。

「リアルタイムといっても、南海トラフではプレートの動きは多くて年に五センチ。だとする

と月に高々四ミリくらいの動きだろう。一週間でやっと一ミリ。どうやって捉えるんだい」

「そこなんだ。精密な観測網と観測データが必要なのは。さらに地殻深部の構造を精密に分析する膨大な計算システムが必要なんだ」

「そういうことか、僕に要請されているのは。つまり精密な地震波トモグラフィー。地球のCTスキャンか」と、吉岡は、長田のPC画面の地震波トモグラフィーの画像を見ながらいった。

「分析の精度を上げるために、観測点の特性も考慮したレシーバー関数トモグラフィーなど、分析手法のさらなる精密化を行うことになる」と、解析のフローを示しながら、長田は応えた。

「地殻構造の判定では、PS変換面の精密分析や弾性波速度分布に有用なことが知られている。しかし、数十キロの深さの現象だから、今のままでは精度が十分じゃない」

「しかし、関東近郊は観測はしやすいだろうが、大都市の近くでノイズが半端じゃないだろう。適当なのかい」と、吉岡が聞くと、

「観測や分析には不利だが、知っての通り相模トラフは、複雑で興味ある領域なんだ」と、長田が答え、

「ノイズや脈動などのフィルタリングにはアイディアがあります」と、小池が引き取った。

大学の長田の研究室から、海上保安庁のオフィスに戻った小池は、長田が目標としているイメージを互いに共有するために、その詳細についてまとめていった。アスペリティの存在とプレート間の間隙流体がターゲットで、それを捉えることに焦点を当てた観測の研究計画を策定することにした。対象領域は、大正関東大地震の震源域とされる領域を含む関東圏に限定して、

稠密観測による地殻トモグラフィーを精密に行う観測体制と分析手法をまとめつつあった。

大学のキャンパスの研究室から見える木立は、深い緑に包まれていた。長田は、海鳴りの話を聞いてからもう一年になるのかと思い、また相模湾や房総半島の下で起こっている現象について想像を膨らませた。地殻の深部が見えるわけではないが、観測と分析の精密化を通してその現場を見たいと思っていた。

そんなある日、長田とメールでやりとりしていた小池が、海洋研究開発機構が、相模湾の海上で地震波トモグラフィーの観測を行う計画があり、見学できるかもしれないと書いてきた。測量船から多数のレシーバーを海面に流し、エアガンで起こした弾性波が海底や地殻から反射してくる波を捉える。今回はエアガンではなく、より強力な爆薬を使うという。陸上でも大学などの研究者たちが観測体制を取っているという。観測の目的には、近海で発見されたレアメタルなどの海底資源の調査も含まれているという。

長田は「面白そうだね。見学に行こう」と、弾むような調子で、小池に伝えた。小池は秋山を通して海洋研究開発機構の担当者に連絡を取り、見学の許可を得た。そして、吉岡からも操船の了承をとりつけるとともにクルーザーのオーナーの小林社長に、空いていたら使わせて欲しいとメールを書いた。

小林社長は、古い付き合いの長田の頼みなので了承したが、それよりも、長田が出入りしているディープソートセンターの方に興味があった。将来、量子コンピュータが使えるようになった時、情報処理の世界は激変するかもしれない。そんな変化にキャッチアップできる人材を育成しておきたかった。

すぐに小林から「君たちの企みを知りたいね、付き合っていいか」と、長田に返信があった。

「いずれ有能なプログラマーやシステムエンジニアが必要になる。IT企業の協力を得なければならないだろう」と長田は思い、

「そうですね。小林さんにも事情を知っておいて欲しい。ぜひ一緒に」と応えた。


真夏の穏やかな日、吉岡は油壺マリーナに出かけた。長田と院生たち、小林社長、海上保安庁の小池と秋山がマリーナのオーナーズルームで待っていた。海洋研究開発機構の秋山は、検討中の海中作業ロボットの動作環境を知るために、小池に誘われて参加していた。吉岡は、マリーナに航海の予定表を届け、クルーザーに乗り込んだ。前回の経験で院生たちは要領を飲み込んでおり、機敏に動いた。

吉岡が操船するクルーザーは、頂上に少し雪を頂いた富士山が浮かぶ相模湾を、快音を響かせながら滑るように熱海沖を目指した。キャビンの中では、長田が、小林たちに房総深部でのプレート境界の異常について話していた。

一応の話が終わると、小林は、緊張した顔つきになり、

「つまり大地震が起こるということかい」と聞いた。

「そうじゃなく、うまくいくとプレートの活動を詳細に捉えることができそうなんです」

「でもプレート境界に異常があったのだろう」

「そうなんですが、それがどの程度の異常なのか、もっと分析しなければならないのです」

「今言われている南海トラフの地震と比べてどうなの」

「南海トラフに対しては莫大な費用と人材が投入され、観測体制が整備されているので、知見が深まっていますが、我々が注目している地域は、特に異常が認められていないので、地震が発生するか否かについては手がかりなしです」と、不安そうな小林を相手に説明を続けた。

操舵席では、吉岡が秋山と話をしていた。秋山は、潜水士の海中作業をサポートするロボットを開発していたが、小池たちに要請されて、海底観測網の設置に使えるような海中作業ロボットの改良を検討していた。深海掘削船「ちきゅう」や深海潜水艇「しんかい」などを擁している海洋研究開発機構は深海での経験が豊富だった。

秋山が熱心に話すロボットの説明を聞いていた吉岡は、彼の横顔にふと気がついたことがあった。

「秋山さんは、カヤッカーの柴田さんのカヤックツアーに参加していなかったかい」といって、まじまじと顔を見た。

「そういえば、数年前の伊豆の石廊崎《いろうざき》のツアーで、あなたに会いましたね」と答えた。

「そうそう、女性の参加者が、高いうねりのために恐怖で動けなくなって、秋山さんが助けに行った」

「そんなことがありましたね」と、笑顔で秋山が答えた。

秋山は、彼の仲間たちと、主に西伊豆の松崎でカヤックツアーを行っていることを話した。今度、三陸海岸の北山崎に一緒に行かないか、とカヤック談義で盛り上がっていた。こんがり日焼けした秋山は、アスリート体型で、あまりしゃべらず静かな人だった。話しながらときおり胸に手を当てる癖が気にはなったが、好感が持てた。

クルーザーは、一旦熱海の近くの初島に寄り、海洋研究開発機構の相模湾初島沖深海総合観測ステーションを見学した。海底地震計や海底微圧計、海底重力計、海底電位差磁力計などがリアルタイムでデータを送信している。この他に、相模湾では、防災科学技術研究所の海底ケーブル式地震計が六基、東京大学の海底地震計が三基、稼働している。秋山は海底に延びる電源や光ファイバーの敷設について詳しく調べるために、観測ステーションに残ることにした。

予定の調査を終えた一行は、初島を離れて、海洋研究開発機構の測量船が地震波トモグラフィーの測定を行っている大島沖に向かった。小池は、測量船の船長と連絡を取り、測定の邪魔にならない遠い位置にクルーザーを泊めるよう吉岡に指示した。数隻の海上自衛隊の護衛艦が警戒する中、測量船は、真っ白な船体から、レシーバーが多数付けられた長いケーブルを延ばし、ゆっくりと移動しているところだった。その彼方で、護衛艦が爆雷を投下し始めていた。海面から数十メートル、真っ白な水柱が、花のように立ち上り、青く澄み切った空に映えていた。何度か繰り返されるその美しい光景に、小林社長と院生たちは歓声をあげて楽しんでいた。

「爆雷を使うなんて豪勢だね」と、吉岡は呆れたように水柱を眺めていた。

「使用期限が切れた旧式の爆雷の処理と訓練を兼ねているそうだ。エアガンに比べはるかに強力な震動が起こせ、深部にまで及ぶトモグラフィーの詳細化が期待されている」と、長田は答えた。

「爆雷など使うと、海の生物、特にプランクトンなどに被害はないのでしょうか。石油探査で、強力なエアガンを使った結果、プランクトンだけじゃなく、海棲哺乳類にまで影響が出たという報告もあります」と、海の環境破壊に関心がある小池がいった。

「海洋生物のことは詳しくはないが、少なからず被害はあるだろう。だが農水省や漁協の許可は得ているはずだよ。時期と場所は選んでいると思う」と、長田が応え、

「回遊している秋刀魚やカツオの群れなどを調査しているでしょうね。それに万が一、某国の潜水艦でも潜んでいたら大変ですよ」と、小池が答えた。

「なるほど。もちろんデータは研究者で共有されるのだろうね」と、吉岡が聞くと、

「利用申請はしている。でも、海中ではS波は伝播しない。P波の反射波で発生するS波は観測できるが、精密なS波の減衰を観測しなければならない俺たちの目的の間隙流体の観測には、多くは期待できないだろう」と、長田は、これからの観測のイメージを思い浮かべ、答えた。

キャビンの中では、小林社長は、院生たちを相手にシャンパンを飲んで一緒にはしゃいでいた。クルーザーは、大正関東地震の震源域と考えられている領域を見るために、房総の勝浦沖に行き、そこから引き返して、かつての地震で隆起した海岸線の様子をつぶさに観察した。小池と秋山は、前もって決めておいた海底観測点からケーブルを引き上げる地点について検討を

行っていた。

やがて、房総半島の野島埼灯台を過ぎ、洲崎《すのさき》灯台を見ながら館山湾に入った。湾内には、海上自衛隊の護衛艦や大型の客船が浮かんでいた。湾内にクルーザーを停めると、護衛艦が近づいて来た。海上保安庁だと伝えると、船首に立っている隊員は敬礼し、哨戒業務に戻っていった。

湾の南側の沖ノ島に海上自衛隊のヘリコプター基地がある。ここは大正関東地震で隆起した土地だった。その地震では、房総の館山と湘南の大磯は一・八一メートル隆起し、反対に亀戸と砂町、平井では〇・二四~〇・三八メートル沈下している。このことでも、丹沢山系から三浦半島を通り館山を結ぶ線の西側の相模トラフで、沈み込むフィリピン海プレートの上で首都圏を乗せた北米プレートがずり上がったことが推測される。そして震源域はそのトラフから東京湾の深部に達していることが推測され、余震の観測でもそのことが確認されていた。

小池は、海図に設置したい海底観測点をマークしていった。観測点では、プレート内で起こる地震を捉えるだけでなく、地殻構造を求めるため遠方からの地震も観測するほか、起震機を用いた地震波トモグラフィーの測定にも活用する。そして地殻の歪みと応力分布を知るため、観測点の間の距離の測定を行うことも想定していた。

防災科技研が設置した日本海溝海底地震津波観測網(S-net)の海底地震計は、北海道から三陸沖、房総沖までの日本海溝付近に三〇キロと六〇キロ間隔に百五十四観測点が設置され、光ファイバーで結ばれている。それぞれの観測点には地震計と津波計が設置されている。

この費用は、一箇所に一億円程度かかっているといわれる。かなりの投資だが、津波の被害を考えると高くはないだろう。

長田や小池が予定している観測網は、二キロメートルの間隔の稠密観測である。ターゲットを絞り込んで、精密な稠密観測を行うことで、リアルタイムで、プレートの動きをとらえることを目的としていた。可能なかぎりコンパクトで高性能な地震計が求められた。小池の要請を受けて、機械屋の秋山は、複数の圧電素子を組み合わせた広帯域加速度計を設計し、可動部がない地震計を設計していた。この簡便な観測装置によって、多数の観測点を必要とする計画の実現に見通しを得ていた。

一連の調査を終えたクルーザーは、みんなの希望に沿って、アクアラインをくぐり、東京湾の深部を目指した。涼しくなった夕刻の風の中、夕闇の海に浮かんだ東京は、普段とは全く違う印象の街に見えた。煌びやかな光の海に、高層ビルのシルエットが林立し、その穏やかな美しさに息を呑んだ。上海などのやたら賑やかな夜景とは一味違う、人工的な感じがしない自然物のようだった。レインボーブリッジを過ぎ、お台場から晴海埠頭にクルーザーは進んでいった。

突然、操舵室から吉岡が「うわー」と叫ぶ声が聞こえた。小池が飛んでいくと、
「ビルが動いたんだ、見てみろ」という。吉岡の視線の先を見ると、暗闇の中、大型の客船が目の前をゆっくりと移動しているところだった。それは、背後のビル群の明かりに溶け込んで、

大きなビルのように見えた。ビルと思い込んでいた吉岡が、びっくり仰天したのも納得できた。

「錯覚して当然だ。油壺に戻るぞ」と、吉岡は怒ったようにいい、舵を切った。

無言で遠ざかる東京の夜景を振り返りながら、吉岡と小池には、この美しい街を守りたいという思いがこみ上げてきた。二人の目には、海に浮かんだ東京の夜景が滲んで見えた。吉岡の耳には、遠くから微かに、ジョージ・ガーシュウィンの「ラプソディー・イン・ブルー」が響いていた。

青海の海上保安庁に戻るという小池を、合同庁舎がある青海埠頭で下ろした。大江戸温泉物語に行きたいという院生たちと小林社長もここで下船した。

吉岡と長田は操舵席に座り、無言のまま行き交う船の灯りを見ていた。東京沖灯浮標を目指してゆっくりとスロットルをあげていった。エンジンは次第に回転数を上げ、速度が上がるとともに、船底が波を蹴る心地よいリズムを感じた。ひっきりなしに旅客機がライトをつけて離着陸している羽田空港を右手に見つつ、やがて横浜の街灯りを横目に、クルーザーは真っ暗な海を油壺を目指して疾走した。

七　メタンハイドレート

日本列島の周辺では、北米の西海岸と並び、世界有数のメタンハイドレートの存在が確認されている。将来のエネルギー資源として期待されているが、興味を持っているのは、日本だけではない。周辺国の領土拡張の野望のターゲットになっている。最近になって、対馬や尖閣諸島、さらには琉球列島の帰属について、周辺国が異常な興味を示すようになっており、政治的課題として、いずれは顕在化するだろう。

実は、このメタンハイドレートの埋蔵域は、地震と深い関係がある。メタンハイドレートはプランクトンなどの海洋生物の有機物が、プレートの上に積み重ねられ、プレートの移動に伴ってその間に沈む込む。そして、高温高圧の環境で、有機物から生じたメタンが封じ込められ、固体の状態で地殻に集積されたものとされている。

つまり、プレート境界地震多発地帯とメタンハイドレートの埋蔵域はほぼ一致しているのである。

将来の日本のエネルギー事情は、そう楽観できるわけではない。近隣国の原発からいつでも電力を購入できるドイツなどとは状況は異なる。中東からの天然ガスや石油は、依然として日本の主力のエネルギー源となっている。ところが、南シナ海や東シナ海の問題など、そのシーレーンの持続的な維持が難しくなることも予想されている。

こうした背景のもとに、日本のエネルギーの自給は急務と考えられ、経産省を中心にメタンハイドレートの開発に関する研究が始まっていた。経産省の木田審議官が、そのリーダーとして任命されていた。その財源は、以前の石油特別会計に代わるエネルギー特別会計の中で賄われ、石油石炭税の税収を一般会計から繰り入れている。環境省、経産省、文科省など各省庁所管の活動に配分され、様々な研究開発プロジェクトが実行されている。その総額は数兆円に達している。もちろん内容は公開されているが、専門家でさえ、全体の実態を把握するのは難しい。

八月になり、これまでの調査と分析結果をまとめ終えた長田と小池は、日吉のディープソートセンターを訪れた。吉岡と三人で、今まで分析してきた結果を報告し合い、今後の活動を話し合うためだった。これまで長田と小池が、問題になっているプレートの箇所に関わる弾性波速度異常を、ディープソートの解析と併せて検討した。

長田は、タブレットを取り出し、考えているシミュレーションについて説明を始めた。精密な三次元モデルと人工知能でも用いられている統計的学習を組み合わせたものだ。観測データの蓄積による学習システムの構築が、彼の目標だった。吉岡は、長田の考えがほぼ理解できたが、その膨大さは、確かに現在のコンピュータの能力を超えていることも明らかだった。

「この計算をリアルタイムで行うのか」と、吉岡が聞くと、

「リアルタイムといっても、地殻の中の現象なので、数秒を争うわけじゃない」と、長田は答えた。

吉岡は、開発中のマシンで何ができるか、頭の中で大まかな構想をまとめてみた。いずれにしても、もっと詳細な検討が必要だった。

「どんな計算だか興味がある。統計的学習なら、多分行けると思う。開発中のマシンで対応できるか、詳細に検討してみよう」

「そうか、できそうか」

「有能な計算屋がいるので、君の期待に応えられると思うよ」と、吉岡は片目をつぶった。

「彼女のことかい。俺にはちょっと怖いんだが」

「斎藤さんは人見知りをするんだ。緊張していたのは彼女の方。もう大丈夫だよ」

長田は、最近の研究で分かってきたプレートの構造と、地震の発生メカニズムを解明するため、さらに詳しくプレート境界で起こっている現象を観察する方法について説明した。

「やりたいことはたくさんある。もっともやりたいのはリアルタイムに現象を把握することなんだ。むろん地殻内部だから直接は観測できない。だから精密な計算が必要なんだ」

「観測できる膨大なデータから地殻の構造や状況を学習して、それをもとにリアルタイムで地殻の内部の現象を推定しようというわけだ」と、吉岡がいった。

「うん」

「膨大な逆問題を解く。リアルタイムで。そして時間とともに、計算と観測結果からモデルの精密化を行う」と吉岡は、ノートに書きながら長田が考えていることを確認した。

「ノイズを取り除き、信号源を特定する。基本はファクトリゼーション・マシンかな」と、いくつかの学習アルゴリズムを思い浮かべながら、

「こいつはいいね。観測データの集積から地殻内部の詳細化された様子が、刻々と観測できる」

「それが可能になると、地震予知に向けた新たな観測システムが作れるというわけだ」と、長

田は、吉岡をまっすぐに見ながらいった。

吉岡は、長田と話しながら、観測システムと計算システムが融合したシステムイメージを考えていた。長田と小池が考えているプレート境界の間隙流体層の綿密な分析の概要は理解できた。当面は四基のディープソートでカバーできると考え、ソフトウエアのシステム構成について、ノートに書きながら構想した。吉岡は、長田の壮大な計画にいささか呆れながら、

「計算はなんとかするとして、観測体制はどうする」と聞いた。

「構想はあるが、最も困った問題は人と物だ。日本で深海掘削調査ができるのは、海洋研究開発機構の『ちきゅう』一隻だけだ。それにその掘削も操船もノルウェーなど外国人に頼っている有様だ。船も少なければ、必要な人材も少ないし、技術もない。日本はじつにみっともない状態だ」

「海底調査は、国の極秘事項だぜ。トップシークレット。それを外国人に頼っているとは」

「そうなんだ。ずっと前から分かっていたことだが、足元しか見ない政権が続いた結果だ。科学技術立国といっても内情は実にお寒い。百年の計は、政治にあずかる人たちから消えたのかと思う」

「そういえば、『ちきゅう』の東シナ海の探査に、中国政府の関係者を乗せたことがあったとも聞いている」

「そんなバカな。ともかく人、物がない状態でどうするか考えなければならない」

小池は、現在検討している海底観測装置の仕様について説明した。対象となっている領域を

カバーする稠密観測網を実現するために、観測点は二キロメートル間隔で、格子状に陸上と海底に設置され、各観測点は三軸地震計と地電位計からなるコンパクトなものを提案した。

長田は、「二〇〇〇メートルを超える海底での観測装置の設置はどうする。『ちきゅう』は資源探査で手一杯だろう」と、一隻しかない深海掘削船を思っていった。

「これくらいの作業で『ちきゅう』を使うことはないでしょう。DONETの海底観測ネットワークでは、開発された専用の装置を船から降ろして、ケーシングと呼ばれる金属の筒を海底に埋め込み、その中に観測装置を設置しています。そんな技術が使われているのでそのまま利用できます」と小池が応え、

「海洋研究開発機構の研究チームが海中作業ロボットの開発を行っています。吉岡さんもご存知の秋山がリーダーです。改良にめどがついたと聞いています」と、続けた。

「秋山さんからは前に話は聞いている。海中作業ロボットか。たかが観測装置の設置に『ちきゅう』を使うのはやり過ぎだね。どんなロボットですか」と、吉岡が聞いた。

「まだ詳しくは聞いていませんが、ロボットは沈没船の捜索など潜水時のサポートを行うものと聞いています。作業内容に応じて、複数のロボットが協調して働くらしいです。観測装置の設置に使えるかを秋山に確認してもらいました。製作する企業も、自律する作業ロボットの今後の展開を考えて、乗り気です」と、小池が応えた。

「協調作業ロボットか。そいつは面白そうだ。いつか紹介してほしい」

「また近いうちに会うことがあるでしょう」と、小池は微笑みながら吉岡にいった。

そしてプレート境界の状況を把握する観測システムと分析するシステムの概要を確認した後、その計画を実行するための方策について話を進めた。

「地震予知の活動だと知られたくない。うまい方策はないだろうか。かなり大規模な観測の目的が知られないような」と長田がいうと、吉岡は、少し前から考えていたアイディアを紹介した。

ディープソートの研究開発を提案したときに間接的に経産省の木田審議官に世話になった。直接話したことも何度かあったし、プライベートでもジャズのライブハウスで会うこともあった。彼のことを思い出し、まず、非公式に彼に相談して、今後のことを検討しようと思った。

「観測は急がなければならないが、今は予算がない。もしプロジェクトの提案をするとなれば早くても二年以上先になる。しかし観測は至急行わなくては」と、長田はいった。

「分析に必要な計算は、当面はディープソートの試行ということにしよう。システム評価の一環とするわけだ。プログラムやシステムの運用も僕のチームで当たることにする」と吉岡がいうと、「IT企業の小林社長に一肌脱いでもらって、人員を回してもらう」と長田がいった。

「そんなことができるのかい」と、吉岡がいうと、

「小林社長は、量子コンピュータに興味津々なんだ。社員の教育を無料で行うといえば、飲むと思う」と、笑いながら応えた。

「でも観測は装置と人手など、かなりの費用になる」と、長田がいうと、

「潤沢な予算を背景に活動しているプロジェクトの協力が必要だと考えているんだ」と、吉岡

は応じた。

「そんな余裕のあるプロジェクトがあるのかい」

「メタンハイドレートはどうだ。埋蔵量の調査だと大規模な調査活動もありうる」と、吉岡は、国家プロジェクトの中で大きな位置を占めるエネルギー特別会計のプロジェクトのリストを思い出しながらいった。

「もちろん政府の地震本部の予算も期待できるが、エネルギー特会の中に地震観測と類似の活動をしているプロジェクトがきっとある。その予算が期待できるかもしれない」と続けた。

長田と小池は、行政の問題には疎くて飲み込めないでいた。しかし、吉岡の人脈を思い、彼の話に乗ることにした。

「キーマンになりそうなのは、経産省の木田審議官だと思う。まずは彼に話を聞いてもらい、今後のことを相談しよう」と、吉岡は、長田と小池に同意を求めた。

「木田審議官のことはよく知らないが、有能だけど気難しくて怖い人だと聞いている」と、長田がいった。

「有能で実力者だ。でも審議官なので、ラインから外れて、部下もいない」

「雲の上の人だが、何をしているんだ」

「政策の取りまとめ、調整を行うのが役目だと思う」

「この話に乗ってくれそうかい」

「わからない。まずは相談に乗っていただく。経産省の木田さんには、何度か会ったことがあるんだ。ジャズボーカリストの裕美さんのライブで一緒になったこともある」

「ジャズのことでも知り合いなのか。裕美さんとも知り合い？」

「彼は彼女のファンなんだ。セッションでスタンダードを歌ったこともある。彼女を介して話ができるかもしれない。ダメ元で聞いてみる」といって、吉岡はスマホで裕美のスケジュールを調べ始めた。

「今日は、裕美さんは横浜のライブハウスに出るので、行ってみよう」と、長田を誘った。このあと用があるという小池とはそこで別れた。裕美に会えるのを喜んだのか、とても機嫌がいい長田と一緒に、京浜東北線で関内《かんない》に向かった。


吉岡と長田は、関内駅で降りた。夏の夕刻の蒸し暑さの中、横浜市役所の横を抜けて横浜税関に向かう途中の、馴染みのライブハウスへ向かった。階段を上りドアを開けると、広いレストラン風の室内からサックストリオとともに聞き慣れた裕美の透明な歌声が耳に飛び込んできた。

二人が席に座って、注文したパスタを食べながら話していると、ステージを終えた裕美がやってきた。微笑みながら挨拶をする裕美に、吉岡は用件を話した。

「最近、経産省の木田さんに会うかい。彼に会って話したいことがあるんだ。連絡をとれないかな」

「最近、お見かけすることはないわ。彼、痛風で苦しんでいたようよ」

「太っていて、贅沢な食事。天罰かな」と、吉岡が笑いながらいうと、

「苦しんでいる人にそんなこといわないの。でも最近はいい薬があるって言ってたわ」と、たしなめるように、怖い顔を作った。

「彼に連絡できるかな」

「じゃあ、来てねとメールをしてみる。ついでにスパコンの吉岡さんが会いたいといっていたと付け加えて」

「ありがとう。相談したいことがあると伝えて欲しい。久しぶりに彼の歌も聞きたいしね」

「もちろんその時は、二人でライブに来てくれるわね」裕美は片目をつぶった。

いきなり木田審議官に面談を申し込むことなど、一介の研究者では難しい。まして、突拍子もない東京での地震の話など切り出すことさえ難しい。裕美を介して非公式に会うことができれば、今分かっている状況を説明できると、吉岡は思っていた。

一方、長田は、黙って二人の会話を聞いていたが、こんな感じでことが進むのかと訝った。

「たぶん木田さんは裕美さんの頼みを断れない。なぜだか分からないが僕もそうなんだ。この話が決まったら、審議官には端的に話さなければならないので、要点だけをまとめた資料も用意しよう」と、吉岡は長田にいった。

やがて、次のステージが始まり、インストルメントの演奏の後、ボーカルの裕美が入り、洒落たアドリブを効かせた演奏が続いた。

「ジャズの場合、演奏者が元の曲から離れて自由に演奏するのが特徴なんだろう」と長田が聞

くと、

「そう。疾走感や躍動感、グルーブ感のためにいろんなことをやっている。それを聞くのも楽しみだね」と吉岡が応えた。

「即興演奏、インプロビゼーションっていうんだろう」

「アドリブともいうが、実はインプロビゼーションとアドリブは違うそうだ」

「即興演奏とアドリブは違うのか」

「インプロビゼーションは元の曲から離れて演奏者が自由に演奏するが、アドリブは、元の曲のコードやリズムを外さない範囲で演奏者自身のフレーズを自由に演奏するという違いがあるそうだ」

「なるほど。ところで、今、彼女が歌っているのはどっちだい」と、長田が聞くと、

「どっちって……本人に聞かなければ分からん」と吉岡が応えた。

「難しいもんだね」

「そうだが、僕たち聞く方は、それを楽しめばいいだけだから」

「絵画の、抽象画みたいなものか」

「その喩えは適当かも。どう感じるかは聞き手によるかもしれないが、いい演奏が持っている雰囲気は人によってそう変わらないだろう」

「例えばマーク・ロスコの抽象画は、千葉の佐倉の美術館で見たとき、なんだこれと思ったが、何度か見ていると惹きつけられるものがある。あんな感じか」

「僕には抽象画の方が難しい。絵のことは分からないが、そんなところだろう」

長田はそんな話をしながら、以前に読んだダグラス・R・ホフスタッターの『ゲーデル、エッシャー、バッハ』を思い出しながら、改めて数学と絵画、音楽の不思議な関係を思った。

ステージでは、マーヴィン・ゲイの「インナー・シティ・ブルース」に移り、裕美たちによる軽快なノリの演奏が流れていた。

八　審議官

吉岡の依頼に応えて、ジャズボーカリストの裕美が経産省の木田審議官に連絡すると、審議官から直接、吉岡にメールがあった。審議官は、何度かのメールの交換で吉岡の用件を確認した。荒唐無稽な話に審議官は訝ったが、未来技術のプロジェクトの提案から信頼を置いていた吉岡の頼みに応えて、とりあえず話を聞いてみることにした。

吉岡と長田、小池は、秋の訪れを感じる堀端を歩き、霞が関の経産省本館の会議室に、木田審議官を訪ねた。審議官には、首都圏の地震に関する相談であることを告げていたので、危機管理に関わる経産省の権藤順と国交省の山城豊も呼ばれていた。

緊張した面持ちの三人は、審議官たちが待つ会議室に通された。吉岡は、審議官と再会の挨拶を交わし、ディープソートの進捗状況を簡単に説明した。長田は、今まで行ってきた観測の経緯と結果を話し、ディープソートが分析した結果とともに、注目したプレートに何らかの異常があることを説明した。そして、アスペリティ仮説が正しいとすると、観測されたプレート境界での間隙流体の浸入によって、数年のうちにプレート境界地震が発生する可能性があり、その規模は大正関東大地震を上回るマグニチュード8程度であるとした考え方を紹介した。

吉岡は、今後の計画について話題を進めた。もし地震が発生すると、その被害は日本だけじゃなく世界経済に大きな影響がある。また、そんな地震が予知されたことが流布しただけでも、国内外の社会的、経済的混乱など影響は計り知れない。観測の強化を含めて、どのように進めるかを相談したいと訪問の目的を説明した。

木田審議官は、興味深そうに聞いていたが、

「地震予知などまだ先の話だと思っているし、そう聞いてもいる。このことは確かなのか」と、疑問を呈した。

「一般的な地震予知は困難ですが、偶然、地震発生につながる現象を見つけたんです」と、長田は応えた。

「テレビなどで地震を予知する専門家がいるが、君たちの発見は、彼らの予知とどこが違うのかね」

「私たちは、プレート境界の挙動を直接観測しています。メディアで紹介される予知は、GPSでの地表での歪みのデータや電離層の異常などを基にしていますが、それらは地震との因果関係が明確ではありません。でも根拠がないわけではないので、当たるも八卦当たらぬも八卦、競馬の予想屋というところでしょう」

「予想屋はいい過ぎだろう。君たちの話だって、確かかどうかわからないんだろう」

「そうです。そうですが、確からしい証拠を見つけたので、それをもっと詳しく調べるのが目的なんです」と、長田は、汗をかきながら説明を続けた。

木田審議官は「一般的には地震予知はまだできないが、君たちの分析によると、この件に限っては予知ができ、それも確かだというのか」と聞いた。

「分析はまだ半ばですが、二〇一一年の3・11東北沖地震の影響がこの地域に現れたのだろうと思っています」と、長田が応じると、

「君たちは、たまたま東北沖地震に関わる特殊なケースを検知できたというのか」と、権藤が念を押した。

木田審議官は、吉岡に、

「君のマシンも、地震学者のこんな要請に応えるようになったというわけだ。今度見せてくれ」といった。「もちろん喜んで。爆発的に向上した性能のシステムがもたらす次の世界の一端を、見てください」と、吉岡は応えた。長田は、話題がディープソートになりそうなので、慌てて話を戻した。

「なぜ、相模トラフに警戒しなければならないか、今までの観測で分かってきたことを説明します」ディスプレイに相模トラフを取り巻く地殻構造を表示した。

「ご存知の通り、これを知っていたらこの場所に江戸の町を作ろうなどと誰も思いません。それはともかく、今までの観測で、3・11東北沖地震でこの辺りの地殻の状態がかなり変化して

いることが分かったのです。ここに示されているのは、間隙流体、つまりプレート境界での水の存在を示すものです。この圧力が増大するとプレートは滑りやすくなります」

「そんなことが観測で分かるのか」

「深い場所なので精度は落ちますが、確認できています」

「そうだとして、それが関東大震災の時のような地震になるというのか」

「赤い領域が約百年前の関東地震の震源域、プレート境界が滑った位置に当たります。青い領域がそれより二百年あまり前の元禄関東地震の震源域です。倍くらいの大きさで、その時の被害は甚大だったことでしょう」

「地震本部が、百年以上は相模トラフのプレート境界地震はないといっているがどうなんだ」

「問題にしているのは、元禄に比べて大正の関東地震は規模がかなり小さかったということです」

「どういうことだい」

「一九七八年に宮城県沖地震が起きました。同じプレートで三十三年後に、一〇メートル近く滑って、巨大な3・11東北沖地震が起きたのです。つまり宮城県沖地震では少し滑っただけで、巨大なエネルギーは残ったままだったのです」

「途中で止まったままになっていて、三十三年後に動いたというのか」と、山城が訝った。

「私たちはそう考えています」と、小池が応えた。

「つまり、大正関東地震は小ぶりでプレートは途中で止まったまま。そして次の地震に向けて準備が整いつつある」

「仮説ですが、十分にありえます」

「ふう」権藤は言葉に窮した。

「で、予測される規模と時期は」と、山城が問うと、

「まだ、兆候を発見しただけですが、直感では数年先に大正関東地震を上回る地震が起きると思っています」と、長田が答えた。

「君の直感かね」と、権藤がたたみ込むようにいった。

「だから詳細な観測と分析が必要なんです」

　しばらく腕組みをして考え込んでいた木田審議官は、

「地震が切迫しているというのなら、俺じゃなく、話をする相手は文科省の地震本部だろう。全国にわたる防災のための総合的な地震調査研究を推進する地震調査委員会が、文科省のもとに設置されているのは知っているだろう」と、長田たちを見渡しながらいった。

「もちろん知っていますし、私も地震調査委員会のいくつかのプロジェクトに大学から参加もしています」と、長田は応えた。

「相談するのはそっちなんじゃないか」

「審議官に相談したいのは、この件の取り扱い、進め方なんです。おそらくこの件は、いずれは地震本部の地震調査委員会の活動となると思うのですが、その委員会には多くの人が参加し、活動や結果はオープンです」

「ほとんど全ての省庁の研究機関や大学が参加しているからな」

「では、観測の結果、東京が大地震に見舞われることがオープンになるとどうなります」と、吉岡は、審議官の反応を窺った。

「大変な混乱を引き起こすだろうな」

「社会だけじゃなく経済も。場所が東京だということが問題なんです。もちろん地方で起こっても大変ですが、東京の場合は、国内だけじゃなく国際的にも大きな影響が予想されます」

「で、俺に相談というのは？」

「詳細な観測と正確な分析が必要なんですが、それを地震との関係が疑われないように実行する。そして、十分な対策が進んだ時点でそれを発表し、無用な混乱を避けなければならないと思っています」吉岡は用意してきた資料を手渡した。

「これがその案か」と言って、審議官は、吉岡たちが構想した地震観測網と分析チームの資料をパラパラとめくり、机に肘をついた手のひらを額に当てて、しばらく考えていた。そして、いくつかの質問をした。権藤も、その信憑性《しんぴょう》について質問を繰り返した。

厳しい顔で長田たちを見ていた木田審議官は、

「分析の真偽については俺は判断できない。権藤君、どうだい。まず彼らが言っている分析結果を専門家に判定してもらう。それを受けて必要なら観測体制などを検討する。人選などは君に任せるが、おおっぴらにできないので慎重に頼む。信頼できる少数でいいだろう」と、権藤にいった。

「分かりました。私もにわかには信じることができないのですが、状況の把握と対策を急ぎまとめて報告します」と、権藤が答えた。審議官は権藤にいくつかの指示をした後、「裕美に歌を聴きに行く約束をさせられた。行く日を連絡するので、都合が合えば一緒に来てくれ」と、吉岡にいって、会議室を出て行った。

成り行きで責任者になってしまった権藤は、しばらく困惑していたが、三人と額を寄せて話を交わした。そして詳しくは、権藤がアサインした専門家たちとともに日吉の研究所に集まり、説明会を開くことに決めた。

次の休日、気象庁や国土地理院、防災科技研、海洋研究開発機構などの研究機関から招集された専門家たちは、ディープソートセンターに集まった。参加者は、初めて訪れたディープソートの研究開発施設に興味を示した。実用の量子コンピュータの開発状況はあまりオープンにされていない。その上、断片的に研究成果が発表されるだけなので期待ばかりが膨らんでいた。

吉岡は、ディープソートの開発の目的と経緯を説明し、詳細な説明を斎藤マネージャーに促した。珍しく薄化粧をしてきた斎藤マネージャーは、ディープソートの仕様について簡単に説明して、いくつかの興味深い応用についてデモを行った。ポアソンソルバーなど、誰もが知る偏微分方程式の例題を実行させながら、丁寧に説明した。参加者は、斎藤マネージャーに親しみを感じたのか、矢継ぎ早に質問を浴びせた。そして、説明された量子コンピュータが示す能力に一様に感嘆した。その一方で、アニーリングマシンには懐疑的な人も少なくなかった。

デジタルコンピュータは、数値を正確に計算し結果を導くが、量子コンピュータのアニーリングはアナログ計算であり、結果も確率的であることに議論は集中した。しかし、世界で研究が加速している量子コンピュータの実機が目の前にあり、ホログラムディスプレイの表示の美しさに感心してもいた。そして思っている以上に実用研究に近づいていることに、一様に驚きを見せた。

吉岡は、量子論を持ち出しても、すぐには理解が得られないため、

「ディープソートは当たらずと雖も遠からぬ解を求めるためのマシンで、厳密な解はデジタルコンピュータによります。そんな使い分けになると思っています」と、強引に説明をまとめた。

その後、吉岡と長田は、ホログラムディスプレイを用いて、これまで分析した結果を紹介し、特に間隙流体層と推定されたアスペリティに関わる表示について詳細に紹介した。分析結果について熱心な質疑応答が行われた。数時間に及ぶ白熱した議論が進むとともに、出席者は長田たちと次第に問題に対する認識を共有していった。

分析結果に対しては、研究者の一部から疑問や異論が出された。長田たちは、解釈が多様になることは先刻承知で、それらの質問に丁寧に答えていった。そして参加者の誰もが、プレート境界の異常については、より詳しい観測と分析が必要なことを認めた。権藤は、そうした議論から批判的な意見も含めて、質疑内容と出席者のコメントを報告書にまとめ、木田審議官のもとにメールで送った。

権藤は、報告書を書きながら、これから行うべきことをすぐに理解した。参加者が帰った後、

地震の予知、地震発生までの対策、そして発生後の処理を三人と議論した。また、政府の地震本部で行われている全国に及ぶ地震調査と観測体制の整備、分析体制の規模の大きさを思いながら、この活動をどのように位置づけるかを考えていた。

「まさに火中の栗拾いだな。君たちを信頼していいんだよな」と、権藤は、吉岡と長田、小池の三人を見回しながらいった。

「もちろん。ディープソートのこともね」

「数年と言っていたが、本当のところ、残り時間は？」と、権藤は真剣な顔で聞いた。

「間隙流体層の広がりの速度から、三年から五年だと思っています。分析が進めばもっとはっきりしてくると思います」と、長田は応えた。

「残された時間は、短くて三年ということか。それまでに対策は万全にということだな」と、権藤は上目遣いに長田を見た。

「確定した時期を予測するのは難しいのですが、それくらいの心づもりでいいと思います」

「今後については、木田審議官から吉岡さんに腹案があると聞いている。吉岡さん、説明してくれないか」と権藤は促した。

「緊急に、観測の強化とそれに伴う膨大な予算を確保し、内外にそれが地震予知の活動とは知られない方策の一案を、叩き台として紹介します」と、吉岡が説明を始めようとすると、

「審議官に話したということは、我々、官僚の力が必要ということかい」と、権藤は身を乗り出した。

「そうです。すでに確定している大きなプロジェクトの予算から流用します」

「ひょっとしてエネルギー特会かい」

「その通りです。伊豆半島沖のメタンハイドレートの調査は、可能性がありませんか」

「メタンハイドレートについては詳細は知らないが、いくつかの省庁の関係する研究所が提案しているはずだ」

「木田審議官が動いてくれれば、と思っています」と、権藤の反応を窺った。

「おおむね了解だ。こういう無茶な話はバブル期以降、久しくなかったな。なんだかわくわくするぜ。あとは我々官僚の仕事だ。任せてほしい」と、権藤は頷いた。

「ともかく急がなければならないのは、地震発生時期の特定とその規模の想定です。まずは、プレート境界の観測・監視を行うチーム、そして地震に対する防災と災害救助を行うチーム、それに震災後の東京の復興を検討するチームが必要です。全ての課題がお互いに関連しているので、円滑かつ迅速に機能するための組織を設置して対応することになるでしょう」と、長田はいった。

権藤は、まだ半信半疑だった。

「科学者の君たちが焦る気持ちは分からないわけじゃないが、首都圏が地震に見舞われるという確かな証拠はないのか」

「証拠って、何を示せば分かってもらえますか」

「それは専門家でもない我々に分かるわけがない。君たち専門家が、我々が納得できるだけの証拠を示してくれればいいんだ」

「そうですね。話は堂々めぐりになりますが、観測を続けて地震につながる証拠を探します」

「それまでは、政府としては動けない。でも木田審議官の指示でもあるので放っておくわけにもいかない。我々でどうするかは検討しておこう」と、権藤はいって、

「政府の地震本部の地震調査委員会や政策委員会との関係はどうする」と、長田の方を見た。

「時期が来れば、地震本部のもとで活動することになるでしょう。この活動は、政治、経済を含めた首都圏に特有な対策を進めることが目的となります」と、長田が応えた。

権藤は、頷きながら聞いていた。

「首都圏か。うん。地震の規模から予測される災害がある程度の精度で分かれば、前もって有効な対策が立てられ、そのための費用や人材、物資が用意できるというわけだ」と、自らを納得させるようにいった。

地震に関わる課題は、防災・減災から、救援・救助、そして首都圏再建・復興まで幅広い。地震による大都会の崩壊は、物的被害はもちろん経済的、社会的損失も大きい。その規模や影響が予想される以上、できる限りの方策を講じなければならない。権藤は、長田と吉岡とともに、どのような組織が適当かを話し合い、地震観測と分析、防災と救助、首都圏の復興と再建の三つのチームを設定した。

「三つのチームが提案されたが、異論は？」と、権藤が同意を求めた。

「ディープソートとスーパーコンピュータのネットワークの爆発的処理能力が、三つのチーム

をサポートするわけですね」

「おおかた体制の形が見えてくるな。大事なのは見落としのない対策と情報の共有だな」と、権藤が応じた。

「チームの名称を、旧約聖書からいただくのはどうでしょう。地震予知はパンドラの箱、救援救助はノアの箱舟、そして東京再生はバベルの塔」と吉岡がいうと、

「日本だから『古事記』からはどうだ。イザナギ、スサノオ、アマテラス。イザナギは問題提起、スサノオは混乱の収拾、アマテラスは国づくり」そう長田は提案し、

「それと、パンドラの話は旧約聖書じゃなく、ギリシャ神話だよ」と指摘した。

「え、そうなの？」吉岡はきょとんとした表情で長田を見た。

「旧約聖書でいえば、エデンの園がパンドラに似ている。ついでにいうと、日本の神話のイザナギとイザナミの話も同じような話だ」

「西洋の神話と日本の神話が似ているのかい」

「詳しくは知らないがそうらしい。古代の世界を研究する比較神話学という学問があるほどなんだ」

「呼称の出所は問題にしなくていいだろう。それでチームの役目が分かればいいのだから」と、権藤は話が逸れそうなので本題に戻した。

「『古事記』の神話も悪くないが、僕はパンドラの方だな。語呂がいいと思う」と、小池は吉岡の提案を支持した。

「アマテラスは、少し生々しい感じがするかな」と、長田は妥協した。

「では、チームパンドラ、チームノア、チームバベルとして提案しよう。パンドラのリーダーは長田さん、ノアのリーダーは国交省の山城さん、バベルは私、権藤とする。吉岡さんたちは、ディープソートとスーパーコンピュータで三つのチームをサポートするんだ。どうだろうか」と、吉岡たちの思いに沿う提案をした。

「賛成です。将来はともかく、スタート時点ではコンパクトなチームがいいでしょう」と吉岡が答え、

「しばらくは状況の把握と情報の共有が肝要だ」と権藤が応じた。

権藤は、にわかには信じられない首都圏を襲う地震について思った。おそらく木田審議官も信じてはいない。しかし興味を示したのには理由があるはずだ。もちろん政策上の理由……いずれは発生する災害に対する首都圏の危機管理のためだろうか。万が一にでも首都圏が崩壊すれば、その影響は想像を絶する。

吉岡は、ディープソートの改良と長田たちの活動のサポートで忙しく、木田審議官に誘われていたジャズライブを断っていたことを思い出した。今頃は、横浜で裕美たちのライブを楽しんでいるだろうと思った。

横浜の馬車道の歩道には秋の風で木の葉が舞っていた。そのライブハウスでは、吉岡に同行を断られた審議官が不機嫌な顔で演奏を聴いていた。ステージが終わると、裕美は審議官の向

かいの席に座り、

「木田さん、元気になられたようでよかった」と、挨拶した。

「今日は吉岡のバカに断られて、俺は一人なんだ」

「吉岡さんは忙しいの。大切な仕事があるようだった。木田さんによろしくだって」

「まあね、頑張っているようだ」

「なんだか大変な仕事をなさっているのでは。問題などないのかしら」

「彼のことだ、間違いは起こさない、というか間違っても認めないんだ」

「それはきっと木田さんも一緒じゃない？」

「そう見えるかい」と言って、大きなお腹を揺らして笑った。

「吉岡さんは木田さんが先生だといっていたわ」と、裕美がいうと、うむと頷いた。そして、

「歌ってもいいかい」と裕美に訊ねた。

「そうね、次のステージの最初に。何歌う？」

「『サマータイム』。早めの四ビートで」

「今日のドラムは、腕がいいんですよ。きっとうまく乗せてくれるわ」

「最近、ゆっくり休むこともできなくてね。今日は楽しんで帰るよ」などと、話した。

次のステージのインストの演奏が終わると、木田審議官は、大きな体を揺すってステージに上がった。そしてマイクを摑むと、信じられない美声で、ジャズアレンジの『サマータイム』を歌い始めた。大学では男声合唱団にいたというだけある。他の客たちも話を止めて、彼の歌

に聞き入っていた。

九　首都圏地震対策室

秋風が爽やかな日、大学の長田の研究室では騒ぎが起きていた。相模湾に設置していた海中マイクロホンの記録の中に、スロースリップに伴って発生していると思われる長周期の音波が頻発しているのを研究室の院生たちが見つけたのだ。院生たちは、発生源の特定に当たったが、音響データだけでは房総半島方面としか分からない。院生たちは、長田に観測データとともに状況を伝えた。

連絡を受けた長田は、送られてきたデータを見て、院生たちに「よくやったぞ」と声をかけた。長田と小池は、院生とともにデータを精査した。特定された音源の位置、つまりスロースリップの位置は、精度は悪いが、相模トラフに関わるプレート境界の比較的深い部分に集中していた。

早速、関東にある地殻変動観測装置のデータを集めて、集中的に分析を行い、極めて微小なものも含めて長周期地震動の発生源の特定を急いだ。数ヘルツ以下のゆっくりした地殻の変動は、気圧や波浪、潮汐など様々な要因で起こる。それらの影響を綿密に排除して、スロースリップに関わると思われる地震動を取り出す努力がなされた。

分析されたデータは、日吉のディープソートセンターに送られた。状況を分析するために、長田と小池は、急遽センターに集合した。すでに、ホログラムディスプレイにスロースリップの発生源がプロットされ、さらにプレートの境界で発生した通常の地震の震源も、表示されていた。

こわばった顔で、長田と小池はディスプレイを凝視した。

「地殻変動のデータが微弱なので精度は低いが、これらの分布の範囲は、相模トラフの震源域の深い領域になると思われる。大正関東地震よりも、さらに大規模な元禄関東地震の震源域よりも広く、東方および北方にも分布しているな」と、長田がいった。

「そうですね。相模トラフの深い部分、深さ三〇キロ付近ですね。その下には太平洋プレートが沈み込んでいます」と、小池が問題の部分を指差した。そして、

「3・11東北沖地震の震源域の南端に近いですね。あの地震での断層がこの辺りで止まったのだから、ひずみも残っているでしょうし、太平洋プレート上面の間隙流体が、相模トラフ側のフィリピン海プレートの深部での間隙流体圧の上昇をもたらしているのかもしれません」と続けた。

「3・11東北沖地震の震源域の南側を精査して、空白域を特定し、相模トラフ側のプレートとの関係を見直そう」と、長田は、ディスプレイの表示を見たままいった。

「震源域は丹沢山系から三浦半島、館山沖から大島付近を経て、太平洋プレートの近くに達しています。震源域の幅は、大正関東地震に比べてかなり広いとみていいですね」と、小池が応えた。

「フィリピン海プレートが太平洋プレートとぶつかる辺りまで、スロースリップの発生源が広がっているということか」

「幅は、二〇〇キロくらいですね。元禄関東地震の震源域よりも幅で一・三倍くらいになる」

「本当かい。もう一度データを精査だな」

「この辺りは何百年も滑っていない。これが滑るととんでもないことになります」と小池の声が上ずっていた。

「さらにまずいのは、東京中心部が震源域にかかっている。マグニチュード8以上のプレート境界地震が、東京の真下で起こるということになる。これだと予想される被害は、酷い規模になる」と、声を抑えながら長田はいった。

「でも、相模トラフは湾曲しているので、全体が一気に滑ることはないのでは」と、分析チームの一人が、多くの研究者が思っていることを口にした。

「今まではそうだった。この辺りのトラフの湾曲付近で、大正関東地震の滑りは止まっている。だからプレート境界地震にしては小ぶりだったんだ」と、長田は自ら確認するようにいった。

「今までの観測データを見直す必要がありますね。何か見落としがあったのかもしれない。想定していた震源域をもっと東に広げて、再検証です」と、小池がいうと、

「大正関東地震の再来とどこかで思い込んでいたので分析が甘くなったんだ」と、長田はプロットされたスロースリップの発生源のマップから目を離さずにいった。

会議室の緊張感が一気に高まった。同席していた斎藤マネージャーたちと分析チームは、何

をしなければならないかをすぐに理解し、弾かれたように部屋を出て行った。分析範囲の拡大とスロースリップの分布を参考にした分析の詳細化を急いだ。

「スロースリップは、プレート境界の浅い部分と深い部分に多発していて、中間部ではあまり発生していませんね。スロースリップを起こしている部分は間隙水圧が高まり、中間部は固着している。その中間部でやがて地震が起こるということですね」と、小池が確かめると、

「スロースリップの発生源の場所の精度はそう高くはない。アスペリティの特定のため、場所を絞り込んだ精密な地震波トモグラフィーのデータが必要だな」と、長田は応えた。

「そうだと見ています。S波の反射面を範囲を広げて分析しましょう。今すぐにやりましょう」と、小池が、観測網のマップの上で範囲を示した。


それから数日、ディープソートセンターでは、新たな分析目標に向けて不断の作業が続けられた。次第に分析結果が明らかになり、震源域の広がりの特定と、最初の震源つまり断層が滑り始める地点が推定された。本震は丹沢の秦野《はだの》の近く、深さは地下二〇キロとされた。分析の結果から、地震発生から断層の動きを表示する動画が作られた。

ディスプレイには、丹沢付近で断層面が動き始め、その断層が相模トラフに沿って太平洋の方向に秒速三キロの速さで走る様子が動画で表示されていた。途中で、二、三度、何かに引っかかるように速度を落としたが、大島の東を過ぎて、館山の南東五〇キロのあたりに達していた。断層は逆断層で、幅二〇〇キロ、奥行き九〇キロの断層面にて、西から東に、北側の地盤

が南側を飲み込むように覆いかぶさる様子が繰り返し表示されていた。

解析チームのメンバーは、計算された結果の吟味を慎重に行った。

「これが今回、想定された首都圏地震の姿だ。無論分析は完全じゃないが、そう外れてはいないだろう」と、長田はメンバーに確認を求めた。メンバーの全員が、想定された地震の様子を、信じられない思いで見ていた。

「この引っかかっているところで一旦止まりそうになっているが、大正関東地震でも、短時間で本震に近い大きな余震が何回か続発したということに対応するのだろうか」

「多分そうだ。相模トラフの複雑な構造が原因だろう」

「各地の震度の計算結果が間もなく上がってくる。それで被害想定のやり直しだ」と、長田はいった。

すぐに、長田は、権藤に新たな展開を説明するために連絡した。そして小池とともにチームバベルのオフィスを訪ねた。

長田は、権藤に想定される相模トラフの地震は、想定していた震源域より広いこと、その一部に東京都心が含まれることが観測データから推定されると伝えた。権藤は、長田のいっていることがすぐには理解できなかった。

「もっと大きな地震になるのか」と、権藤は、よそ事のようだった。その緊張感のなさに、長田は、

「マグニチュード8以上の地震が、都心の真下、それも浅い箇所で発生する。それは大正関東

大震災とは桁違いの規模です。列島から離れた南海トラフがいくら巨大といっても、こちらの方が数段危険です」と、断言するようにいった。

そして、想定される地震が発生する様子の動画を見せた。権藤は繰り返される動画を凝視した。

「これは本当なのか。それで発生はいつなんだ」と、権藤は、まだ信じられないようだった。

「今の観測で発生時期の特定は困難です。しかし、数年で確実に発生します」

「君は、数年後の大地震で、東京は崩壊するというんだね」と、確認した。

「残念ですがその通りです。複雑にプレートが重なっている真上に、巨大な首都圏が作られたことが不幸だったんです」

「至急、木田審議官と山城さんに話す。その時、霞が関に来てくれないか」と、権藤はいい、ことが緊迫していることを理解した。

霞が関の経産省の会議室で、権藤と山城は、長田から状況の説明を受けた。二人は、これまで中央防災会議で首都直下型地震や大正関東大震災のことを想定しており、東京の都市の強靱化で、かなりの対策ができると思っていた。どうしても対策ができない箇所は残るが、その地域は特定できるとしていた。しかし、動画を使って長田が説明した地震の規模は、それらの想定をはるかに超えていた。

「聞くが、この地震は、遠くない将来発生するというのは確かなのか」

「時期はいえませんが必ず来ます。予想では数年後と見ています」といいながら、長田は、あまり確信のない地震の発生時期に触れたことを一瞬後悔した。

二人は、腕組みをして、長田の話を聞いていた。思いは一緒だった。東京がとても危険な場所にあること、長田の話が話半分としても、来る地震への対策を急がなければならないことを確認し合った。そして、長田の説明をもとに、木田審議官への報告書をまとめた。その報告書は、すぐに木田審議官に送られた。その後数日間、審議官は、権藤と山城の二人と何度か打ち合わせ、首都圏地震対策室と名付けた提案書を練り上げて、総理と官房長官に説明を行った。

総理と官房長官は、新たな地震の規模の報告を受けて、その驚くべき内容に言葉を失い、中央防災会議の想定よりさらに甚大になる被害に肝を潰した。

冷たい風が渡る初冬の夕刻、霞が関の権藤のもとに、山城と吉岡、長田、小池が集まり、官邸と木田審議官の交渉の経過を聞いた。権藤が、木田審議官から漏れ聞いたとして、

「木田さんは、内閣府の直下に首都圏地震対策室を置くことを話したと聞いている」と報告した。

「時期が来るまで隠密に進めるには、そうする方がいいだろう。それに我々は、長田さんの主張を全面的に支持しているわけじゃなく、空振りも想定しているのだから」と、山城が続けた。

「地震の破壊現象は確率的です。空振りもありうることを認めていただけるのはありがたい」と、長田は、申し訳なさそうにいった。

「議員たちに漏れると公表したも同じ。それを政治利用する政党だってあるだろう。国益よりも党利が優先という馬鹿げた野党もないわけじゃない。当面は官邸だけに止めて秘密裏に進めるということですね」と、吉岡がいった。

「どうやら木田さんは、今回の件を危機管理の演習として考えている節がある。省庁を超えた危機管理が機能するかを検証するいい機会だと」と、権藤がいい、

「阪神・淡路や東日本大震災の時の官邸の対応のまずさや反省点を踏まえているのだろう」と、山城は当時を振り返った。

時に危機は予測を超えて起こる。予想しない国際情勢の緊迫への対応は、事態が望まない方向に進んだ時、即座に対応できるかが課題として残されていた。当然、財産権や基本的人権の保障、交戦権の制限など、憲法は権力の暴走の歯止めであり、遵守が求められる。しかし、その憲法の制約が、危機への対応の足かせにもなることがある。予測される大地震に伴う災害をいかにして減少させ、可能な限り防止するか、そのための検討が急がれた。

一九七八年に施行された大規模地震対策特別措置法は、大規模な地震による災害から国民の生命、身体及び財産を保護するため、地震防災対策の強化を図り、社会の秩序の維持と公共の福祉を確保することを目的として制定された法律であった。この措置法は、当時は予知が可能とされた東海沖の地震を想定して制定されたもので、一九七九年には、東海沖の地震予知を判定する地震防災対策強化地域判定会が発足している。しかし、地震予知が可能であることを前提としたこの措置法には当時から批判が多く、四十数年後にやっと見直されることになった。

権藤は、地震予知を前提とした今回の首都圏地震対策室の設置の根拠となる法律を整備する上で、参考としている過去の大規模地震対策特別措置法の条項を、長田たちに説明した。

そして、「首都圏地震対策室は、その大規模地震対策特別措置法を念頭に設置することになる。その措置法に基づいて、Xデイの公表の後、総理が中央防災会議や各自治体から同意を得て、正式に活動が始まることになるんだ」と話した。

「でも、この四十年間で、防災・減災の技術が進歩しているので、具体的な内容はかなり変わるでしょう」

「銀行の口座の凍結や商店の閉鎖、鉄道の停止など反発を受けたことは、今の技術でカバーできるだろうから行う必要はないので、前もって行うことが中心になると思います」

「そうだな。いずれにしても防災・減災の準備を行う法整備になると聞いている」

「総理大臣がその特別措置法を発令するわけですが、そのためには、これから設置される首都圏地震対策室での分析や調査が必要だったということですね」と、吉岡がいった。

「チームノアの活動は、前の措置法の第十二条の警戒本部に当たるのか」と、山城が、条項を見ながら、

「救援救助について、自衛隊に関する記述がありませんね」と、首を傾げながらいった。

「自衛隊の救援要請は別の法律だからね」と、権藤は応え、

「それだけじゃない。今まで検討してきたことのすべてを、この特別措置法がカバーしているわけではないので、新たな法整備が必要になるかもしれない」と、続けた。

「すると、首都圏地震対策室は、Xデイが決まるまでは官邸の諮問機関で、Xデイ以降に特別措置法に基づく正式な活動機関になるということですね」

「どのような位置付けになるかは、木田審議官と官邸の間で決められるだろう。今打ち合わせが行われているところだ」


数日後、首都圏地震対策室が立ち上がるという話が、長田や吉岡にもたらされた。霞が関に呼び出した二人に権藤と山城は、官邸での打ち合わせの様子を説明した。

「木田さんが、今までの経緯を説明して、首都圏が地震に見舞われる可能性が高いこと、それも数年後と予測されると報告した。すると、総理から南海トラフを含めて色んな質問があったらしい。それで、例の地震発生の動画を見せて、最新の観測から推測されたものだと説明した。すると今まで笑い声もあった官邸室は沈黙に包まれた。誰も喋らず動画を見ていたそうだ。あの動画とリアルな説明は迫力があるからな。総理は、前から最近の日本周辺の緊張や南海トラフなど、緊急事態に備えることを第一に考えていたそうだ」

「時に危機に対して効果的に対処するには、超法規的な措置も含めて前もって検討が必要だと」

「この話は、そのテストケースとしても、検討に値すると木田さんは強調した」

「そして、総理と木田さんの意見が一致したというわけですか」と、吉岡がいった。

「うん。後は、首都圏地震対策室を官邸のもとに作ることで合意するだけだ」権藤は応え、

「また、予算措置については、緊急性のないプロジェクトの延期、予備費のカットでかなりの予算が回せるし、本当に困れば赤字国債だってあると官邸はいったらしい。ともかく木田審議官の説明は、官邸に対して効果があった」と、説明を続けた。

「効果があったということは、俺たちの提案は、官邸に理解されたということですか」と、長田は聞いた。

「我々の提案が全て認められたわけじゃないが、スタートするには十分だと思う」と、権藤は応えた。

「さすが木田審議官です。官邸の信頼も厚い」と、吉岡がいった。

話の頃合いを見ていた国交省の山城は、

「木田さんの努力で、官邸の中に首都圏地震対策室が置かれることになる。実質的な活動がいよいよスタートすることになった」と、厳しい口調でいった。そして、

「対策室のヘッドには、木田審議官が就き、内閣官房直轄ということになる。対策室の中に、チームノアとチームバベル、チームパンドラを置く。各チームの役割と、組織はこの通りだ」と、今まで権藤と詰めてきた組織図をディスプレイに表示した。

「吉岡さんたちの仕事は、この三つのチームを支えるコンピュータシステムの構築だ」と、山城はいった。

首都圏地震対策室は、長田たちが予測した地震の発生時期を、三年後と仮設定して、早くて二年後、遅くとも四年後と想定し、それをベースにして、できる対策を精密に検討することと

した。そして、チームパンドラは、できるだけ早い時期に、Xデイと呼ぶその日時を明示するよう、観測と分析に集中することが求められた。

権藤は、「どうだい。勢いでスタートすることになった。無論、地震が相手だから、空振りは承知の上だ。つまりシミュレーションと実践が同時に実行されることになったわけだ」と、訓示調にいった。しかし吉岡は、この流れに疑問を持っていた。木田審議官は、地震発生に対してはなから懐疑的だ。この話を進めているのは、他に魂胆があるのではと思っていた。

「権藤さん、木田審議官の目的はなんだと思います?」

「決まっているだろう。近々来るだろう首都圏震災への対応だ」

「そうですか? 審議官は、しきりに空振りを強調している」

「吉岡さんは、審議官が他に目的を持っていると?」

「ええ。彼は昔から東京への一極集中には批判的なんです。地方への分散と発展、それと地方文化を守ることに異常なほど熱意がある」

「それは聞いたことがある。だがこの件とは関係はないだろう」と、権藤が言った。

「地方への行政機能の分散を、首都圏大震災をきっかけに一気に進めようと狙っているのかも」と、吉岡がいうと、

「そうなのか。そうかもしれない。そう思うと、木田さんの行動に合点が行くことが少なくないな。前もって地震から避難しておくことも必要だし、その動機付けにもなる」

「官邸の意向なのかな」

「そういうこともあるかもしれないが、それは木田審議官に任せよう。首都圏に地震が来る。俺たちはこちらに集中だ」と、権藤がいった。

そして権藤は、ニヤッと笑い、

「明日からは、冗談抜きだ。今日は九段下で飲もう。審議官が待っている。いいかい」と、みんなの同意を得るように、見回しながらいった。

「九段下の料亭ですか。役人と料亭ってまだ関係があるんですか」と、吉岡が聞くと、

「昔はね。いい時代があったらしいが、今はないね。僕も初めて行くんだ。木田審議官の計らいなんだ」と権藤が答えた。


権藤と山城、長田、小池、吉岡の五人は、寒風の中、コートの襟を立てて九段下に急いだ。黒板塀の割烹に着くと、一室で木田審議官が待っていた。緊張した面持ちの一同が席に座ると、「今日は、首都圏地震対策室の設立日だ。お祝い事でもないが、互いの顔合わせとして、集まってもらった」と、木田審議官はいい、隣に立っている清楚な紬《つむぎ》の着物の女将を紹介した。粋な女将は、簡単に挨拶した後で合図すると、二人の若い着物姿の女性がお酒の用意をして回った。

「対策室は、位置づけも微妙な組織だが、これから直面する問題は、俺が考えていたよりはるかに大きそうだ。少しは君たちの研究を勉強して、なんとか理解していくつもりだ。不都合があれば、いつでも知らせてほしい」と、乾杯を唱和した。

「日本料理の真髄は懐石料理なんだが、普通の人には縁遠いものになっている。俺は、日本人なら知っておいてほしいと思っているんだ。ここの料理は、以前は江戸前の寿司屋だったので、茶道でいう正式な懐石とは少し違うが、季節感がある料理を楽しんでほしい」といって、笑みを含んで頷いている女将の方を見た。

上品に盛られた先付から始まる料理に、一同は硬くなっていたが、宴が進むにつれてリラックスし、お互いを紹介し始めていた。吉岡や小池、長田は、まったく生活感がない研究者だが、長田は奥さんと娘が一人、小池は奥さんと男女二人の子供がいる。吉岡は独身だった。権藤と山城も、家族のことや経歴を披瀝した。

最後にゴマだれの鯛茶漬けを頂いた。明石直送の真鯛の奥の深い味わいは、感動ものだった。最後に、審議官がこの対策室にかける思いを話した後、散会した。

女将たちに送られて表に出ると、千鳥ヶ淵の向こうに靖國神社の黒い木立が広がっていた。

「今日のお勘定は？」と、不安そうに長田が権藤に聞いた。

「どうなんだろう。木田さんかな。でも、こっそり品書きを見たが、そんなに高価ではなかったので心配はいらないと思う」

「これって、接待ってやつですか」と、長田がいうと、

「便宜供与を伴うわけじゃないので、接待とはいわんだろう。審議官の志としておきましょう。我々は、彼のもとでこれからひどい目に遭うのだから」と、山城が笑った。

巡り合わせで「火中の栗を拾う」ことが、どういうことなのか、この後思い知ることになる。

十　チームパンドラ

木田審議官や経産省の権藤、国交相の山城たちの努力で、首相官邸のもとに首都圏地震対策室が設立され、省庁間の壁を超えた組織として発足した。

地震については、すでに文科省のもとに地震本部が置かれて、全国に及ぶ様々な観測、調査が行われており、内閣府や各自治体とともに、災害に対する研究がなされている。それに対して、この首都圏地震対策室は、首都圏を襲う震災にだけ特別に対応する組織であり、政治・経済の中核である首都圏に対する危機が顕在化した時に、即座に円滑に活動できる体制を作ることを目指したものであった。

対策室の中に置かれたチームパンドラのリーダーには長田が、小池がサブリーダーに就き、防災科技研や海洋研究開発機構、大学の研究所から数名が初期のメンバーに加わった。彼らは、政府の地震本部の調査研究にも参加しており、相模トラフに知見を持っていた。

何度かの会合で、メンバーには、長田たちが行ってきた観測と、今までの状況を説明した。プレート境界での間隙流体の状態、アスペリティの分析は、いくつかの仮説をもとにしているために、突っ込んだ議論がなされた。相模トラフに関わる過去の地震のデータは少なく、地震本部でも、発生周期は二百年から六百年、あるいはもっと長いと幅を持たせて報告していた。先の関東大震災から百年にもならないために、地震の発生が迫っているという長田たちの説明は、すぐには受け入れられなかった。しかし、長田たちが詳細な観測データをもとに報告する内容に、プレート境界で何かが進行しているのだろうと、驚きと興味が示された。

その「何か」を明らかにすることがこのプロジェクトの目的であることは、メンバーの全員が理解し、自分たちに求められていることに対しても理解を深めていった。

チームパンドラの活動にはかなり大掛かりな稠密観測が必要で、また緊急なために、木田審議官の働きかけで、エネルギー特会のプロジェクトの一部として、予算を組み入れる仕掛けも用意された。

このチームには、国内のスーパーコンピュータの優先利用が認められ、さらに、ディープソートセンターの増強が図られた。そして、小林社長のIT企業から十数名の有能なプログラマーが、ディープソートシステムを担う斎藤マネージャーのもとに集まり、三つのチームの活動を支える巨大な情報システムの構築が進められていった。

関東が地震に見舞われた時、日吉のディープソートセンターはダメージを受ける可能性が高く、移転する必要があった。いくつかの候補の中から、移転先は岩手の遠野が選ばれていた。

遠野が中心に位置する北上山地は、数億年前の古生代の地層であり、日本では最も古いことが知られている。この地域では、地震はほとんど発生しない。現在、地震に関して日本で最も安全な地域の一つが、東北の北上山地なのである。それに、3・11東北沖地震の後は、三陸沖も含めて巨大地震は、数百年は起こらないとされている。

東北には、国際リニアコライダーと呼ばれる巨大な高エネルギー加速器を誘致する計画もあり、先端科学の研究センターになることが期待されている。そうした科学技術研究をサポートする計算センターの一端を担うものとして、東北に第二ディープソートセンターを設置することが決められた。

遠野の町外れの牧場が広がる高原に、第二ディープソートセンターのための構造物の工事が急ピッチで進んでいた。この辺りが未来技術の研究開発の拠点になり、リニアコライダーだけでなくいくつかの大型科学プロジェクトの設置が予定されていた。第二センターの作業オフィスは、仙台に置かれ、システム開発の作業は、徐々に日吉から仙台に移されつつあった。


日吉のディープソートセンターでは、稠密観測と分析を行うために、小池が、長田たちと打ち合わせを重ねていた。小池は、稠密観測の計画を、ディスプレイに表示しながら、説明した。

「人工地震は爆薬とかエアガンを使うのだけれど、我々は、SH波と呼ばれる水平方向のS波の伝播特性を知りたいので、S波を発生させる装置を使用しています」

「S波起震機というんだね。どういう仕掛けなんだ」と、長田が聞いた。

「でっかいサーボモーターと同じと思ってください。強力なコイルで重い磁石を駆動するもので、振り子のように振幅一メートルで大きな磁石が動く。周波数は一ヘルツから五ヘルツくらいに設定できます。高い周波数の方が分解能が高いのですが、減衰も早いしパワーも必要なので、数ヘルツとしています。地上だけでなく、水深数千メートルくらいまでの水圧に耐えられ、深海底にも設置できます。電源は、リアルタイムで観測するので、陸地からケーブルで送ります。なので、あまり遠くには設置できません」と、小池は説明を続けた。

「そうなのか。エアガンなどと比べて出力はどうなの」と、長田が心配すると、

「エアガンに比べると弱いですよ。環境への影響を考えると強くできない。観測される周波数は、送り出す弾性波の周波数と同じなので、雑音などのフィルタリングができますし、弱い震動でも観測できるよう工夫しています。周波数が変わる分散波も分離しやすいのも利点なんです」

「なるほど。起震機を横向きにセットして地盤に水平なS波を送り出し、直線状に多数の観測点を置き、プレート境界でのS波の反射や減衰を観測しようというわけだ」と、長田がいうと、

「そうなんですが、S波の進行方向は、一方向だけなのが辛いところです。だから、セッティングが難しい。どこに設置するかは、決められたターゲットと地下構造から最適な場所を決める必要があるんです」と、小池が応えた。

「つまり、観測のターゲットを予め決めたから、それに対して精密な観測を行えるということか」

「全国どこでも行えるといいんですが、そんなことをすると、とんでもないコストと労力がいるので不可能なんです。今回は極めて限定されたピンポイントの領域のもとで、かつ陸から近いなどの条件を満たしているので、こんな観測ができるんです」

小池は、予定された観測点のマップを見せながら、

「稠密観測の観測点からのデータは、S波の減衰の観測だけでなく、プレートの構造を調べる

地震波トモグラフィーの精密化にも有用なデータです。観測点には三軸の地震計だけではなく、電位計も含まれていて、地電流の方向も観測しています」と、いった。

海底観測点のデータを集める陸地の観測基地は、三浦半島の三崎、伊豆七島の大島、伊豆半島の伊東、下田、房総半島の富津《ふっつ》、館山、いすみ、銚子の八箇所に設置された。それら各々の基地は、陸上と海底に約百地点の観測点が設置されて、プレート境界の状況をリアルタイムで稠密観測を行うことになっている。

関東近海は、巨大な定置網が設置されていたり、底引き網漁も盛んで、観測網の設定にはできるだけ漁業権を侵さないよう工夫されたが、それでも底引き網漁については制限をすることになった。当然大きな反発を受けたが、場所と時期を限定してなんとか理解を得た。

ダイビングもする吉岡は、海底を破壊し、海底生物を一網打尽にする底引き網漁法には、疑問を持っていた。それでなくとも、東京湾は埋め立てなどで自然の海岸線が消滅し、溶存酸素が減少した海底が増えている。これらの規制が、自然の海を取り戻す契機になればと密かに思って喜んでいた。

海底をボーリングし、その穴に地震計を埋め込む技術は、海洋研究開発機構が行ったDONETで十分な経験があった。DONETでは数千メートルの深海に地震計のネットワークを設置している。相模湾での設置場所の水深は、数百メートルで、東京湾内では一〇〇メートル以内であった。

海洋研究開発機構の秋山が設計した海中作業ロボットは、DONETで使われた技術をもとに予定された海底の観測点をボーリングし、観測装置を埋め込み、ファイバーと電源を封じ込んだケーブルでつなぐ作業を行っていた。陸上と海底の観測点は約二キロメートルごとに設置された。相模トラフの最も深い地点は一六〇〇メートルで、浦賀水道で六五〇メートルになる。小池が設定した観測点の多くは五〇〇メートル未満の深さにあった。

陸上でも観測装置の設置が進んでいた。その地震計の機能・仕様は海底地震計とほぼ同じで、太陽光発電で稼働する無線ＬＡＮでそれぞれの観測基地にデータが集められ、海底ケーブルからの海底地震計のデータとともに広域ＬＡＮに転送される。

稠密観測網の設置が進むなか、長田は吉岡に、

「伊豆での観測装置の設置に付き合わないかい。空いた時間に、城ヶ島のロッククライミングゲレンデで、昔のようにペアを組みたいんだが、どうだい」とメールを送った。

「学生の頃より一〇キロは太ったので、どうかな」と、吉岡が返信すると、

「昔と違って今は道具が違う。大丈夫だ、ちゃんと俺が確保するよ。ロープ、ハーネス、ビレイ器、スリング、カラビナなど必要なクライミングギアは、こちらで用意する」と、長田がいうので、不安を覚えながら、吉岡は行くことにした。

伊東の観測基地は、相模湾西部の海底と伊豆半島北部をカバーしている。基地の建物の窓から見える海では、海底作業ロボットで観測装置の設置を行っている海上保安庁の真っ白な作業船が浮かんでいた。基地では、すでに設置された観測装置から、ファイバーを介して送られて

くるデータを、研究員が監視していた。長田と吉岡は、観測装置の設置状況を確かめた後、研究員から、陸上の設置ポイントの説明を受けた。

二人は、観測基地で観測装置とボーリング機材を用意してもらい、クライミングギアを積み込んだ長田のフォレスターで伊豆スカイラインに向かった。前もって二キロメートルの間隔で決められていた地点の近くで、可能な場所を見つけて観測装置を設置するためだ。

早春の伊豆スカイラインを、心地よいエンジン音を響かせながらフォレスターは滑るように疾走した。この伊豆の山中にも、数チームが観測装置設置のために活動しているはずで、吉岡は、全開にした窓から見えない彼らの姿を山並みに追った。

開放した窓から爽快な風を受け、伊豆スカイラインのワインディングロードを、吉岡は楽しんでいた。やがて、最初のポイントに着いたが、そこはかなりの斜面で、木々も密集していた。長田は、前もってグーグルマップでチェックしていた設置ポイントを見つけていた。

「懸垂下降でこのルートを下りて、設置場所はここだ」と、マップを指で辿った。

スカイライン道路上にハザードランプをセットして、二人は懸垂下降の準備をした。

「では僕から」と、吉岡がいって、ガードレールの支柱にロープをかけて、ハーネスのカラビナにロープを通した。真っ青な空を仰ぎ、一息ついた後、空中に体を投げ出し、ゆっくりと下降していった。次に、重い荷物をロープで降ろし、すぐに長田も続いた。そして、二人は見つけていた開けた場所へ急いだ。

設置ポイントに着くと、長田は、小型のガソリンエンジンで動くボーリング装置をセットした。そしてエンジンを起動した。びっくりするほどの高いエンジン音とともに直径一五センチのボーリングロッドがゆっくりと回り、地中に入っていった。五〇センチほど入ると引き抜き、ロッドの中の土砂を回収し、再びロッドを穴に入れて掘る作業を繰り返した。そして深さ二メートルほどの穴を開けた。その穴に観測装置を埋め込む作業を行った。太陽光発電器と、無線LANのアンテナをつけて、無線の中継点との通信をチェックし、この箇所での作業を終えた。

吉岡はやることがないので、少し離れたところで長田の作業を眺めていた。気がつくと、冬眠から覚めたのか、太いしっぽのリスがせわしそうに周りを走り回り、時に立ち止まって首を傾げ、こちらを見ていた。静かでのどかな伊豆の山の中の地下深く、何かがうごめいていることに吉岡は違和感を覚えた。

二人は、二日間で十箇所の観測点を設置して伊東に戻った。土地の人に紹介された料理屋で、伊豆の魚と日本酒を楽しんだ。日本酒と刺身の絶妙な組み合わせは究極のマリアージュだ。日本の多様な食材も日本列島の成り立ちに関わっている。自然災害と背中合わせだなと、吉岡は思った。

次の朝、二人は城ヶ崎の海岸のロッククライミングゲレンデに向かった。ここは公式なゲレンデではないし、事故も少なくないが、多様なルートがあり初心者から熟練者まで楽しめる。

壁は火山灰が固まった凝灰岩で崩れやすい。最近ではハンマーでハーケンを壁のクラックに打ち込むことは、自然保護のために行わないようになっている。カムと呼ばれるくさびをクラックに差し込む。初めて使う吉岡は、何度もクラックにカムを差し込み、体重をかけてカムがクラックに食い込むことを確かめていた。

ロープの束を肩にかけた長田が「行こうか」と声をかけると、吉岡は、最初のホールドに手をかけて、足を次のホールドに、そして手を伸ばして次のホールドにと、三点支持を意識しながら高みに登って行った。要所で、カムをクラックに差し込み、ロープを通した。下で確保している長田は、吉岡の動きに合わせてロープをくり出していった。海から迫り上がる壁はそう高くはないが、緊張感は十分だった。

少し難しいスメアリングをやってみるかと、両手でホールドを摑み、腰を壁から思いっきり離し、壁に左の靴の先を押し付け、右足を次のホールドに移そうと体を伸ばした時、グラッと揺れを感じた。「地震」と呟いた途端、左足の力が抜けてホールドが外れた。あっという間に落下した。すぐに長田は確保の体勢をとり、ロープを張って落下を止めた。降りてきた吉岡に、

「久しぶりのクライミングはどうだった。昔と変わらん動きだったよ」

「地震の揺れを感じたんだが」

「震度は一程度だね。よくある揺れだよ」と、長田は吉岡の肩を叩いた。

続いて壁に取り付いた長田は、登坂中、凝灰岩の冷たさを手で感じながら、伊豆半島で起こっている変化を思っていた。伊豆半島全体は、駿河湾側に沈み込むように約二度傾き、相模湾側は浮かび上がっている。そして浮き上がった相模湾側は海蝕を受けて、今登っている海岸崖ができたといわれる。駿河湾の最深部は二五〇〇メートルに達し、一方相模湾の最深部は一五〇〇メートルである。

太平洋プレートからの圧力を受けて、伊豆半島は、駿河湾に向けて落ち込んでいるのだろう。長田は、この地下で起こっている地球規模の力のバランスに思いを馳せていた。壁に体を預けてステミングの体勢を取り、手を休めた。振り返ると、春の午後の日差しのもと、太平洋の彼方に続く真珠色の海が広がっていた。

観測網の構築がスタートして半年経ち、予定されていた初期の観測装置の設置は、陸上と海底で順調に進み、八箇所の観測基地も部分的に稼働し始めていた。S波起震機の実験も順調に進んで、観測データの送信テストもなされていた。

小池は、秋山が海底観測点のチェックに向かう「しんかい」に同乗が許された。大島の観測基地で、観測機器の状況を調べた後、元町港で支援母船に乗り込み、海中作業ロボットが観測装置を設置している現場に向かった。小池は、ゆったりとしたうねりを乗り越えるように進む船の舳先に立って水平線を見ていた。「黒潮って本当に黒いんだ」と思いながら、思いの外、大掛かりになった観測体制を維持する大変さに身の引き締まる思いがした。

現場に着くと、海上保安庁の測量船が、海中作業ロボットを運用しているところだった。この地点の深度は四〇〇メートルくらいで、乗り込んだ「しんかい」は、母船から離れ、ゆっくりと海底を目指して降下していった。ブルーの海はすぐに灰色になり、やがて真っ暗になった。海底に着くと、ライトを照らして作業をしている数台のロボットがすぐに見つかった。

秋山が設計した海中作業ロボットは、母船のコントロールのもとで、ボーリング装置で二メートルほど掘削し、その穴にケースを挿入する。そしてその中に観測装置を埋め込み、前段の観測点から、光ファイバーや電源を封入したケーブルを接合する作業を行う。陸上の観測基地では、設置された観測点からの通信のチェックを行い、すぐに観測データを収集して動作の確認を行っていた。

海中作業ロボットは蜘蛛のように海底に張り付き、黙々とボーリングするとともにケースをセットしていた。そしてそのケースに降ろされてきた観測装置を、アームで器用に設置していくのだ。そのテキパキとした様子を、小池は感心して見ていた。小一時間で小池たちは予定されていた一連のチェックを済ませて海面に浮上した。

ディープソートセンターでは、プレート境界の状況を分析する様々なプログラムの作成とテストが進んでいた。小林社長が送ってきた有能な技術者は、斎藤たちの教育が終わるとすぐに、ディープソートの機能を理解し、想像を超えたプロジェクトに参加していることに喜びを感じ、持てる能力を発揮していた。

吉岡は、プログラム開発に伴うテストで指摘された不具合に対処するのに追われていた。ディープソートは、まだ試作段階のマシンで、実用目的ではないため、連日、不休の改良が続けられた。数ヶ月を経て、次第にシステムは落ち着き、予定されたパフォーマンスに近づいていた。

長田たちの首都圏地震対策室の活動とは別に、文科省に置かれた地震本部では、従来から進めてきた駿河トラフと南海トラフに関わる巨大プレート境界地震に重点を置いて、観測、分析活動が続けられていた。

相模トラフとは伊豆半島を挟んで反対側にある駿河トラフのプレートは、一九四四年の昭和東南海地震の際にも動いておらず、一八五四年の安政東海地震以来、百六十年以上動いていない。地震の周期説から判断すると、次の地震が近いと予想され、二〇〇二年に政府の中央防災会議は「東南海地震対策大綱」をまとめた。以降、駿河湾から東海地方の沖合の観測が強化され、政府、地方自治体の行動計画が策定されてきた。

この地域での地震発生周期は百年から百五十年程度と予測されており、すでに、その周期を超えている。観測されるデータからも切迫しているとされるデータが多く示されてきた。一方、九州から静岡沖までの南海トラフでは、隣接する南海地震と東南海地震が連動することも想定されており、さらに可能性として東海沖の駿河トラフまで連動して動く超巨大地震の発生も議論されるようになってきた。

二〇一六年には、すでに、日本海溝に沿って大規模な海底地震計のネットワークＳ－ｎｅｔが整備されており、日夜、観測と分析が行われ、監視が続けられていた。そして日本列島の海溝やトラフから沈み込むプレート境界の構造は、次第に明確になり、そこで発生している地震の性質と発生プロセスの解明が進みつつあった。

政府の地震本部は全国を対象としているが、一方、首都圏地震対策室が対象とするのは、首都圏が影響を受ける相模トラフのプレート境界地震に限定されている。

首都圏の中で稠密観測を行っているために、次第に観測活動が目立つようになってきた。首都圏地震対策室では、いずれ起こる首都圏直下型地震も含めて警戒しており、調査を強化していると説明していた。

フリーの科学ジャーナリスト、琴平太一は、以前からメタンハイドレートに興味があって取材を続けていた。エネルギーとして利用する利点もあるが、地下に眠っているメタンを掘り出すリスクにも関心があった。メタンの温室効果は二酸化炭素の二十倍とも七十倍ともいわれる。それが事故などで放出されると、地球の気候に与える影響はかなり大きいと警告されてもいた。

メタンハイドレートの調査に関わるエネルギー特別会計の厖大《ぼうだい》なプロジェクトのリストを丹念に調べているうちに、長田たちのプロジェクトに行き着いた。馴染みがない組織と研究者の構成に違和感を覚えて調べると、メンバーの多くが地震に関係していることを摑んだ。さらに、未来技術開発機構の量子コンピュータも関係していることが分かり、きっと何かあると記者魂に火がついた。

琴平は、大学に長田を訪ねた。季節外れのハーフコートを羽織った琴平は、キャンパスの女子学生に目を奪われ、怪しげな風采が一層際立って見えた。研究室に入って、名刺の交換など一応の挨拶が済むと、用意してきた資料を鞄から出しながら、

「先生のやっている観測に興味を持ちましてね」と話を切り出した。

「メタンハイドレートの調査じゃありませんね。地震観測でしょう」と、上目遣いで、長田を

見た。

「隠すつもりはありません。プレート境界の様子を詳細に調べるための観測です」

「そうでしょう。でもなぜ急いで観測を強化しているんです」

「何が知りたいのですか。記者さんに興味を持たれるようなことはやっていないのですが」と、琴平の横柄な態度に苛立ちながらいった。

「ひょっとして、地震が近いのではと感じたんです。私の勘ですかな」と、琴平は長田の反応を探った。

「学術上の興味からです。それ以上でもそれ以下でもないので、今日はお帰りください」と、長田はいって、机の上に散らばっている論文などをジロジロ見ている琴平を追い返した。

数日して、吉岡から「長田の紹介で会いたいと、琴平という人から連絡があった」と、知らせてきた。「紹介した覚えはないが、フリーの記者なので放っておくと面倒なことになる。適当にあしらえばいいと思う」と伝えた。それから時々、琴平は、大学の長田のオフィスを訪れるようになった。

十一　チームバベル

首都圏地震対策室のチームバベルの役割は、首都圏の再建と地震に伴う経済崩壊を未然に防ぐことだった。権藤と彼が信頼する経済エキスパートの経済再建チームは、すでに首都圏の再建に要する資金の総額と調達について検討を始め、また、市場の混乱をコントロールする法的に可能な手法について調査をしていた。

また、都市計画のエキスパートで構成される首都圏再建チームも活動を開始し、チームノアから提示される首都圏の災害予測を参考に、新たな首都圏の姿を議論していた。さらに震災後も首都圏の機能が維持できる方策を経済再建チームと検討していた。物理的な首都圏の再建には長い年月がかかる。交通を含めた都市インフラの完全な再建には最短でも五年は要するとされた。

震災から再建まで首都機能を止めるわけにはいかない。そのための主な課題として首都圏再建チームでは首都機能の地方への移転がテーマになった。世界最大の経済圏ともいわれる首都圏の機能は維持しなければならない。それも効率よく、効果的に。たとえ震災で物理的に失われても、世界へ波及する弊害は最小になるような都市システムを構築する。

ある日、権藤と山城は、木田審議官に経産省の会議室に呼び出された。会議室では、審議官と吉岡が待っていた。話題は首都圏の再建であった。

「震災と首都圏について、吉岡と話していたところだ」と、審議官は話題を切り出した。

「吉岡は、首都圏を同じように作り直しても将来に向けていいことはない。首都機能を震災前に各地に移転するべきだという」と、吉岡の様子を見ながらいった。

吉岡はびっくりした。「それは審議官がいい出したことじゃないか。話が違う」と、腹の中で思ったが、用意してきた資料を、ディスプレイに表示した。

「情報通信技術の進歩と多様化によって、仕事のスタイルも暮らし方も変化しています。ご存知のように、しばらく前から次世代ネットワーク技術の研究が進んでいますし、すでにテストベッドと呼ばれる実用実験が、各国、各機関でなされて標準化に向けて進んでいます」

「それってNGNというんだろう。総務省が推進している」と、山城がいった。

「そうです。NGNは次世代のネットワーク基盤です。基盤を提供するだけで、それをどう利用するかはこれからです」と、吉岡は、次世代ネットワークとその先の未来ネットワークについて説明を続けた。

「以前よりクラウドコンピューティング環境も整備され、高度なネットワークの環境下では人がどこにいようと構わない時代になりつつあります」

「そうだな。我々個人でも、情報はオフィスでも自分のPCやスマホでも共有しているし、最前線ではさらに技術は進歩しているんだろうな」と、権藤が言った。

「まずは、次世代ネットワークを利用した各省庁、行政機関の移転の可能性です。行政機関は、一部を除いて物を作っているわけじゃないので、ネットワークに組み入れるには課題が少ないと思います。でも、今まで検討されてきた中途半端な試行ではうまくいくはずがありません」

「行政機能の移転は当然、人が動くのだろう。猛反対に見舞われて、今までのように頓挫だ」と、山城は、以前に行われた、やる気がない消費者庁の移転の顚末を思い出した。

「もちろん、発想や観点を変える必要があります」

「例えば、机が隣同士の人は北海道と九州に分かれても、高度な情報ネットワークが効率よくサポートするというわけだろう」と権藤がいうと、

「論理的にはそうだが、顔を合わせて初めて仕事といえる。俺はそうだな。そばに部下がいないとダメだ」と、山城が応えた。そして、

「審議官は、要するに、世界に先駆けて、いち早く次世代ネットワーク上での行政機能を充実させようというわけですね。それで、首都圏の震災に対応する」と、審議官の方を向いてコメントを促した。

黙って三人の話を聞いていた木田審議官は、

「そういうことだ。そして緊急の課題は想定されている首都圏震災に対する対策だ。鍵は次世代ネットワーク、さらに先の未来ネットワークと考えている。首都圏の姿はネットワークの中にある。物理的な首都圏はバラバラに地方に移り、地震に備える。この方針に沿って検討を願う」と、話をまとめた。

吉岡たち三人は会議室に残り、木田審議官の提案を話し合った。権藤は、木田審議官が狙っている首都移転の思いは理解できた。

「早速、都市計画のエキスパートと具体案を検討することにしよう。ネットワークに存在する論理世界の東京か。人々は、その論理的な東京にアクセスする。そうなると震災にあっても首都圏は崩壊しない」といった。

「そうだろうか。そんなにうまい話はないのでは」山城は、形がない論理的な都市を捉えかね

ていた。

「震災で百三十兆円が失われると予想されている。それが現実だよ。論理的な世界では関係ないとでもいうのかい」と続けた。

「人災は取り返しがつかないが、他のものはどうにでもなります。高級なホテルが山中の民宿に変わっても泊まるという機能は一緒です。大間のマグロの代わりに瀬戸内の小魚でも、美味しい魚を食べるということでは変わりがありません」と、吉岡が説明した。

「乱暴な話だが、要はそういうことだね。論理的な東京はその機能を表示したものだ。その間の関係も。それらを物理的に何にどのように対応させるかは自由というわけだ」

「ともかく今までの観点や価値観を変える必要があるな。そうだな、かなり突っ込んだ検討が必要だ。その結果がダメなら、ダメという根拠を示そう」と、権藤が提案し、

「このアイディアは、いかにもコンピュータの専門家が言い出しそうなことだな。コンピュータではメモリの仮想化は昔から行っている。物理メモリと論理メモリはアドレス変換で対応づけられている、データはどこにあってもよく、故障や災害でもデータが失われないよう管理されている」と、続けた。

「それを行政に置き換えれば、吉岡さんの図でセグメントという業務のまとまりが論理構造に当たる。複雑な業務のセグメントの関係がコンピュータによって管理されるわけだな」と、山城がいった。

「セグメント自体でセキュリティを決めるのではなく、それらの関係で決めるのか。詳しいこ

とを聞かせてくれないか」権藤はネットワークのシステムの説明図を見た。

自由で公正かつ安全なサイバー空間によって、活力があり安全な社会と安全保障に寄与することを目的として、二〇一五年にサイバーセキュリティ基本法に基づいて、内閣にサイバーセキュリティ戦略本部が設置されている。そこでは、多方面にわたって次世代セキュリティシステムの検討が行われており、総合行政ネットワークの研究もなされている。

「サイバー攻撃に対して頑強で、オープンなネットワーク環境についても検討し、将来の社会ネットワークサービスについても戦略本部で検討されています」と、吉岡は検討中のシステムについて説明した。

「これって、まだ国際標準じゃないだろう。大丈夫なのか」と、権藤がいうと、

「ＮＧＮのテストベッドで試行されて評価されているので、いずれ規約になるはずです。それに、その成果も日本の発言力になるでしょう」と、吉岡は応え、

「高度なネットワークと強力な情報処理能力は、十分なセキュリティシステムがあるのが前提です」と、続けた。

「ディープソートのチームでは、すでに行政での情報の動的な構造を一年間にわたって学習しています。もちろん内容は見ません。その結果を見ると、現在の行政には、無駄も多いし穴も少なくない。情報が漏れたり、壊されたら困ったことになります」と、吉岡がいった。

「膨大になった行政の情報システムは、もはや個人が管理できるサイズではなくなっている。その分、高度なネットワークシステムと高性能なコンピュータのサポートが必要だということ

だね」と、山城が付け加えた。
「首都圏経済システムの維持も、この次世代ネットワークにかかっているということか。そして、爆発的な処理能力を持つ情報処理システムの構築がそれを支えるわけだ」と、権藤がいった。権藤が基本的な方針を理解したと判断して、吉岡はすでにテストベッドで経験を積んでいる大学や企業の研究チームのいくつかを権藤に紹介した。

権藤は、最古の大学と言われているオランダのライデン大学にかつて行ったことがある。向こうの教授に示された住所に行ってみると町中の普通の住居だった。リビングルームに大きな机があり、学生たちが思い思いのところで作業をしていた。図書館に行くのは自転車だった。そんな様子を見て、大学の研究室は、どこにあっても問題はないと思ったことがある。彼の頭の中では、次第に、日本の各地に分散した行政機能が、多機能なネットワークで統合される行政システムのイメージができつつあった。

霞が関の合同庁舎の中に置かれた経済再建チームのオフィスは、壁一面にディスプレイが設置され、コンピュータに支援された協調作業環境のもとに、メンバーは柔軟に情報を操作できるようになっていた。メンバーは自分たちに課せられた途方もない役割を理解していた。木田審議官も、総務省や財務省の官僚と、時折このオフィスにやってくることがあった。様子が気になっているようだった。
「自衛隊や海上保安庁、消防や警察の救助活動にはいつも感服しているが、それも日頃の訓練あってのことだね」と、メンバーたちが話していた。

「予想される災害から町や命を守る防災はもちろんだが、経済はどうだろうか。東京や大阪は世界の経済活動にとっても重要な拠点だから、影響の大きさは計り知れない」

「関東大震災の時は、政府は、大蔵省預金部の資金を活用した公的金融の拡充等の対応を行ったんだが、緊縮財政路線を堅持して行われたようだ。そのために経営不振企業の救済や銀行の整理などを先送りして、その後の昭和金融恐慌や昭和恐慌への道を突き進むことになったといわれている」

「その震災の損失は当時の日本のＧＤＰの三分の一に相当したのだから、今から見ると当然の結果だろう。財政面でも政策面でも将来にわたる分析が必要だったが、当時の混乱ぶりからは望めなかったのだろうな」

その時オフィスにいて、彼らの話を聞いていた木田審議官は、

「当時の内務大臣で、震災直後に設立された帝都復興院の総裁に就任した後藤新平の活動は特記されるね。その後の東京の基礎になったと高く評価されている。しかし、財政面の破綻の影響も大きかったわけか」と、ふうと息を吐いた。

「大正時代の東京と現在の東京では、経済規模は比較になりません。想定される地震では、大正を上回る被害が出るとされています。予期せぬことも起こるでしょうし、問題は複合していて、対策は複雑になるはずです」と、権藤がいった。

「内閣府の中央防災会議や地震本部を中心に、首都直下型地震など想定された大地震への対策

は検討されているし、具体的にその対策は実行されつつある。想定されている首都圏の震災対策でそれ以上に行うことがあるのか」と、木田は、権藤たちがいおうとすることに怪訝さを感じた。

「審議官に相談したいことがそれなんです。長田さんたちに東京で起こる事態を聞いてから、政府は何をしなければならないかを検討してきました」権藤はディスプレイに、震災の規模と被害予測を表示した。

「これは長田さんたちの地震予測をもとにコンピュータでシミュレートしたものです。プレート境界型地震は首都直下型地震に比べて、その規模は桁外れです。さらに中央防災会議で想定された直下型よりも、この地震は震源が浅いのです。中央防災会議も、大正関東地震が今日発生すると、被害総額は百三十兆円に上ると試算しています。しかし、被害予測はラフなので、もっと精密に行う必要があると思っています」

「さらに被害は大きくなるというのか。今の対策ではダメなのか」と、木田は表示されている被害予測に息を呑んだ。

「地震の発生が予測され、その場所も規模も予測されています。だから、相当詳しく被害を見積もることができ、また対策も練ることができます」

「それが首都圏地震対策室の目的だろう。何か障害があるのかい」

「ディープソートを含めたコンピュータシステムの能力は絶大です」

「聞いている。震災対策に対応しているのだろう。システムの増強のことか」

「それもありますが、そのシステムの使用についての相談なんです」

「なんで、俺に相談なんだ。そういう話は国交省の部局でいいだろう」

「審議官に相談というのは、そのシステムの目的についてなんです」と、権藤は木田審議官の様子を窺いながらいった。

「目的？」

「結論からいいます。コンピュータネットワーク上に仮想の東京を作るんです。東京が災害にあっても、何事もなかったかのように経済活動をコントロールするんです。これは、前もって行われるネットワークを利用した首都圏の機能を地方に移転することと関係します」

「何をいっているのか分からん」

「主な目的は、経済、財政の国際的混乱を避けるためです。圧倒的な情報処理能力を持ったコンピュータによって、未然に世界経済の崩壊を防止し、将来にわたる日本の再建、復興を円滑に進めるためです」

首都圏再建チームの一人が、権藤の話を引き継いで、

「つまりこうです。首都機能の地方移転も含めて、新たな東京の再建を、震災前から始めることとします。災害に対処できる強靭な街づくりです。その実は、震災後そのまま復旧される東京と地方移転の構想となるわけです。そのために必要な費用や物資の確保は、厳格な指針に沿って、コンピュータの支援のもとに行う。無論、綱渡りですが、見込みはあります」

「そんなことができるのか。再建の費用も物資も膨大だ」と、木田審議官はいった。

「やる必要があるのです。放っておくよりは、はるかに被害は軽くなるはずです」

「財務省は、どうなんだ」

「キーマンと思われる人物とは、だいぶ前から話しています」

「震災後の混乱は本当に防げるのか」と、木田審議官は聞いた。

「強力なカードは、すべてこちらにあり、先手を打つことができます」

「それにこのアイディアは、吉岡さんと議論していて思い付いたんです」と、権藤がいった。

「我々も初めは狐につままれたようでした。詳細な検討は財務省と我々経産省で行いますが、さすがにトップシークレットです。総理官邸にも了解を得て進めたいので、審議官の力添えが欲しいのです」

経済再建チームは、震災に伴う世界経済への影響を把握し、震災後の東京の再建を円滑に進めるための政策を立案することを主な任務としていた。すでにコンピュータによる経済動向の分析は行われていたが、震災による急激な変化に対応するには、さらに強力な情報分析能力を持つことが必須であった。

権藤が掲げたスローガンは「コンピュータの中に仮想の東京を作る」というものだった。世界経済は現実の経済活動とともに、様々な思惑も含めた交錯する膨大な情報の中で動いている。ある国の首脳の言動とか事件によって世界の経済は大きく影響を受けることがたびたび起こった。かつてのブラックマンデイやリーマンショックは、行き過ぎたコンピュータ取引が原因とも言われている。

混乱をもたらす動きに対して、強力な情報システムで的確に対応し、世界経済の無用な混乱を避け、東京の再建を円滑に進める方策が研究された。個人から町の商店、企業団体を含めた首都圏の経済活動は、厳格なセキュリティシステムで守られたネットワークの中で統合・管理される。

実世界と仮想世界の対応も緻密に管理して、その乖離をできるだけ少なくする。権藤と斎藤は、数理経済学の専門家たちと相談しながら、日本の物流から金融までの経済活動をディープソートを含めたコンピュータネットワークの上に実現するためのシステムの構築を行っていた。

数理経済学では、一九〇〇年当時から、物理のブラウン運動をもとに、需要供給の関係を定式化する研究が行われていた。その後、コンピュータの高速化に伴って、拡散方程式など偏微分方程式による経済モデルや回帰解析、多変量解析による分析、多変数のポートフォリオ分析が盛んに行われ、今やコンピュータ取引が一般化して現在に至っている。これらの計算の多くは積分計算になるので、ディープソートで扱うことができると、プログラム担当の斎藤マネージャーは考えていた。

首都圏での地震が発生する前に、完了しておかなければならない課題は山積していたし、それらの課題は、全く未知の問題を含んでいた。人間で分析できる範囲をはるかに超えた領域で、ディープソートの爆発的な統計的学習能力は、着々と世界市場の挙動を把握しつつあった。経産省と財務省から出向してきたエキスパートは、ディープソートが持つ能力に畏敬の念さえ抱き始めていた。

「そういえば、碁や将棋の人工知能システムを開発した人は、碁にも将棋にも詳しくはなかったというね。定石や定跡も先を読む戦略も知らないとか聞いた」

「ビッグデータに対する統計的学習……データの量、それも質のいいデータのもとで学習する」

「データの質だって、ディープソートの分類システムで振り分ける」

「前提なし、思い込みなしで実行するのだから、通常のコンピュータや人間では敵うわけがない」

「そうだね。俺たちは、経済システムはこうあるべきだと思って経済予測をしたりするが、現実はそうじゃない。複雑な思惑が絡み合って、根拠のない暴走だってする」

「そんな動きを、上から目線でディープソートは見ている」

「付き合いたくない、いやなやつだね」

「そんなやつが我々の側にいる」

「どのようにディープソートの能力を使うかは、我々次第だ」

「無論、了解だ。世界に先駆けた分析システムを手にしようとしているんだ」と、経済エキスパートの一人がいった。

想定される地震に対して経済動向の数理モデルを構築し、ディープソートの桁外れな情報処理能力をもとに、震災に伴う経済の混乱を未然に防ぐ検討が続けられた。世界のモノとカネの動きをコンピュータ上に実現する。そして、ある状況に対して市場はどう反応するか、安定させるには何をしなければならないかを判断するシミュレーション実験が続けられた。

そのためにありとあらゆる情報が集められ、強力な分類・学習システムによって、各国の金融組織だけでなく、有力な個人の投資家の特徴まで捉えていた。ディープソートの斎藤マネージャーは、権藤が率いる数理経済学の研究者と検討していたが、こうした計算モデルの中核は、地震の分析で行っていた解析システムとよく似ていることに気がつき、経済と物理の現象の同一性を思った。

都市計画のエキスパートで構成される震災後の東京を再建するチームは、チームノアの被害の想定を参考に、震災後の新たな東京の再建計画を策定していた。予想されるマグニチュード8の地震では、耐震化が進んだ東京の建造物でもその被害は膨大になることが想定されていた。改修が終わったとされる首都高などのインフラも耐用年数を過ぎているものが少なくない。それらの震災に伴う被害は、山城が率いるチームノアによって詳細に分析されていた。

権藤の首都移転の計画は次第に明確になってきた。都市計画のエキスパートとの打ち合わせには、木田審議官も顔を出し、議論に参加していた。

「行政機関と大学など教育・研究機関の移転を先行して進めることで、次世代ネットワーク上でのシステム設計に入っています」

「課題はどうなんだ」と、審議官がいうと、

「覚悟していたように課題山積です」と、権藤は、ちょっと困ったような表情でいった。

「急いで見通しをつけてほしい。見通しがついた段階で移転計画をアナウンスする。無論、次世代ネットワークも同時に発表する」

「了解しています」と、権藤は応えた。

「実際の移転には何年もかかるだろうが、震災で東京がいつ壊滅しても業務は支障なく継続できるよう急がなければならない」と、審議官がいうと、

「我々の首都圏地震対策室も対象ですね」と、山城がいった。

「対策室は、ネットワークに上げています。すでにみなさんはその上で仕事をしているんですよ」と、吉岡が応えた。

「気がつかなかったが、日吉でも霞が関でも同じ環境で情報にアクセスできる。違和感はないね」と、山城がいうと、

「対策室のチームは、チームパンドラは仙台に、チームノアはさいたま新都心に移動することになっていて、チームバベルは大阪と名古屋にいつ移動してもいいようにしている。情報処理の環境があるところなら日本国中どこでも不自由なく仕事はできる」と、権藤は応えた。


チームバベルの活動が軌道に乗ったある日、首都機能移転の先行事業を見るために、権藤は、遠野で行われているサイエンスセンターの工事現場に向かっていた。釜石自動車道は、花巻から古い地層として知られる北上山地の穏やかな山々を越えて三陸海岸に向かっている。遠野に近づくと、同行した担当者は、権藤に建築現場の説明をし始めた。

「三次元の設計図をコンピュータに入力すると三次元の物体を作る３Ｄプリンターってあるでしょう。あれって、別にプリンターでなくてもいいんです。プリンターのヘッドが、ここではロボットや建設機械なんです」

「建物の設計図から、建物を作り上げる建築作業ロボットというわけだ」

「このロボットの原型は、海洋研究開発機構の秋山さんの海中作業ロボットなんですよ。タフに柔軟に行動できるよう、よく考えられています」

「そうか。秋山さんのね。彼が工夫した協調作業はうまくいっているのかい」

「技術的にはそう難しくありませんが、同時に多数のロボットが協調して作業を行うには、学習がけっこう大変なんですよ」

「どんな無理な体勢でも、人間では入れない場所でも作業ができるので、効率も上がるだろうね」

「各々のロボットは、周りのロボットの動きを見て何をするかを判断します。それらが全体として協調し、作業を進めるんです」

「全く人は介在しないのか」と、権藤は聞いた。

「そう、人が入ると協調できない……かも」と、笑って担当者が答えた。

「あの丘の向こう。もうすぐ建築現場です」

花巻から遠野に近づくと、遠野の広い盆地が突然開けた。赤い作業機械が何台も動いているのが見えた。高く組み上げられている鉄骨にも何台もの様々な色の作業ロボットが溶接作業や鉄骨の組み立てを器用にやっている。

「本当に誰もいませんね」

完成間近の建物には、窓枠をはめているロボットが、サーカスをしているようにぶら下がり、作業を行っていた。

「自分で行動計画を作り、他のロボットとコミュニケーションを取りながら全体を仕上げていくんです」

と、いいながら、車を停めてディスプレイに説明資料を表示させた。

「ロボットの行動自体は、失敗しながら、自分で学習しています。どういう学習をしたかで、ロボットの能力に違いが出ますが、協調作業をすることでさらに能力が上がっていくんです」

「しかし、何もないところから学習はできないだろう」

「実はこれらのロボットは、ディープソートセンターとも繋がって、知識空間を共有しているんです」

「知識空間ってなんだい」

「情報をいろんな観点から整理してまとめたものです」

「知識ベースみたいなものか」

「もっと情報の中身に踏み込んでいます」と、聞いて、ついていけなくなったので権藤は話題を変えた。

「鳶職さんと比べてどうなんだ」

「比べるのもなんですが、臨機応変に作業をする鳶職さんにはかなわない。でも、数で勝負です」

「まだ作業ロボットは実験段階だろう」

「今のところ実験の意味もあってコスト高です。そうですが、作業の均質性、圧倒的なスピード。メリットは大きいです」と担当者はいって、作業ロボットの動きを目で追った。

丘の向こうに黄色いパイルドライバーが林立しているのが見えた。

「地盤に杭を打ち込む機械なんですが、全く音がしないでしょう。圧入と掘削を組み合わせて、地盤の性質に応じて適切な作業を行っているんです。杭の打ち間違いは起こしません」

「これも無人なのか」

「そうです。設計図通りに。作業工程の区切りで一応、人がチェックしますが」

権藤は、担当者の案内で、建設現場を見回った後、ディープソートの新しいセンターの現場に行った。現場といっても地下数十メートルの深さで、作業ロボットたちが稼働しているので、ただ外から見るだけだった。

「地下ですが、だいぶ作業は進んでいるんですよ。柳田国男の『遠野物語』の世界は様変わりします」と、担当者は言い、目を細めて、低山に囲まれた穏やかな遠野盆地を見渡した。

権藤は何枚か写真を撮って、メールに添付して吉岡に送った。首都圏の復興では、労働者の確保がボトルネックになると予想されていた。遠野の建設現場を見て、権藤は、需要があるところに技術が育まれる。コンピュータの人工知能技術が、新たな東京の再建の鍵になり、この地域がそうした技術開発の中心になると確信した。

チームノアから、首都圏で被害が予想される地域を示した地図がチームバベルに送られてきた。経産省の会議室に置かれたチームバベルのオフィスには、ディープソートによって市場をコントロールするシステムについて相談するために吉岡が来ていた。二人は、被害地図を見ながら、下町や東京西部、そして横浜、東京湾岸の被害の大きさに唖然とした。

「首都高は、倒壊は防げるとされているが、古い線はダメージが少なくないようだ。もう五十年以上は経過しているし、コンクリートの劣化も見られる。当時は突貫工事で、ともかく通せるとこに無理やり作ったらしい」と、権藤がいった。

「日本橋の素晴らしい彫刻も、上に高速道路があるなんていただけません」と、吉岡はいい、そして、

「運河は、積極的に利用すべきだと思います。ヤマハのボートを操船して、日本橋川から水道橋で神田川に出るコースを走ったことがありますが、高速道路の柱が林立していて、景色は悪いし、障害物レースをやっているようでした」と、数年前の経験を話した。

実際、高速道路で上空が塞がっていない東京の運河は、どんな景観を見せてくれるだろうか。それに、信号がない輸送路としてもっと利用されるといいだろう。

「首都圏再建チームも、首都高速の再設計を考えているようだ」と、権藤は吉岡にいった。東京の再建も次第に本題に入っているようだった。

ある日、週刊誌に、「政府、東京を大改革」というタイトルの記事が出た。内容の一部はチームバベルが検討しているものだった。明らかに情報が流出している。特に下町での再開発は、蜂の巣を突いたような騒ぎになった。政府は、関与していないと必死に打ち消した。しかし、新たな道路拡張でさえ反対運動で阻止された地域も含まれており、弁護士たちもグループを作って反対運動が展開され始めた。

権藤は、そんなニュースを見ながら、

「一体、誰が流したのだろう」と訝った。いつかXデイがアナウンスされる。そして想定される震災で、危険な地域が公表される。そんな地域での反対運動は、再建を進める障害になるだろうか、それとも再建を積極的に進める運動になるだろうかと思った。チームバベルの再建チームが故意に流したとするなら、地域を守りたいという住民の声を引き出したかったのかと思った。

チームバベルは、首都圏再建チームと経済再建チームが活動するようになり、メンバーが増加したために、首都圏再建チームはチームノアが活動するさいたま新都心に、経済再建チームは大阪に拠点を移しつつあった。

次世代ネットワーク基盤の上で、首都圏地震対策室の業務が円滑に進むことが確認された。それを受けて総務省は、行政機能の移転計画を発表し、次期ネットワーク基盤上では高度で多機能な情報システムが業務を十分にサポートするだけではなく、効率も向上することを詳細に紹介した。移転計画では、文科省は東北に、財務省は大阪に、経産省と国交省は埼玉に、環境省は京都に、そのほかの省庁も総務省を残して一旦東京を離れることになった。

チームバベルの経済再建チームでは、首都機能の移転と次世代ネットワークがもたらす日本の活力についても検討されていた。まずは、震災復興の資金が課題になった。

「金融庁はどうなのか。あまりリスクを取らない印象があるが」

「震災が起こってしまった後での資金調達については、金融庁に限らず、最良の方策は期待できない。震災前にどうあるべきかを検討しておく必要がある」

「大災害は、経済的には損失にはならないという経済学者もいる。その主張の背景は、復興需要だ。そうだとして、どう基本方針を設定すべきだろうか」

「東京の一極集中が崩れるわけだ。そして地方で復興需要が生まれる」

「木田審議官が地方への分散を考えている、震災の前に。それを次世代ネットワーク基盤で支えるという」

「震災で引き起こされるカオス、それを次の世代への変化のきっかけとしようとしているのか」

「そうさ、我々の価値観、生き方の変革が求められていると思う」

「首都機能の移転とネットワークはどう関係するのだろうか、ぼんやりとは分かるが」

「新たな社会機構、イノベーションを可能にするような社会を目指す。そういうことだと聞いている」

「例えば熟練の技術を持った中小企業の隠れた可能性を引き出すために、資金を集める企業集団、コンソーシアムをネットワークの中に作る。そして投資家がサポートする体制を作る。これまでは銀行がその役目を担っていたが、多様化した現在、リスクを取りたくない銀行は十分に対応できなくなっている」

「そうすると震災復興は、まずはＩＰＯか。新規公開株だな。中小企業をベンチャー企業とみて、投資家が出資する」

「そのベンチャーをまとめた共同企業体が、投資や経営を管理すればさらにダイナミックになる。ヨーロッパで、ベンチャー企業が多いのは、そうしたコンソーシアムと呼ばれる企業連合が活発に動いているためだ」

「イギリスやフランスには、起業家たちが多い。日本ではかなり少ない上に、九〇パーセント以上は五年以内に廃業している。社会が有能な起業家を育成しなければと思う」

「ありだな。農業や漁業、林業でも似たようなベンチャーシステムが考えられる」

「持続可能な漁業や農業、林業は日本の基盤だから、国土の保全や環境保護なども含めて公的な投資もなされる。もちろんそうした投資のリターンは、生産物だけじゃない。環境や安全もそうだ」

「多機能で高性能なネットワークは、次の日本の社会を支える大きなきっかけになるだろうな」

「日本からイノベーションが出てこないというが、それは個人のベンチャーに限ったことじゃない。日本の伝統的な大会社も、意識から変わってもらわないと」

「そうなんだ。二〇一五年度の話だが、その時点で企業の内部留保が三百七十七兆円だったといわれる。大企業が多くを占めるが、彼らはイノベーションに投資をためらってきたんだ」

「中央防災会議が試算した首都直下型地震の被災額は百三十兆円といわれるが、企業の内部留保はその三倍もあるのか」

「企業は、イノベーションへの投資を行うべきなんだ。社内だけじゃなく社外にもだ。適切なM&Aをもっと活発にすることが必要だ。このことは誰もが分かっているのに状況は変わっていない」

「そういうことだ。投資によって震災からの復興が進めば、企業の救済に莫大な国民の税金を使うことはないし、企業活動にとっても健全だな」

「震災前から、民間の投資によって首都圏の再建を進めるというのは、そういうことだったのか」

「3・11東日本大震災の復興は、どちらかと言うと官製の復興だ。莫大な復興費がゼネコンに投入されているだけで、政府も企業もそこで持続的な社会ができるのか、その確信を持てるのか疑問に思っている。もちろん地元の人の努力は分かるが、社会の中で競争力を持ってやって行けるのだろうか」

「イノベーションを進める企業や個人に責任を持って投資し、投資を受け取る側も責任を持って事業を遂行する。イノベーションを進めるそうした社会を未来ネットワークが支えることになるということだな」

「日本人は、思いを持っている人を応援する、そういう気質を持っていると思う。震災から立ち上がる企業に対して、資金を供給する富裕なエンジェル投資家は少なくないはずだ。また発掘もしなければならないのだ」

「災害募金やチャリティは、慈善活動として否定はしないが、何に使われるのか、提供する側もされる側もわからないというのはどうなんだろうか。出す方も受け取る方も明確な目的と責任がある方がいい」

「復興への投資というのは新鮮だね。見込みがある産業に出資し、そして国民みんなが応援もする」

「オレオレ詐欺でじいさんばあさんが、一人で数千万円もなくす日本だ。どこかおかしい」

「しばらく前の日銀のデータだが、日本人の金融資産残高は千六百八十四兆円で、そのうち八百七十五兆円がタンス預金だという。半分の資産が動かずに死蔵されているのは異常だし、それが日本のイノベーションの弊害になっているはずなんだ。タンス預金はある意味、経済犯罪だね」

「基本は情報の共有だな」

「首都圏震災で日本は新しく生まれ変わる。強力な情報技術とネットワークがそれを支えるはずだ」

「未来ネットワークと首都機能移転の原案は、首都圏再建チームで検討が進んでいるので、まもなく報告がある」

総務省の主導で、通信分野の標準規格であるグローバル情報通信インフラストラクチャの規約に基づいた広域の大容量中継光伝送路の整備が進み、また、災害で伝送路が失われた地域へのエントランス光伝送路と無線アクセスネットワークを支える移動基地局の開発も進んでいた。

「我々に残された時間は、二、三年とわずかだ」と、権藤は、自分に言い聞かせるように呟いた。

十二　チームノア

霞が関の国交省の中に置かれたチームノアのオフィスでは、山城豊が、桜田濠から皇居に広がる新緑の森を眺めていた。その向こう、地平に向かって広がる東京の街は、白っぽい靄《もや》がかかり、空に溶け込んでいた。

ブルッキングス研究所による二〇一二年の発表では、日本の首都圏の人口は約三千八百万人で世界一であり、二位のジャカルタの三千万人を大きく引き離している。また、経済規模でみても世界一で、GRP（域内総生産）は一兆五千億ドルもあり、二位のニューヨークの一兆二千億ドルよりもかなり大きい。この巨大都市圏が地震に見舞われた時の被害とそれに伴う世界への影響を考えると身が引き締まる思いだった。

直接の被害を減少させることはともかく、経済活動や生産活動への影響を最小限に止めなければならない。チームバベルは経済システムへの対策を進め、移転計画や再建計画にも着手している。チームノアは、チームバベルの計画を円滑に進めるためにも、防災・減災を前もって行い、円滑な救助・救援を行うことが責務だった。

大正関東大震災は東京市内の被害に注目されがちだが、震源域の上にあった神奈川、房総半島では、激しい揺れによる被害や五メートルを超える津波、大規模な土砂崩壊が発生している。

当時と比べて、この地域の開発は進み、同規模の地震がもたらす被害が甚大なことは容易に想定された。また、3・11東日本大震災と比べて大都市が震源域に近いため、より激しい揺れによる被害が予想され、さらに津波の到達時間は極めて短く、避難の困難さも想定された。

内閣府の中央防災会議では、二〇一二年に、将来起こるとされる首都直下型地震の被害想定をまとめ、発表している。発生場所、規模による震度分布、建物、人的被害が詳細に検討された。マグニチュード7・3の東京湾北部地震の想定では、建物やインフラの直接被害が六十六・六兆円、生産活動の停止など間接被害が三十九兆円、交通障害の機会損失が六・三兆円と試算されている。近い将来に発生が予想される南海トラフの地震では直接被害と間接被害を合わせて五十七兆円、東海沖の地震では三十七兆円と試算されている。それらに比べると首都直下型地震では、被害総額はもちろん、間接被害額の大きさも際立っている。

また、その想定では、避難者は七百万人に達し、避難所生活者は四百六十万人、帰宅困難者は六百五十万人と想定されている。インフラの被害と供給支障は、東京都で、電力三・九パーセント、ガス一九・〇パーセント、上水道三三・三パーセントとされ、電力の復旧は、六日後に支障世帯が〇・六五パーセントになるまで進むが、上水道は、二十五日後でも三パーセントほど残るとされている。

山城は、そんな資料を見ながら、復興にかかる月日の長さも改めて見てみた。二〇一一年の3・11東日本大震災はいまだ復興途上にある。一九九五年の直下型の阪神・淡路大震災では、超高速復旧として世界を驚かせた二十八キロメートルの長さの阪神高速でも二十ヶ月かかっており、電気は六日後に復旧しているが、水道の完全復旧には三ヶ月かかっている。新幹線の京都―姫路間の開通は三ヶ月弱、私鉄の阪神や阪急は五ヶ月以上かかっていた。そんなにかかっていたのかと、改めて記憶の風化を思った。

長田たちが想定している相模トラフのプレート境界地震は、マグニチュード8と試算されている。震源域には東京都心も含まれるという。

中央防災会議の首都圏直下型地震のマグニチュード7・3と比べると差は0・7だから、地震エネルギーは約十一倍大きい。さらに直下型地震が起こるのはフィリピン海プレートの内部なので、相模トラフのプレート境界地震の震源は、それより浅い。しかも、震源域が陸地から離れていた東日本大震災や想定されている南海トラフの地震と比べて、震源域が首都圏の直下なので、揺れによる直接の被害は甚大になる。

また津波の到達時間も避難の余裕がないほど早く、対策はより多岐にわたる。さらに、長周期震動に伴う高層ビルの大きな被害も予想された。地震そのものの直接的な被害もさることながら、インフラの崩壊、産業システムの壊滅、経済活動の停滞など間接的な被害は天文学的な額にのぼる。山城は、唇を噛み、各地の震度予想の表示を見ながら、決意を固くした。

　壁に設置された大型ディスプレイには、チームパンドラからチームノアに報告された想定震源域が表示されており、それは過去の元禄関東地震とほぼ一致し、さらに南に広がっていた。シミュレーションで計算された震度も色分けされて示されている。関東ローム層が広がる関東平野の南部は長周期の表面波が発達する条件が揃っている。歴史的にも地震は少なくなく、複数のプレートが入り組むこの地域に、世界最大の経済活動が営まれている首都圏がある皮肉を思った。


　人知を超えた地震は自然現象だが、それが予見されているとすると、その対策を怠った場合には、事故ともなり事件ともなる。チームノアのメンバーの間では、危機管理について、東日本大震災の際の原発事故が話題になっていた。

「3・11東日本大震災での原発事故が事故だとしたら責任者がいるはずなのに、未だにそれが特定されていないのはどういうわけだろう」

「事故との因果関係の証明が難しかったらしいね。想定されていないことが起こるとそうなるだろう。管理もマニュアルも、MARK－1の製造元のアメリカのGE（ゼネラル・エレクトリック社）に頼っていたのだろう。アメリカでは、ローレンス・リバモア研究所などが安全対策の研究を行っていたし、その研究成果は日本の原研にも伝えられていたのだが」

「原発は経産省、原研は文科省か。想定外のことに対して責任体制が明確ではなく、事故対応のシステムが機能しなかったのだろうか。知識もない官邸が口を出したのもひどい。それで対策が後手後手に回り、責任の所在もわからなくなったのが実情では、非難はできても犯人は探しようがない」

「メディアから流される事故対応はとても専門家が関与しているとは思えなかった。東電も事故に対する対応策を持っていなかった」

「一九八〇年代に実施した極限作業ロボットのナショナルプロジェクトでは、原発事故を想定した原発施設作業ロボットの開発が行われていたはずだが」

「確か九年かけて完成したが、電力会社からは見向きもされず、どこかの大学の倉庫に放置されていると聞いた」

「原発の開発時点では事故は想定されていたわけか。数十年経ち、そんな危機感も風化したのだろうか」

「ほんとうに原発事故は象徴的だった。原子炉の状態を把握するシステムで炉心溶融の危険がシミュレーションで予測されていたのに放置していたし、SPEEDYが放射性物質の飛散をシミュレートしていたにも拘わらず、これも無視。よほどコンピュータ嫌いの人が判断したのだろうな」

そんなメンバーたちの話を聞いていた山城は、

「ともかく、原発事故は危機管理について多くの教訓を残したんだ。同じような状況に陥った女川原発も福島第二原発も、所長や所員たちの的確な判断と努力で破滅的な事故を免れた。正確な情報の収集と管理、的確な対応ができるよう、外さないでやろうぜ」と、メンバーにハッパをかけた。

津波については、過去の痕跡から、鎌倉を中心に湘南地方、房総半島の館山あたりが十数メートルと予測されていた。防災科技研の津波評価チームは、想定されたプレート境界での断層の破壊の時間的変化をもとに、綿密な津波予測を行っている。ディープソートの三次元モデルの解析でも、水深が深い相模湾では津波の速度は速く、時速五〇〇キロくらいで伝搬する。リニア新幹線並みの速度である。湘南海岸のある地点は、地震発生から津波が達するまで十分程度であり、最初に引き波が観測される。そして二十分後に六メートル、三十分後に最大一三メートルの津波が到達する。特に、三浦半島に近い鎌倉や逗子では高くなる傾向があった。一方、熱海や伊東など伊豆半島の東岸では、房総半島を乗せた北米プレートがフィリピン海プレートに乗り上げるように断層が動くために、二〇メートルを超える津波が発生し、壊滅的な被害が予想された。

現在の湘南海岸の防潮堤の高さは、小田原から藤沢までは一〇メートル、鎌倉から葉山までは九メートルある。チームバベルの首都圏再建チームでは、湘南海岸に十数メートルの防潮堤を建設する案が検討された。湘南海岸でも、地点によっては津波の高さはまちまちで、想定される地震に対して、綿密な計算が行われた。

チームノアのオペレーションルームで、湘南海岸の津波のシミュレーション結果を見ていた

メンバーが、

「思いの外、湘南海岸で津波が高くなる。なぜだろう」

「ハワイのノースショアのビッグウエーブは知っているよね」

「もちろんさ。サーファーの聖地だからね」

「なんで、ビッグウエーブがあの場所にできるか知っているかい」

「日本近海で発生した強い低気圧による波でしょ。だから北側」

「それもあるが、海底の地形なんだ。溶岩地形で岸からすぐに急速に深くなっている。波の速度は水深で決まる。沖からやってきた波は、岸に近づくと急速に速度が落ちる。そして波高は高くなる」

「相模湾もそうだよね。水深一〇〇〇メートル以上の海から一気に岸に向けて浅くなる」

「そういうことだ」と、相模湾の水深のマップを見せながら言った。

津波が防潮堤を超えるとされた箇所は、伊豆半島の東側と湘南海岸、そして房総半島の鋸南《きょなん》町《まち》から館山にかけての地域で、いずれも観光地である。新たに一五メートル以上の防潮堤を作ることは、時間的にも、地元の人たちの理解を得るにも課題があった。チームでは、可能な限り防潮堤のかさ上げによって減災を図ることと、それでも対処できない地域では、避難ルートの整備、避難箇所の指定や設置を行い、二十分以内で避難を完了させるマニュアルを整備することにした。

中央防災会議では、首都圏で予想される最大の地震として、大正関東地震よりも規模が大きい元禄関東地震を想定したハザードマップを発表した。その想定に対して、湘南地方のほとんどの自治体で、地震発生後の避難の手順が改めて検討された。

チームノアにより、津波被害で特に危険だと予測された地域は、伊豆半島の東岸、熱海や伊東だった。大正関東地震の時も大きな被害を出したが、その時を超える二〇メートルの津波が襲う。予測された最大の波高は二三メートルで、到達時間は二十五分とされた。熱海や伊東では、観光業者などから景観を優先することが求められたために、かさ上げなどの対策は高さが抑えられたり、中止されたりしていた。

伊豆半島では別荘地開発や大規模なメガソーラーなど山間地で過剰な造成が目立ち、がけ崩れによる被害や、山体崩壊も予想された。また、熱海、伊東は高層のホテルやマンションが多い。二三メートルの津波に対応するには、一階分の高さを三メートルとすると、海抜五メートルのビルでは、二十分程度で七階以上に避難しなければならない。それらのビルの高層階への観光客の避難を短時間で行う訓練を強化すること、そして伊豆半島の東側の交通手段は完全に崩壊するために、長期の孤立状態への備えも十分に行うことが確認された。

東京湾内は、津波は、高くても二メートルくらいだが、海抜ゼロメートルの地域が広範囲にわたるために要所に防潮壁の設置が検討された。津波による浸水は避けられない湾岸の工場群や備蓄タンク類は、フェンスを設けたり、タンクの強靭化を図るなどの対策案をまとめて当該企業に伝えることになった。とりわけ、東京湾岸にある多数の火力発電所や製鉄所には古いものが多く、たとえ耐震対策が強化されても、想定される震度には耐えられないとされた。

関東圏全域にわたって、数年で、予想される津波に対応できる防波堤を作ることは難しいし、揺れに対処できない建造物の耐震対策をすべて行うことも難しい。危険な地域での防潮堤のかさ上げ・新設の効果、建物の改築、迅速な避難方法の策定などが各自治体とともに綿密に検討された。こうした調査検討は、中央防災会議が設立されて以降、盛んになったが、政府から指示される内容が詳細にわたっていることに、疑問を持つ自治体もあった。

木造建築物の密集する地域での火災では、初期消火がなされないと手がつけられなくなる。さらに強風のもとでの延焼の恐ろしさは、二〇一六年冬の糸魚川大火で思い知った。大正関東大震災での東京市での死者・行方不明者の九割が、火災による犠牲者だった。両国駅近くの陸軍被服廠だけでも避難した三万八千人の市民が亡くなっている。この地震での東京市の死亡者数は七万人だが、一九二三年当時の東京の人口は、四百万人だった。今や東京都だけで千四百万人近く住んでいる。人口は三倍以上になっている。このことは、耐震性が向上しているとはいえ、昔なら危険で住まなかった場所にも多くの人が住んでいることを意味する。

総務省消防研究センターでは、スーパーコンピュータ上に詳細な都市モデルの構築が進められており、様々な気象条件のもとでの延焼規模とそれを阻止する手段の研究が行われていた。地震発生時には、気象庁やチームノアからもたらされる人工衛星のデータや、海自の哨戒機、観測ヘリそして警察や消防からの情報をまとめ、リアルタイムで状況把握ができるようなシステム作りが行われていた。

救助と救援活動では、初動活動が重要で、消防、警察、海保とともに自衛隊が持つ装備の機動力を、地震発生後の早い段階で投入する計画が練られていた。自衛隊の戦闘機はスクランブルでは、命令があってから二分程度で離陸するという。海上自衛隊の大型飛行艇は、水上・陸上を問わず三〇〇メートル程度の滑走で離陸できる。二〇トンを一気に運べ、時速約九〇キロの安定した低速飛行もできる。陸上自衛隊の大型輸送機の積載量は三六トンあり、その巨体に似合わず離陸距離は五〇〇メートル程度である。滑走路八〇〇メートルの調布飛行場も利用できるだろう。救難ヘリは自衛隊に数百機以上ある。双発の輸送ヘリは七十数機あり、民間のヘリと合せて輸送のための機動力の一環として期待される。

チームノアでは、震災直後の行動について検討が行われていた。

「今まで気に留めていなかったが、自衛隊の災害救助活動には厳格な縛りがあるんだね」と、一人がいうと、

「そうですよ。自衛隊は軍隊、つまり強大な暴力装置だから、使い方を誤るととんでもないことになる」と、もう一人が応えた。

「山火事などで、初動段階から飛行艇や大型ヘリなどを投入すればと思ったし、電源を失った原発事故の時は、潜水艦の電力が使えただろう。なぜ自衛隊が動かないのかと思ったが」

「今回は、海保や警察、消防の力はもちろんだが、自衛隊を早い段階で投入する方策もチームノアで検討することになっている」と、山城が応えた。

山城は、一九九五年の阪神・淡路大震災の当時を思い出していた。霞が関のオフィスを出て、ランチのため食堂に入ると、神戸で地震があったことがテレビに流れていた。発生したのは早朝六時前で、亡くなった人が数人とされていた。両親が神戸にいるが、そう大きな地震ではなさそうなので、気にも留めていなかった。とはいえ気になるので電話をしてみたが繋がらない。時間を追うごとに、拡大する被害の様子が放映されて仰天した。

数箇所で大きな火災が発生している様子を、メディアのヘリが中継していた。メディアのヘリがいるのに、大がかりな消火活動も行われていない。地震発生から十時間経っても情報は断片的だった。明石にいる友人とは電話で話ができた。明石の被害は大きくはない。両親が住んでいる神戸の垂水《たるみ》区も大丈夫だろうということだった。状況の把握の遅さ、救助や救援の致命的な遅さに唖然としたが、そこに自衛隊がいないことに気がついた。

阪神・淡路大震災の時、自衛隊の部隊はすぐさま出動待機していたという。ところが被災者でもある兵庫県知事は状況を把握できず、派遣要請を出せなかった。そのために自衛隊の出動は遅れた。警察や消防、海上保安庁は、省庁のトップの指示で、すぐに行動を起こせるが、自衛隊が行動を起こすには複雑な手続きが必要だった。当時の官邸が自らの政治生命をかけて自衛隊に出動を命令すれば、被害はもっと少なくできただろうと山城は思った。

山城は、自衛隊の災害派遣に規制が課せられていることは知っていた。しかし、災害の状況を把握した後で災害派遣要請が出され、その要請にしたがって部隊を組織するのでは、初期活動には間に合わない。その後、いくらか改善されているようだが、現場からの要請があって初めて出動できることは変わっていない。

山城は、一刻を争う危機管理の面から、自衛隊の派遣について妥当な法律に改正することを検討していた。そして前もって予見される災害に対して適用される時限立法として提案することを、木田審議官と法務省の間で詰めていた。

Xデイの発表後に適用される時限立法の骨子は、①地震の発生を監視し、その後の救援・救助を指揮する首都圏地震対策室に災害派遣要請を出す資格を与え、知事に代わって自衛隊に要請を出せるようにする。②対策室は、地震の発生前に態勢を整えて、首都圏全体の状況を把握し、警察、消防、自衛隊の機能を最大限活かせるようにすることが狙いである。しかし、この法律は、現行の憲法に抵触しかねない内容であるために、その立法化はXデイの発表時点で判断することにする。

建設企業など民間の機材も利用することになる。災害救助、復旧で活躍する油圧ショベル、バックホーの重量は、六トンから二〇トン、大型で二四トンもある。分解組立型バックホーは、民間のヘリでも運べるよう、二トン程度の部品に分解されるものもある。一方、双発の輸送ヘリやオスプレイは一〇トンの積載量がある。中型のバックホーは双発の輸送ヘリで空輸できるし、大型のものは、輸送ヘリで効率よく空輸できるよう機材の分解や吊り上げ器具などの改良の検討を機械企業に依頼した。

バックホーなど建設機械は、自衛隊など公共施設にも多数あるが、民間企業、特にレンタル会社には多種多様な機材がある。それらをデータベースに登録して、緊急時に利用し、また輸送するための検討も行われていた。官民合わせて、首都圏地震の被害に有効に対処できるよう、緊急性に基づいてスケジューリングするなどのシステムの構築もなされていた。

輸送だけではなく、ヘリコプターは防災や救助・救援では主力である。山城は、日本のヘリの保有状況を調べてみた。少し古いデータだが、全国の消防に五十八機、警察に八十九機、海上保安庁に四十四機ある。民間では事業会社に五百機余り、新聞など報道に九十五機、自家用に百九十機ある。

これを見て、火災や救難に使える消防のヘリや警察のヘリが、報道のヘリの数より少ないことに驚いた。しかも首都圏で地震が発生したからといって、全国から消防や警察のヘリの全てを駆り出すわけにもいかない。とはいえ民間のヘリは、訓練していないので防災や救助活動には利用できない。

自衛隊では多数のヘリコプターを保有している。戦闘用のヘリも含まれるが、その多くは救難や多目的のヘリコプターである。陸上自衛隊が四百八十機、海上自衛隊が百四十二機、航空自衛隊が五十四機保有している。それに危険な状況に対処する厳しい訓練も自衛隊のパイロットは行っている。この圧倒的な機数と熟練のパイロットを利用しない手はない。今までの災害で、積極的に考えても来なかったことに苛立ちさえ感じた。今度は自衛隊の方々に活躍していただきたい。そのための訓練も十分に行っていただく、と思った。

多摩川、隅田川、荒川、江戸川といった河川は、道路網が破壊され混乱した東京や神奈川の中心部にアクセスする有用な手段で、さらには運河も重要な役割を果たす。東京の都心を含めて運河が縦横に張り巡らされている。船舶だけでなく飛行艇、ホバークラフトなど多様な輸送機材が使えるだろう。

普段サイクリングロードとして使われている荒川河川道路も、地震による崩壊部分を修復すれば、チームノアがいるさいたま新都心から、交差点も信号もない緊急輸送に使える。事実、サイクリングロードではなく正式な名称は緊急用河川敷道路である。途中、荒川が隅田川に分かれる赤羽近くの岩淵水門には整備されたヘリポートもある。

山城たちのチームでは、ドローンの活用もテーマの一つだった。チームのメンバーが作成したドローンのテストがあるというので、体育館に行ってみた。

「この自律飛行ドローンは、目的地を教えると自分で飛行ルートを選び、障害物も避けることができます。このコントローラ一台で最大八機のドローンを同時に扱えます。つまり、全機を同時に飛ばして、広範囲の探索を一気に行え、転送された画像はコンピュータで画像処理されます。三次元画像が得られるので、物体の高度な認識も可能なんです」

そういって、担当者がコントローラを操作すると部屋の隅に置いてあった五機のドローンが一斉に飛び立ち、お互いの距離を保ちながら、部屋中を旋回した。

「確かに面白いが、こんな速度で緊急時に使えるのか。ドローンの利用は他にもあるだろう。ともかく危険な場所の探索には有用だし、狭い空間にも入っていけるので、予想される事態に対応した研究をしておいてほしい」

「確かに、初動の広範囲の探索には、有人の偵察ヘリが有用ですね。きめの細かい捜索はドローンが担う。そうですね。そのために各地の消防署にドローンのセットと操作者を配置する提案をしようと思っています」と、出端をくじかれた担当者が応じた。

「さらに迅速で広範囲な調査には、人工衛星はもちろん、戦闘機そして哨戒機の投入を考えています。偵察ヘリやドローン、すべての状況画像はチームノアに集められ、整理して救援・救助活動の立案とスケジュール管理などに用います」と、もう一人の担当者がいった。

「被害想定は、条件によってかなり異なるが、最近は耐震化が進んでいるので、昔に比べて建物の倒壊は少ないだろう。国交省では、数年前から耐震化を進めているので、最近はずいぶん改善されていると見ているようだ」と、山城はいった。

そうはいったものの、その時に想定されていた直下型地震とは規模が桁違いのために、被害を過小評価することはできないことは承知していた。


一九八一年に建築基準法が改正され、その基準をクリアしている建築物は耐震化がなされているとされている。国土交通省が策定した国土強靭化アクションプラン二〇一五によって、その基準で、二〇一三年に八二パーセントだった住宅の耐震化を二〇二〇年に九五パーセントにすること、学校や病院、デパートなどの建築物も同様に、二〇二〇年に九五パーセントにすることとされていた。

最も古い首都高速は建設後すでに五十年ほど経っているが、柱をシートで巻きつけるアラミド繊維シート補強工法などで耐震補強を行っている。東日本大震災の前に首都高速のほとんどの補強工事が完了していたので、倒壊や落橋などの甚大な損傷はなく、早期復旧につながったとされている。

政府の中央防災会議が行った首都直下型地震の被害想定では、「首都高速は耐震補強が済んでいるので、機能に重大な支障がある大被害の確率はゼロパーセント」とされている。しかし、東京で最大震度5強を記録した東日本大震災では、重大な事故がなかったとはいえ、すでに改修を終えた首都高速で、ジョイント破損、路面やトラス部材損傷などが発生していた。構造物の非破壊検査を進めるとともに、予見できない事故も含めて多様なケースをシミュレーションの対象とすることにした。

大きな建造物に影響を与える長周期の地震動の原因は、地表の層構造で生成される表面波が主な原因である。P波の分散波であるレイリー波とS波の分散波であるラブ波がそれに当たる。これらの分散波は、層の間で反射などで波が重なり合い分散することで生まれるため、表層の構造に大きく左右される。

チームノアでは、想定されている地震に対して、現地調査とコンピュータシミュレーションによる地盤の素性や構造も含めた建造物の耐震評価を、これから一年ほどの間に行うことになった。その間に明らかになった課題に対して、優先度に従い対応が取られることになる。

耐震のエキスパートたちは、首都圏での耐震化の状況を調査しながら、個々の建造物の評価が困難なことを実感していた。

「コンクリートのマンションの耐用年数は六十年くらいだと言われているし、四十年という説もある。コンクリートが炭酸ガスなどに晒されて劣化するんだ。耐震建築の専門家たちが検討しているところだが、年数が経過したビルは、念を入れて評価をして、震災前には住まないという選択肢もある」

「六十年以上経ったビルはざらにあるし、見ただけで危なそうなビルだって現実にあるので、都や県の条例などで可能なら考えるべきだろうね」

「個人や法人の財産を強制的に処分はできないので、ある程度の強制力を持った指導ができるよう、時限立法を検討しているようだ。Xデイの発表後に立法化ができればいいのだが」

「建造物の耐震化が済んでいても、震災時はできれば首都圏から離れていた方がいい。震災前の疎開はどうだろう。今検討されている次世代ネットワークの構築が進んでいるし、子供たちや高齢者は早めに東京を離れる方が望ましい」

「個人的な意見だが、過疎化が進んでいる地方での教育は、自然の中でのびのびと行えるのがいい。隠岐の島の海士町《あまちょう》でしたっけ。島留学が話題になったことがある。これからは高等教育の無償化も含めて、国内留学を制度化すると面白い。生活費が高い都内でアルバイトに時間を割きながら、高い授業料を払うなんてどうかしている」

「受け入れ先の熱意と能力が前提だが、それは文科省で考えていただこう。一、二年の短期留学なら、子供たちの学習意欲の向上になるだろう。何よりも、Xデイが発表された後の首都圏に残る不安を思うと、こうした施策が必要だね。子供たちを守る他の代替案も含めて検討しておこう」

「国の行政機関の地方への移転を、木田審議官を中心に今度こそ本気で考えているようだ」

「それなら家族も移動するので幾らかは良くなる」

「チームバベルでは、財務関係は関西の大阪に、科学技術は東北に移す計画をまとめているようだ」

「首都圏にある科学技術の研究所の多くは、東北に移って科学技術の新たなセンターとなる。つくば学園都市よりも大規模になるだろう」

「それをこの二年でやろうというわけか」

「可能かどうかはともかく、震災が想定されている以上、少しでも進めざるを得ないだろう。チームバベルではその方策を練っているらしい」

「研究機関の分散と多重化は、日本の研究の維持にも必要だな」

「そうなんだ。阪神・淡路大震災の時の神戸大学では、研究施設はほとんど崩壊して、死者も四十人に達し、被害総額は大まかな推定で百億円くらい。3・11東日本大震災での東北大学の被害額は七百億円といわれる。物理的な被害もそうだが、研究の中断を余儀なくされた損失も大きいだろうね」

「多くの大学や研究機関が首都圏に集中している状況は、どう考えても危険だし、今まで放っておいたのはどういうわけだろう」

「地方移転は行政機関から始めて、次は大学教育と研究分野だろうね」

「チームバベルでの検討結果が出されて、さらにXデイがアナウンスされれば、一気に進む可能性がある」

「それでも多くの人は東京に残る。チームノアの今の試算だと首都圏に被災者住宅を百万戸以上作ることになる」と、チームノアが作った報告書を見ながらいった。なんと馬鹿げた試算だと誰もが思った。

「阪神・淡路大震災の時は約五万戸の仮設住宅が供給されたのか。震災後すぐに入居が始まり、一年程度は一〇〇パーセント弱の入居率、それからほぼ線形に入居者が減り、五年で入居者はゼロになっている。二年後くらいから災害復興住宅の供給が始まっているからね」

「五万戸か。それでも多いが、直下型で被害の範囲が限定されたからな。プレート境界型の場合は範囲が首都圏全体にわたるので、百万戸の想定もオーバーじゃない」

「3・11東日本大震災の時は、この資料によるとプレハブ仮設住宅が四万戸、工務店仮設住宅が九千戸、民間賃貸住宅のみなし仮設住宅が七万戸だったという。およそ十二万戸だね」

「想定されている地震では東日本の十倍か。首都圏の特殊性は明らかだが、今まで経験したことがないことが迫っている」

「災害直後の避難者は、数百万人になるだろう」

「確か、日本には登録されているキャンピングカーが十万台以上ある。短期借り上げで急場をしのぐというのはどうだい」

「前もって予約しておけば、ある程度は集まるかもな。でも置く場所がない」

「体育館などを避難所にするとき、囲いと簡易ベッドを用意したいね」

「災害のたびに、体育館の床に布団ではね。どこの国のことだと思うよ」

そして話は、誰もが疑問に思っている被災者住宅の実現可能性に移って行った。

「想定されている百万戸の被災者住宅は、どのように検討されているのだろうか」

「そもそも百万戸の被災者住宅を首都圏に作れる場所がないだろう。復興の邪魔にもなる」

「チームノアの検討では、全国四十七都道府県にそれぞれ二万戸を作ることになるといっている」

「なるほど、東京に被災者住宅という発想自体を止めるのか。東京の再建を待って被災者住宅で数年暮らすなど、いかにも場当たり的としか思えないのは確かだ。仮設住宅に何年も住まわせられること自体、文化的な生活とは言えないだろう」

「それはそうだが、各都道府県に二万戸。乱暴な話だな。だいたい移住希望者がそんなにいるのかい」

「資料には、半ば強制的に移住していただくと書いてある。残らなければならない人は覚悟して残っていただくことになるとも」

「神戸や東北では、地域社会が分断された上、孤独死が増加したが、対策はあるのだろうか」

「次世代ネットワークが、人々をつなぐキーになると考えているらしい。〝いつでもどこでも〟が極めて円滑に、そして安価にできればありだな」

「地方にとっては、この震災は地方再生の機会でもあるというのが、この報告書のいいたいことだな。震災で失われた損失は、地方での新たな需要を生む。その需要で、人を呼び込む努力をしてもらうということだ。魅力あるアピールができなければ、人は集まらずその地域は沈む」

「それに事情はそれぞれ、対策はそれぞれで考えていただくということだろう。首都圏には、復旧されるまで仮設でも住宅を作れる場所はないのだから、地方に分散するのは仕方がない。それに交通を含めたインフラの完全な復旧にはしばらくかかるだろう」

「受け入れ態勢は自治体に任せ、その地方の活性化にもつながるわけだから、移住者の勧誘も積極的に行っていただくことになるだろう」

「ネガティヴな被災者という言葉は確かに好ましくない。移住者とかもっとポジティヴな言葉がいいね」

「木田審議官は、東京再建だけではなく、地方再生を狙っているのかな」

「時間がないが、一気に機運を高めて、人々の意識を変える必要がありますね」

「多分ね。すでに準備は進めているようだ。震災の有る無しに拘わらず、東京への一極集中の解消と地方の再生は、これからの日本にとって課題だからね」

「行政機構の地方移転と合わせ、地方の復興を進めるということか」

「それがうまくいけば、首都圏での被災者住宅はかなり減らせる」

「それをこの一、二年で行うというのは無理だろう。ちょっとした個人の家だって、建設には四ヶ月ほどかかる」

「震災までに間に合わせることは考えないでいいだろう。残る人の方が多いことだし。方針を定めて準備と心積りはしっかりしていただく」
「移住者に対しては移住支援を国が行うことになるだろう」
「被災者ではなく、移住者か。なるほど」

ネットワークの拡充や交通インフラによって、地方と首都圏の格差を少なくする環境は整いつつある。ネット通販で、全国どこでも同じようなサービスを受けることができるし、東京駅から鎌倉駅までは一時間かかるが、その時間で新幹線の「ひかり」なら静岡まで行くことができる。実際に移動する頻度が少なければ、距離による不利は、実のところ少なくなっている。

一九七二年に、田中角栄が「日本列島改造論」を打ち出して交通インフラの整備を進めたが、逆に地方から東京への移動を容易にして首都圏への集中を加速することになった。皮肉だが、角栄の思いをこの震災をきっかけに実現できるかもしれない。

被災者住宅への対応は、チームバベルの首都機能の移転計画と関係する。そのために、木田審議官肝いりの都市計画チームとともに詳細な検討を行うことになった。

また、旅行者も含めた帰宅困難者は数百万人と予想され、その数は3・11東日本大震災の時をはるかに上回る。街自体が破壊されているのだから、あの時の混乱よりさらに酷くなる。解決する方法として、数日間、帰宅しないで被災地に留まり、自ら救助・救援に参加してもらうことが検討された。Xデイの発表後、地震発生後はすぐに帰宅するのではなく都内に留まる。

そのための衣食住の準備は十分に行うことをアナウンスすることにした。

また南海トラフの地震が話題になる中、総務省の指導のもとで、企業や団体、自治体の機関にボランティアの首都圏消防団が組織され、救援・救助のための倉庫や避難所が各企業や団体の建物に用意された。新たに結成された首都圏消防団は、江戸火消し「いろは四十八組」にならって纏《まとい》を図案化してシンボルにし、おしゃれで目立ちやすい衣装が作られた。わずかに下町に残っていた消防団も息を吹き返して、地域を守る消防団として若い団員を増やしていた。彼らは帰宅困難者ではない。彼らの主な使命は、被災者の救護と救助、そして初期消火である。消防署と警察は、消防団とともに訓練を繰り返した。

チームノアの活動の拠点となるさいたま新都心では、救援・救助を支援するコントロールセンターの設置が進んでいた。コントロールセンターには、壁に取り付けられた多数の大型ディスプレイと二十五席のオペレータ卓が並び、その形態は空港の管制室と同じようだった。すでにオペレータが、システムのチェックを始めていて、様々な状況に対応できるように訓練もされていた。震災後は、ここに官邸が移され、閣議も行われることになっていた。

十三　Xデイに向けて

マグニチュードを表示するMは、地震のエネルギーを1000の平方根を底とする対数で表したものと同等である。マグニチュードの差をmとすると、エネルギーの差は「1000の

（0・5×m）乗」として計算される。Mが1違うと約三十一・六倍、Mの差が2では千倍である。0・5の差は約五・六倍、0・1の差は約一・四倍となる。元禄関東地震と大正関東地震では、マグニチュードは、8・1と7・9とされているので、その差は0・2、エネルギーの差は1000の0・1乗、つまり約二倍だったということになる。

ディープソートセンターに置かれたチームパンドラの活動は順調に進み、設置が終わった八箇所の観測基地からの観測データが送られてきていた。また、防災科技研の高感度地震観測網（Hi-net）や広帯域地震観測網（F-net）、日本海溝海底地震津波観測網（S-net）、地震・津波観測監視システム（DONET）などの観測網からも、広域LANを通して、地震情報を受け取り、分析と調査研究が行われていた。

日吉のディープソートセンターでは、長田と小池が、地震波トモグラフィーの精度を上げるために、観測点の受信特性を学習するシステムの改良を行っていた。小林のIT会社から派遣されてきた技術者もその作業をサポートするために参加していた。作業が進むにしたがって、解析チームは互いに信頼し、気心が知れるチームになっていった。

ディープソートは、無限とも思える記憶空間に、膨大な量の情報を蓄積し、長田たちの解析チームの要請に応えていた。ホログラムディスプレイは、一部屋を占有する大きさになっていた。研究員たちは、立体表示されたプレートの中に入り込み、解析された結果の検証に当たっていた。

初夏のある日、吉岡は、さらに機能の拡充が求められているディープソートのシステムをチェックしていた。状態間の結合マップを調べていたところに、電話がかかってきた。海上保安庁海洋情報部の青海庁舎に戻っていた小池からだった。

「房総の保田沖で事故がありました。秋山が遭難しました」と、声が裏返っていた。

「秋山さんは無事なのか」と、問い返すと、

「海保のヘリが、現場にいるらしくて」

小池は動転していて、話が進まない。

「長田もここにいる。今から彼と保田に向かう。向こうで会おう」といって、電話を切った。

別室で研究チームのメンバーと議論の最中だった長田に、秋山の事故を耳打ちした。彼は振り返って吉岡を凝視した。そして解析チームに何かを言い残し、「すぐに行こう」と部屋を飛び出した。二人はいい知れぬ不安を胸に、センターの駐車場に置かれた長田のフォレスターに急いだ。

フォレスターは、すぐに四〇九号線に乗り、アクアラインを突っ走り、房総に入ると、館山自動車道に乗り、鋸南保田インターを降りた。途中で、吉岡は小池と連絡を取り、秋山の遺体が岩井の岩礁で発見されたことを知った。吉岡は、南房総をカヤックツアーで、何度か漕いだことがあった。安房勝山港に着くと、胴体に青い線がある白い海上保安庁の救難ヘリが空中でホバリングしているのが見えた。

港にはすでに関係者が着いていて、海上保安庁の作業船が浮かんでいる浮島の方を見ていた。

憔悴しきった作業船の船長は、集まった関係者に状況を説明した。

「今朝早く、彼が設計した海中作業ロボットの一台が故障して、回収作業をしていたのだが、潜水していた秋山の姿が見えなくなった」といって、言葉を切り、思い出すように、

「潜水に慣れている秋山のことだから大丈夫だと、誰も気に留めなかった」と続け、

「作業を終えようとして秋山がいないことに気がついた。それから、海保、漁協、総出で捜したのだが、二時間後、海保のヘリが、秋山を岩井の岩礁で見つけたんだ。岩井の岩礁で発見されてすぐに、ヘリで現場に入った医師によって死亡が確認された。今は警察による現場検証が行われている。それが終われば、ヘリによる収容作業が始まるらしい」と、船長は無表情で説明を続けた。信じられない事故に動揺しているのだろう。

　小池は、船長に「なぜいなくなったことに気がつかなかったんですか」と詰問した。

「理由はわからないが、事故か痙攣で泳げない事態になって、ウエイトなどを外し、浮き上がったのだと思う。当時は波が高かった。海面から顔を出しても、作業船は見えにくかっただろう。潮の流れもあって、秋山は、近くの海岸に向かって泳いだはずだ」

「そして力尽きて溺れたというのですか」

「おそらく」

「でもボンベがあるのだから、溺れたなんて」と、小池は聞いた
「ボンベとウエイトは外していた。亡くなった原因はわからない。検死で分かると思うが」

「海保のプロが付いていたのに」と、小池は、絞り出すようにいった。声が震えていた。

「我々の注意が足らなかった。本当にすまない」と、船長は深々と頭を下げた。

「すぐに現場に行きたい。船を出してくれませんか」と、小池がいうと、

「現場は、岩礁が入り組んでいる上、浅いので漁船では近づけない。陸上からも崖が高くてダメなんです。ゴムボートで行くか、ヘリしか手がない」と船長が応えた。

そんな話を聞いていた吉岡は、まだ頭の中が混乱していたが、楽しそうにカヤックの話をしていた秋山の姿が頭をよぎった。今度、三陸の北山崎のカヤックツアーに行こうと話したことや、石廊崎でカヤックを漕いでいた秋山を思い出していた。

「秋山さんの収容は待ってくれませんか。カヤッカーは、カヤックが自分の棺桶だという思いがあるんです。僕たち仲間のカヤッカーで彼をカヤックに収容して、最後の航海を行いたい。いいでしょうか」と、懇願した。

予想もしない提案に、小池は、しばらく考え、何箇所かに電話をした後、

「了解しました。彼の家族にも伝えて了解してもらいました。秋山さんの通夜は、カヤックで三途の川の渡渉です」といった。吉岡は、房総と伊豆、三浦のカヤッカーたちに、秋山の訃報を知らせ、「今日の夕刻前に、彼の最後の航海を行う」と連絡した。

秋山と親しかったカヤッカーの二人が、秋山が使っていたカヤックと吉岡が使うカヤックを車で運んできた。そして吉岡とともに、カヤックで保田の海岸から岩井の磯に向かった。その頃、秋山を知るカヤッカーたちがカヤックに乗って、沖合に集まり始めていた。

吉岡は、以前にカヤックツアーで立ち寄った岩井の磯に着くと、海上保安庁と県警の数人が

待っていた。彼らの手を借りて、カヤックが転覆しないよう両舷にフロートを付けた。そして収容袋に入れられた秋山の遺体をカヤックのコクピットに入れ、ロープでしっかりと固定した。

吉岡たち三人は、秋山のカヤックにロープをかけて、磯から引き出した。そして、ゆっくり漕ぎながら、秋山が好んだという静かな館山湾を目指した。周りを十数艘のカヤックが付き添うように伴走し、秋山の遺族や長田たちが乗った巡視艇がその後を追った。

すぐ沖には、浮島の大きな口を開けた海食洞窟が見え、次第に夕日が空を赤く染め始めていた。ピンク色に輝く海の向こうに、黒いシルエットの雄大な富士山が浮かんでいて、原岡海岸沖を行くカヤックの隊列を見守っていた。一人が静かに「マイケル、ロウ・ザ・ボート・アショー」を歌い始めた。吉岡たちも続けて歌った。曲に合わせてパドルを波頭に入れ、パドルに体重を預けるようにゆっくりと漕いだ。歌声はやがて涙声で詰まり、無言のまま漕ぎ続けた。

大房岬を回り込み、夕闇が迫る館山湾に入ると、汽笛を鳴らした漁協の漁船が出迎えていた。数隻の巡視艇と海上自衛隊の護衛艦の甲板上では、整列した乗組員が敬礼し、秋山の最後の航海を見送った。

秋山の家族と一緒に巡視艇に乗っていた小池は、夕闇に包まれる中、巡視艇のサーチライトに照らされたカヤックの隊列を悲痛な思いで見ていた。有能な技術者を失ったことに打ちひしがれて、秋山と口論したこと、彼の業績を嫉妬したこと、様々な思いが回り灯籠のように繰り返し頭をよぎった。喉の奥からこみ上げてくる嗚咽を、思いを必死で抑え、堪《こら》えていた。中学生の娘さんを抱きしめていた秋山の奥さんは、状況を受け入れられないのか無表情のまま、呆然と秋山のカヤックを見ていた。

数日経ち、秋山の死因が明らかになった。心筋梗塞と報告があった。潜水中、胸に痛みを感じ、作業船に戻ろうとしたが自由が利かない。ボンベとウエイトを外したが、やがて意識を失って、溺死したと推測された。

若い人でも極度の疲労やストレス、睡眠障害などが原因で、心筋梗塞になるケースが少なくない。職人とも思える人工知能研究者の秋山は、自分の健康を犠牲にして研究開発を行っていたのだろう。吉岡は、時折胸に手を置く秋山の仕草が、癖ではなく心臓の異変を感じていたのだろうと思った。

長田たちのチームパンドラは、秋山を失った悲しみから立ち上がり、地震の震源域と規模を推定し、地震が発生する時期を絞り込む活動に集中していた。

相模トラフから沈み込むプレートの挙動を観測するために、海底地震計と電位計を設置した稠密観測網から、ディープソートセンターにも即刻、データが送られてきていた。斎藤は、小林社長が送ってきた有能なシステムプログラマーたちとともに、プログラムの検証も兼ねて、地震波トモグラフィーを中心に様々な解析システムの開発に当たっていた。

予想された震源域をカバーするように八箇所の観測基地に配置された八台の起震機は、一台ずつ順に、数分間のSH波を発生させ、当該基地が担当する観測網に送り出していた。ディープソートセンターでは、プレート境界にあるアスペリティの観測に重点を置いて、送られてくるデータの分析が行われ、結果がホログラムディスプレイに表示され始めていた。稠密観測の効果によって、地殻内部のプレート境界付近の弾性波の減衰や速度異常の状態が、より鮮明に把握できるようになっていた。

観測点の磁気電位計からも地電流や磁気の分布や方向が解析され表示されていた。地殻での変化と電位、磁気の変化の関係は明確ではないが、長田は、プレート境界への間隙流体の浸透によって、電気的な変化が観測されることを期待していた。水が超臨界流体の状態なら、大抵の重金属を溶かす性質があり、粘度も気体に近く、どこにでも浸透する。

今まで、地殻内での超臨界水が関わる現象が研究されたり、観測されたりしてはいないが、大規模な変化は、弾性波だけでなく、電磁データにも何らかの影響が現れると予想していた。水は、超臨界状態では、電気伝導率が非常に高く、電流やそれによる磁気の変化に関わるだろうと思っていた。

詳細な観測を始めると、長田の予想より、プレート境界浅部に入り込む間隙流体の変化は目立って多くはなかった。週に何度かわずかな変化が観測され、小規模な地震を伴うケースがあることは確認された。スロースリップに伴う現象で、南海トラフのプレート境界では、地震発生に関わる重要な現象として詳しく解析されている。リアルタイムで間隙流体と地震との関係を初めて捉えた観測だが、長田は言い知れぬ不安に苛まれていた。

長田は、間隙流体の浸透が、一定の速度で進むことで、ある時点で耐えきれなくなったアスペリティが、一気に滑って、プレート境界地震が起こると想定していた。彼は、髪をかきむしりながら、データを追っていた。間欠的に進む浸透の間隔にはかなり大きなばらつきがあった。彼のモデルではスロースリップが起こる領域の拡大とアスペリティの変化が線形に進むものとしていた。これでは地震の発生源である破壊が起こる時期の予想は難しい。どの状態が危険なのか、詳細なデータが集まるほど、判断が困難なことを知った。

ホログラムディスプレイで、プレート境界の様子を観察していた小池は、

「長田さん、どこまで間隙流体圧が高まり流体の浸透が進むと、破壊が起こると思いますか？」と、皆が抱いている疑問を聞いた。

「これだけはっきりとアスペリティの分析ができているのは素晴らしいのだが」と他のメンバーが続けた。

「このままスロースリップが続いていって、歪みが解消されてしまうのでは」

「その可能性はないわけではないが、深さ一〇キロメートルから三〇キロのあたりに明確なアスペリティがある」

「確かに。観測を始めて以来、スロースリップもないし、動いてもいない箇所ですね。ここが壊れると地震ですね」

「そうなんだが、難しい判断が必要だな。観測の精度が上がると、疑問も多くなる。大昔のグリフィスの弾性破壊の理論まで参考にしてシミュレーションを行ってきたのだが、理想的なモデルと実際はかなり違う。破壊現象自体が確率的だからね」と、元気なく答えた。

小池は、長田が、権藤たちにXデイの決定をせっつかれていることは知っていた。チームノ

アは、減災のための対策とそれに伴う工事を進めていたが、残された時間が問題だった。チームバベルも、首都圏崩壊に伴う問題が多岐にわたり、取り組まなければならない課題が山積していた。残り時間が分かれば、問題を整理することができる。それよりも、地震の予想そのものが空振りで、積み重ねてきた努力が水泡に帰すのではという空気が支配的になっていた。

首都圏地震対策室は、官邸の意向でトップダウンで設置され、メンバーも問答無用で唐突に各省庁から派遣されてきたエキスパートで構成されていた。設立当初は、目的を共有して活気に満ちていたが、時が過ぎると、ゴールが見えない作業に、次第に苛立ちと不満が聞かれるようになっていた。有能な職員を出している出向元の省庁からも、不満が伝えられていた。

権藤は、チームパンドラの活動では、観測システムの構築が順調に進み、相模トラフのプレートの分析も詳細に行われていると聞いていたため、なかなかXデイについて口にしないチームパンドラの現状に不信感を持っていた。先が見えないことにチームの士気も上がらず、権藤自身も苛立っていた。チームノアも、チームバベルと同じような状態で、Xデイのアナウンスを期待していた。状況を把握するために、権藤と山城は、ディープソートセンターを訪ねることにした。

慶應大学のキャンパスへの道すがら、明るく活気に満ちた学生たちのざわめきを横目に、無言で二人はセンターに急いだ。屈託がない学生たちのざわめきと近い将来の地震がもたらす状況のギャップを思った。

二人の目的を知っていたので、端的に今の状況を説明するデータを用意して会議室で一人で待っていた長田は、腕組みをして聞いている二人に、Xデイが決められない理由を、一通り説明した。説明が終わると、権藤は、

「チームパンドラの活動は分かるが、君ができるといったXデイの想定はいつなんだ」と、いった。

「ですから説明した通り、決めるだけの根拠が揃っていないのです」

「じゃあ、どんな根拠が揃えば、決められるんだ」

「言ったように、その根拠を探しているところなんです」

「君は我々をバカにしているのか。できないのなら私にはできませんと言いたまえ」

「観測と解析の精度は上がっているので、確実に前に進んでいるんです。待ってください」

権藤と山城は、長田の状況は十分に理解していたが、早期のXデイの決定を要請した。

「どれだけの人と金が動いていると思っているんだ」

「それは分かっていますが、相手は自然現象です。我々の知見が及ばないこともあるんです」

「今になって何を言うんだ。自信を持っていると言っていたのはどこのどいつだ」

「確実に、地震が起こる条件は揃いつつあり、それは具体的な観測データが示しています」

「だからどうなんだ。俺たちの知りたいのは、いつなのかだ」

権藤の声には怒りが含まれていた。声が小刻みに震えている。権藤は、進めているチームバベルの作業が、世界経済の根幹に関わり、各国に大きな影響を与えるかもしれないということ

に気が付き始めたのだろう。把握しなければならない事項が多岐にわたっているために、権藤には残された時間がどれくらいなのかを知る必要があった。

一方で、Xデイを世間に公表することには、山城と権藤は危惧を抱いていた。Xデイに向けて世界は思惑で動く。その思惑を把握しきれていないと、ことは思わぬ方向に動きかねない。ディープソートを使ってどこまで分析できるかも分からなかった。いきなり本番を迎えることにいい知れぬ不安を持っていた。

チームノアとチームバベルから上がってくる減災と救助、首都圏復興のための費用も、権藤たちの想定を大きく超えていた。権藤の使命は、昭和恐慌につながった関東大震災のときの経済システムの暴走と破綻を防ぎ、東京を再建することにある。ディープソートの人工知能システムが提示する施策案は、将棋の最終盤を思わせた。一手間違えれば全体を崩壊させかねない。時間の制約が問題を複雑にしていた。

長田の焦りと心情は、察するに余りあるものだった。最近の長田は怒りっぽくなり、不機嫌な日が多くなった。その影響で解析チームも雰囲気は良くなく、当初の覇気もなくなりつつあった。

「俺がXデイを決めなければならないと、誰が決めたんだ」と、長田がぼやくこともあった。

重圧に押しつぶされそうな長田の様子に、吉岡はメールを送り、

「木田さんが言っていたように、空振りもありだ。これまでの作業で、首都圏が大地震に見舞われた時、どのように対処すべきか、ずいぶん明らかになったし、官邸を含めて行政が何をし

なければならないか、真剣に考えるようになった」と、書いた。

「いや、空振りではない。このアスペリティの状態は、近い将来、地震が発生することを示している。だが、その時点が特定できない」と、吉岡にメールを送ると、

「何人かで、集中して議論しないか。これは長田だけの問題ではない」と返信があった。

「パンドラのメンバーは、やれることはやってきたんだ」と、長田が書くと、

「百パーセント確かな証拠を求める科学者たちの限界かな」と、吉岡は皮肉った。

「大雑把とはいえ、我々は地球科学者だからね。確かな根拠が欲しいんだ」

「そちらの状況はわかった。こちらでも、Xデイの特定の方法を考えてみよう」と、吉岡は返信してきた。


政府の地震本部では、いくつかのプロジェクトから、南海トラフでの活動が活発に報告されていた。

「防災科技研は、最近の南海トラフでの応力分布の変化に注目しているようですね」と、小池が、政府の地震本部の報告を示すウェブを見ながら、

「想定されている南海トラフの地震は、3・11東北沖地震を超えて、一九六〇年のチリ地震の規模かもしれない。マグニチュードは9を上回り、震源域も五〇〇キロを超える可能性があるとしています」と、続けた。

長田は、小池の話を、頭の後ろで手を組んでぼんやり聞いていたが、

「こちらの首都圏地震はマグニチュード8を少し超える程度で、震源域の規模は二〇〇キロくらいかな。エネルギーでは約三十二倍違うし、震源域の大きさから考えると、もっと差は大きいだろう。南海トラフの地震と比べれば、こちらは貧乏ゆすりみたいなもんだ」と、自虐的にいった。

「何をいっているんです。首都圏の真下のプレート境界での地震ですよ」と、小池は怒鳴るようにいった。

「その被害は、列島から離れた南海トラフの地震とは比較にならないほど大きくなります」と、続け、

「予想される間接被害も考えると、その額は……」と、小池が涙声でいうと、

「それはわかっている」と、長田は、ふてくされたように応え、両手で頭を抱えていた。

中央防災会議では、相模トラフでマグニチュード8クラスの地震が今起こると、死者は七万人、焼失・全壊家屋は百三十三万棟と試算している。しかし、それより二、三倍大きな地震が発生する。時刻によるだろうが、よほどの対策を取らなければならないだろう。中央防災会議のメンバーに聞いたところ、ラフな予想だが、その規模だと二十万人に上るだろうという。

「南海トラフでは、深部低周波微動の観測からスロースリップの拡大が広範囲に見られて、その頻度も大きくなっているようだ。でも、報告されている観測データから、何百キロにも及ぶ南海トラフのどこで破壊が始まるか、その場所の特定は難しいだろうね」と、二人の話を聞いていたメンバーの一人がいった。

ディープソートの調整を終え、長田のもとにきた吉岡は、彼らの話を聞いていたが、

「スロースリップの観測で、地震の発生を予測するだけの根拠はあるのかい」と、聞いた。

「十分じゃありませんが、怪しいとはいえます。スロースリップの状況はアスペリティの状態を知るヒントです」と、小池は応えた。

「こちらの間隙流体の分析からでは、地震発生まで予測するのは難しいですね」とメンバーの一人がいうと、

「予知を求められている長田さんが悩むのも致し方ないんです」と、小池が応じた。

「政府の地震本部では、南海トラフへの観測強化を打ち出しているので、興味はそちらに集まっていますし、関連する自治体では緊張も高まっているようです」と小池が続けていうと、

「南海トラフの場合、関東でも揺れは大きいだろうが、首都圏は、とりあえず蚊帳の外だね」

と、長田は他人事のようにいった。


相模トラフの危険性が報告され、組織されたチームパンドラでは、数ヶ月間、代わり映えがしないプレート境界の様子に、メンバーたちの緊張感もなくなっていた。一方、長田は、藁《わら》にもすがる思いで、地震発生プロセスに関する論文を片っ端から読んでいた。

そんな折、フリーの科学ジャーナリストの琴平は、メタンハイドレートの調査とされていた調査活動が、次第に大規模になることに注目していた。気がつかないうちに首都圏地震対策室が立ち上がったことも気になっていた。琴平は、長田の大学の研究室を訪ねた。相変わらず古

びたハーフコートを着て、態度も横柄だった。上目遣いで長田を見ながら、

「前にもお聞きしたが、先生がやっているのは地震観測なんでしょう。それも大掛かりな」と
いって、ずれそうなメガネを指で直した。

「そうです。地震観測を強化しています」

「なんで、メタンハイドレートで偽装を」

「偽装だなんて。地震対策室ができたのでその必要はなくなりましたが」

「やはり、地震ですか。東京での地震が近いのですか」と、身を乗り出して聞いた。

「いずれ起こる地震です。影響が大きいので、できるだけ詳細な観測を行っておこうというわけです」

「私が聞いているのは、地震が近いのかです。教えてくださいよ」と、しつこく聞いてくる。

長田は、公開してもよい写真などを見せながら、調査の内容を説明した。

琴平と話しながら、彼が原発や宇宙など科学に関わる怪しげな記事をゴシップ雑誌に載せていることを知った。しかし、それらのセンセーショナルな記事が、琴平の正確な調査をもとにしていることや信憑性があることを知って、感心した。

琴平の地震に関する知見は、論文などを相当読み込んでいることを窺わせた。特に、地震雲や電離層異常など地震の前触れ現象に興味があるようで、長田に質問を浴びせた。そして琴平は「楽しい話をありがとう。また来るよ」といい、帰っていった。風采とは異なり、論理的で機知に富んだ話をする琴平を、長田は見直していた。

首都圏地震対策室が置かれて一年経ち、チームパンドラのメンバーは、手が回らないくらい山積した研究テーマに振り回され、日々、観測データの分析に追われていた。

しかし、チームノアやチームバベルのメンバーからは、本当に首都圏に地震が発生するのか疑問が出され、チームパンドラへの不信と不満がますます高くなっていた。その上に、メンバーの多くは地震本部の政策メンバーでもあり、注目を浴びている西日本の南海トラフの地震への対応に追われるようになっていた。報道メディアも地震本部からの発表を詳細に伝え、報道バラエティー番組も、南海トラフの地震について執拗なほど特集を組むようになっていた。

チームノアのオフィスは、首都圏地震の際、対策本部の基地となる「さいたまスーパーアリーナ」に隣接する新都心合同庁舎の中に移されていた。高度な耐震構造のオフィスには、震災に備えたオペレーションルームが設けられていた。このオペレーションルームは、首都圏での大災害に対応するものだが、直近の最も大きな目的は、想定された首都圏地震や南海トラフの地震への備えだった。

まだXデイを決定できないパンドラの状況を確認するために、権藤と山城は、今度は長田を呼び出した。整備が進むオペレーションルームで、三人は険悪な雰囲気で話し合っていた。

「観測網が整備されて一年以上になる。観測の精度は以前より上がっているんだろう。およその時期は発表できないのか」と、権藤がいった。

「確かに、地震発生に向けてプレート境界の様子は進行しているんですが、思った以上にその

変動が大きい。そのために、範囲がなかなか絞り込めないのです」と、長田が応えると、

「少しも話が進んでいないじゃないか。地震が起こらないということはありうるのか」と、山城は詰問した。

「いいえ。いつか起こります」と、長田がはっきりした口調でいうと、権藤の我慢は限界を超えた。

「同じことを聞きたいわけじゃない。いい加減にしろ」と、権藤は苛立っていた。

「すいません。いつかというのは、近いうちということなのですが、時期の特定ができていないんです」

「君たちが得意な、余裕を見た幅でいうことはできないのか。確率何パーセントってやつだ」

「今のデータで分析して決めることはできますが」

「地震は、確率的なのは誰もが理解している。発生する確率分布が分かるのなら、それを知らせてほしい」と権藤がいうと、長田は、しばらく頬杖をつき、目を伏せて考えていた。

「では、数日のうちに、吉岡たちの解析チームも含めて予想されるXデイを検討して、権藤さん、山城さんに報告します」と、小声で応えた。

観測網の整備が進んで、プレート境界に沿うS波反射面は、鮮明に捉えられるようになって来た。ディープソートの強力な分析も寄与していた。鮮明なS波の反射は流体層の存在を意味している。観測データから推測されるプレート境界への流体の浸透による間隙流体圧の上昇は、一様に進むのではなく、その広がりはまばらに進んでいた。ある部分で広がると、次は別の部

分で少しというように、特にその間に規則性はないように思える。

一年間で起きたアスペリティの変化の様子を、しばらく観察していた吉岡は、この挙動は、熱伝導に似ていないか、と言い出した。いくつかの熱源から熱が拡散していく様子をシミュレーションした論文を何本か探し出した。

「この動きは、コンピュータの創始者といわれるフォン・ノイマンが提案したセルラー・オートマトンの動きに似ているな。あるセルは隣接するセルの状態で自分の状態を決める。そんなセルが多数結合されたオートマトンなんだ。七十年近く前のアイディアだが」と、吉岡がいった。

「そうか。各セルで状態を決める規則を決めることができれば、将来の状態を予測できる。セルでの応力分布、歪み限界も計算できる。ダメ元だ。やってみるか。今までの大量のアスペリティの変化のデータでその規則を学習させてみよう」

「七十年も前のアイディアですか。経験則に基づくア・プリオリ・モデル。気持ち悪いですが、やってみる価値はありますね。拡散方程式も試しましょう。単純なモデルの方が、見通しがいいと思います」と、小池が応じた。

「現象の原因や物理素性もはっきりしないのだから、現象の積み上げで、将来を予測するしかない」と、膨大な本数の論文を読み込んできたが、有用なモデルに至らなかった長田が言った。

早速、長田の解析チームは、間隙流体圧の上昇の計算モデルを作り、この一年間のデータを使って、間隙流体圧の上昇による強度低下で地震が発生するプロセスをシミュレートした。そして、条件を変えながら、地震発生の確率を計算した。

小池は、岩石に含まれる水の含有率と破壊強度の関係を追っていた。実験で調べるために、長田の紹介で大学の土木工学科の高圧プレスを借りて破壊実験を行った。二〇〇トンのプレスは、コンクリートの強度をテストするためのものだが、小さなサンプルの岩石破壊にも十分な性能だった。岩石内には無数の小さなクラックがあり、水を取り込んでいる。その含有率は岩石のでき方や環境による。破壊が起こる剪断応力と歪みの関係を調べる実験を行うために、海底掘削船「ちきゅう」で採取した深い地殻の岩石を試料として用いていた。

歪みゲージを貼り付けた小さなサンプルを高圧プレスにセットし、圧力を変えながら歪みを測定していった。コンクリートの場合は、破壊の際そんなに大きな音は出ない。しかし岩石破壊では、破壊が起こるたびにとんでもない爆発音が響き渡った。大きな実験室に何度も続く爆発音に、プレスを貸した教授の顔が引きつっていたが、小池には何としても破壊強度に対する水の寄与のデータが必要だった。

モデル実験から地殻深くの現象を再現するのはもともと難しいとされていた。しかし様々な条件のもとで得られたデータで、地殻内で起こっている現象を推定することには利用できた。それだけではなく、この実験データは、多様な破壊モデルに対して、プレート境界で破壊が起こる条件を設定する根拠として必要だった。

長田と小池は、解析チームと間隙流体圧の様子をつぶさに検討した。考えられる条件下では、間隙流体圧の上昇の広がりは、あるレンジに入ることが確認された。問題はアスペリティが耐えきれなくなって滑る、つまり地震が起こる条件をどう設定するかだったが、小池のモデル実験と動力学による簡素なモデルで計算することで、ともかく確率的な結果を出せるようにした。

数理科学が専門の吉岡は、長田たちの分析の荒っぽさに驚いたが、行政などからのプレッシャーで押し潰されそうになっている長田たちの立場は理解できた。ディープソートの優れた学習も、地震が起こる瞬間の過去のデータがあまりにも少ないので、その能力は期待できなかった。

そうした中で、震源に近いと予想された神奈川県西部や房総半島に置かれた観測基地で、電位の変化が報告され、地電流の方向や強さの分布が計算された。

「二ヶ月くらい前から変化はありますが微小です。ノイズが多いところなので今まで峻別できなかったのですが、多点観測で相関を取りながら観測できました」と、担当の若い研究員が、目を輝かせていった。

「こんな微妙な変化なのか。確かに、君がいうように二ヶ月くらい前から異常が見えるね」

「位置の特定は難しいですが、広範な地電流の変化は、プレート境界での何らかの変化によるものでしょう」

「プレート境界での間隙流体の移動によるものだろう。俺たちの仮説でも予想していた現象だ」と、長田は地電流の変化を示す動画像を、舐めるように見ながら、

「地震の発生に新たな兆候を見つけたわけだ」といった。

Xデイの決定には、長田と小池、解析チームのメンバーが参加して、いくつかの計算モデルで計算された。それらの結果は、詳細な検証が行われ、また観測データに立ち返り、納得がいくまで繰り返して検討がなされた。

しかし繰り返される詳細な検討も、ベースとなるモデルによって大きな差があり、その説明ができないでいた。議論は枝葉末節にわたり、迷走していた。今まで観測したこともない現象を、理論モデルだけで検証するのは困難だった。そんな状況を見て、長田は、

「よし、原点に立ち返って、話をシンプルにしよう。観測されたデータも豊富だが、理論モデルによる計算からでは攻めきれない」

「原点って何ですか」

「普通の簡単な力学だよ」といって、マーカーで白板に、次の式を書いた。

$$\tau = c + \mu(\sigma - P)$$

「この式は、プレート間の摩擦強度を表す。圧力σから間隙流体圧Pを引いたものに、摩擦係数μを掛け、凝着力cを加えたものだ」といい、

「摩擦係数は0・6とされている。凝着力はここでは無視していいだろう。だからこの式は、強度は圧力に比例するが、間隙水が加わると摩擦は低くなり、強度も低くなる」

「まあそうですね。そう考えています」と、一人が、今さら何を当たり前のことをいうのかと訝った。

「要するに、難しいことは横に置いておいて、間隙水圧の時間変化に問題を集約させるんだ」

「そうすると、アスペリティの分布の微細構造や各部分での間隙流体の分析を考えなくていいわけですね」

「それに、観測データとの対応も取りやすい」すぐにチームメンバーは理解した。

方針が決まると解析チームは、相模トラフのプレート境界全体としての間隙水圧の変化を、過去に遡って詳細に調べ、相模トラフではほぼ線形に変化していることを確認した。その勾配と勾配の変化から、プレートの強度が閾値《しきいち》になる間隙水圧を算出して、それまでの時間を求めた。その算出を、観測されたデータから推察されるケースについて行い、その平均値と分散を求めた。

結果の吟味を行った後、最後は長田が決め、Xデイは十五ヶ月後の一月、プラスマイナス三ヶ月とした。つまり、早くて来年の十月とされた。残り時間は約一年である。

「最後は、やはり人間の知見と決断だな」と、長田は、Xデイの決定に参加したメンバーにいい、ハハハと乾いた声で笑った。

「そうですね。ディープソートの能力は認めますが、私たちはその能力に頼り過ぎたのかもしれません。思い切ってXデイの決定ができなかったのは、そういうこともありますね」と、メンバーの一人がいった。

「『銀河ヒッチハイク・ガイド』の中のディープソートも〝質問の意味〟がわかっていなかったのが問題だと指摘していたが、我々もそうだったのでしょう」と、もう一人がいった。

Xデイの決定はすぐに木田審議官や権藤、山城たちに伝えられた。南海トラフの地震が世間を賑わしている中で、首都圏が地震に見舞われることは、二人には今ひとつ合点がいかなかったが、長田と吉岡たちが出した結論は、彼らにとってはそれだけで十分だった。

山城は「あと十五ヶ月か」と胸の中でつぶやき、権藤は「明日から十五ヶ月に及ぶ勝負だ」と繰り返した。木田審議官は、二年後までに首都圏の政治・経済活動を次第に弱めて、その機能を地方に分散する算段をチームバベルに指示することにした。その首都圏機能の移転は、物理的な首都圏と並行して、次世代ネットワーク上のサイバー空間で論理的な首都圏を構築することでもあった。一年を待たずに、ある程度の機能が移転され、十五ヶ月後に震災が発生しても中核の機能は継続されるよう計画された。

Xデイの決定は、木田審議官から官邸に伝えられ、同時に地震本部にも伝えられた。官邸では、四十年以上前の大規模地震対策特別措置法に基づいて地震防災対策強化地域判定会の設置が検討された。地震本部では、南海トラフの地震に集中していたために、委員たちは虚を衝かれた思いだった。長田たちの活動を、多くのメンバーは承知しており、プレート境界の間隙流体に注目した観測に、興味を持つ研究者も少なくなかった。

地震本部の調査委員会では、長田と小池が大型のディスプレイを用いて説明する、明快な分析結果に、会議室に集まった委員たちは驚きをもって聞き入っていた。相模トラフのプレート境界について、現在のアスペリティの様子が示され、観測が始まってからの変化も動画に編集されて示された。初めて見るプレート境界での間隙流体圧の変化とアスペリティの変化に食い入るように見入っていた。

長田と小池は、さらに地震が発生するまでをシミュレートした計算モデルとその根拠になった実験やデータを説明し、地震発生までの変化を動画で見せた。動画で示される断層の進行する様子に、会場から「ああー」という低い悲鳴に似たうめき声が聞こえた。

一連の説明が終了すると、会場からは、

「大正関東地震からまだ百年しか経っていない。相模トラフでの地震は、にわかには信じられない」

「ディープソートの能力はまだ検証中なんだろう。計算は信じられるのか」

といった、観測手法や分析方法に関する質問が集中した。

長田たちは、大正関東地震と、その前の元禄関東地震の震源域を示しながら、

「大正関東地震は小粒な地震で、歪みエネルギーの全てを解放しきれなかった可能性がある。したがって、このプレート境界は、百年しか経っていない現在でも大きな地震を起こす十分なエネルギーが残っていると考えている。3・11東北沖地震の後、その破壊域の南端からこの二つの関東地震の震源域に向かって水が大量に浸入している可能性がある」と、説明した。

その様子を示すディープソートで解析された結果を、既存のスーパーコンピュータでも検証しながら分析していることを説明し、それらの計算結果についても紹介した。

「相模プレートでなぜこのような事態が進行しているかは、十分な研究も検証もなされていないが、現在起こっていることは確かで、そこから今後起こることもここで示したように推測できる」と、長田は説得するような口調でいった。そして、改めて、相模トラフのプレート境界の深部で間隙流体圧が高まりスロースリップも多発していることやアスペリティの変化、そして一九七八年宮城県沖地震の後、三十三年で3・11東北沖地震が起きて宮城県沖地震の震源域が再び滑り、その滑り量は一九七八年のときより大きく、一〇メートル以上だったこと、さらに相模トラフのプレート境界には空白域もあることを強調した。

「長田さんの説にしたがうと、地震の周期説は当てにならないことになりますね」

「いえ、プレートの沈み込み速度はほぼ一定で、太平洋プレートでは年に九センチです。同じ速度で押されているのだから、蓄積される歪みも同じように増えていく。だから周期説が成り立っているわけです」

「そうでしょう。しかしあなたがいっていることは違うじゃないか」

「プレート境界がいつも一気に全部滑ると一定の周期性があるでしょう。でも同じプレート境界の中でも壊れ方がいろいろなんです。一部が滑って、残りが数年後にとか」

「すると地震本部が発表している周期や確率はどう解釈すればいいのか」

「統計学上の目安として意味があります。それに、我々は、スーパーサイクルと呼んでいる統計上の周期性に関する研究にも取り組んでいます。いずれにしても、想定された発生周期から外れていても、今回の地震が発生する可能性があるのです」と、長田は、質問者の反応を窺った。

質問が相次いだ会議室も、議論が煮詰まるとともに次第に重苦しくなっていた。そして首都圏が地震に見舞われる現実を受け入れざるを得ないという雰囲気が支配していた。

続いて、チームノアの山城が、シミュレーションで得られた被害地域と被害の詳細について説明した。そしてXデイまでの減災活動と、地震発生後の救助・救援活動の概要を説明した。詳細については、Xデイの発表後、別途、説明会を開くと伝えた。そしてチームバベルの権藤は、次世代ネットワークの構築の進捗状況とすでに進行中の首都機能の地方への移転計画、新たな東京の復興計画の概要を説明した。

委員たちは、断片的に聞いていた話が、具体的にそして組織的に進行していることに複雑な思いだった。本来なら地震本部の仕事であり、自分たちが進める案件だった。しかし、首都圏という特別な大都市に関わる震災であり、特別な対処が必要であることは、全員が理解していた。とりわけチームバベルやチームノアの活動の緻密さは、たとえ震災がなくても、納得できるものであり、備えるべきであるとして全員が認めていた。

木田審議官は、

「一ヶ月後に、首相官邸で国民に向けてXデイのアナウンスを行う。科学者の詳細な分析の結果だというが、相手は自然現象だ。重要な見落としや状況の変化があるかもしれない。空振りはありうると見ている」といい、机に両手をついて前かがみになり、委員全員を見渡して、

「しかしこの首都圏が地震に見舞われる恐れがあるという事態には、できる限り対処しなければ

ばならない」と、語気を強めていった。それに対して委員たちからは異論もなく、了承された。そして「あと十五ヶ月か」とつぶやきながら委員たちは、退席していった。

Xデイの決定を受けて、官邸では、地震本部メンバーを含む中央防災会議を招集し、現業を行う気象庁で地震防災対策強化地域判定会が開かれた。判定会では、Xデイの妥当性が改めて確認され、チームノアが検討してきた減災、救援・救助のプランが紹介され、チームバベルも首都機能の移転と首都圏再建プランを報告した。

中央防災会議の中に、首都圏での特殊性に対応する組織として首都圏地震対策室が位置付けられ、関係する自治体と警察、消防、海上保安庁が参加して、チームノアの提案するプランが詳細に検討された。山城は、前もって予見された大災害に対応するためには、自衛隊の機動力の利用が必要であることを強調し、震災が発生する前に、組織だった準備と訓練がいかに有効かを述べた。

今の自衛隊法の災害派遣では、一刻を争う大規模な災害に効果的に対応できない。山城は、この首都圏地震に対して適用される時限立法が望まれると主張した。会議の中では、立法化をするまでもなく、計画の段階で自衛隊の活動を考慮すべきだとする意見が大方だった。前もって計画してもよいが、実際の災害派遣の発令は、震災後の状況によって判断するとされた。

山城の腹はすでに決まっていた。官邸も同じだった。防衛省と自衛隊のトップを、中央防災会議のオブザーバーとして出席させて、防衛省としてできる方策の検討を行っていた。また、想定される地震のように自治体の範囲を越えた広域の災害に対して瞬時に行動できるよう、官邸が自衛隊に対して出動要請をすることも、チームノアの中では前提とされていた。

Xデイを決定したすぐ後、小池に海上保安庁の海洋情報部から、明神礁の活動が活発になったので調査に行くよう連絡があった。海洋火山活動の研究は、小池の本来の仕事だった。それを小池から聞いた長田は、しばらく明神礁に興味が集まって、Xデイの発表まで雑音が入らないことを期待した。

小池は、モノレールの整備場で降り、第三管区保安本部の羽田航空基地に向かい、待機している海上保安庁のビーチクラフトに乗り込んだ。すでに研究員とカメラマンが乗っていて、すぐに滑走路に向かい飛び立った。

羽田から明神礁までは五〇〇キロくらいある。長距離飛行に向けて改良されたビーチクラフトは、甲高いプロペラ音を響かせて、伊豆諸島の島々をたどりながら一時間余り飛び、青ヶ島の上空を通り過ぎた。そのあたりから、明神礁の噴煙が見えた。機内には様々な観測装置が積み込まれており、研究員と小池は観測を始め、カメラマンも撮影を始めた。

大きな噴火が数分おきに発生していた。パイロットは噴煙に向かって真っ直ぐに針路を取り、近づいていった。海面はかなり広範囲にわたって黄色く変色しており、活動の活発さを思わせた。カメラマンは、ドラマティックなシーンを期待してパイロットに指示を出していた。パイロットは間欠的に起こる噴火に気を配りながら、高度を変えて明神礁を周回した。

一九五二年に海底噴火が確認された明神礁では、その年に噴火を観測中の海上保安庁の測量船「第五海洋丸」が消息を絶った。そして三十一人全員の殉職が認定された。公海では、第一発見国が領有を宣言できる。当時、韓国や中国を始め外国の艦船が執拗に出没していたために、海保の測量船は、危険を覚悟で国土を守るために明神礁に近づき、爆発に巻き込まれて事故にあったと推測された。

小池は、そんな先人たちの不遇を思い、心の中で手を合わせて、静かになった噴煙を見ていた。その時、いきなり海面の一部が盛り上がり、そして黒煙が弾けるように吹き出した。大音響がビーチクラフトを包んだ。パイロットは、襲って来た空振で揺さぶられた機体を立て直して、大きくバンクして噴煙から離れた。

あくる日の朝刊は、海上保安庁が撮影した写真とともに明神礁の噴火のニュースで埋め尽くされた。本州から五〇〇キロ離れた伊豆・小笠原諸島のことで、地震とは直接関係しないが、地震学者たちは、プレートテクトニクスの話を絡ませながら、本州の地震との関連を解説していた。

十四　Xデイ

地震本部と判定会議で、Xデイの決定の妥当性が確認されると、首都圏地震対策室には、一気に活気が戻り、また人員も増員された。ディープソートで分析されたプレートの状況は音のない薄暗い部屋のホログラムディスプレイに表示され、アスペリティの状態や、スロースリップ、深発地震の場所、応力分布が示されていた。関東圏に設置された大学や研究機関の観測網、観測装置は、ターゲットを相模トラフのプレート境界に絞り込み、観測が強化され、一層相模トラフのプレート境界の様子が鮮明に捉えられるようになっていた。

海洋研究開発機構の秋山が残した海中作業ロボットは、彼のチームによって、改良が続けられていた。多様な作業を通して作業工程を学習し、他のロボットと協調して目的の作業を行う能力も検証されていた。そして、チームパンドラの海底での観測点の管理維持は、自律活動が可能になった海中作業ロボットによって不断に行われていた。

首都圏地震対策室の活動は、活動が本格化した時点で、各国の研究機関や情報機関から注目されていた。メタンハイドレートの調査とされているが、観測の規模と内容から地震に関わるプレートの調査であることは推測されていた。地震予知に対しては懐疑的であったが、もし東京での地震が現実になれば、世界経済に与える影響は無視できないと、各国からは警戒心を持って見られていた。

チームバベルでは、国内外の経済の動向を、ディープソートの統計的学習によって、かなり精密に把握できるところまで進んでいた。学習された世界の経済システムの上で、想定される事態に対する様々なシミュレーションが行われていた。東京の震災の噂が流れると、その動揺は為替・株式市場にも反映され、不安定な値動きを示していた。そんな状況をディープソートの学習システムは、学習データとして蓄積していた。

東京が地震で崩壊する確率が高いことが知られると、世界の市場は大きく反応するだろうし、大混乱に陥る。東日本大震災の際は、電力供給の制約やサプライチェーンの寸断で鉱工業生産指数は八五パーセントに減少し、為替は一週間で七・四パーセントの円高になり、その後の日銀の介入で円安に振れるなど乱高下がしばらく続いた。その背景には、世界市場での投機筋の思惑があったと見られていた。

経済学の研究者が過去の災害を分析した結果、自然災害の経済への影響は中期的には大きくないとされているが、震災直後の措置によっては大きく左右されるのは明白だった。それだけに、チームバベルには、初動における混乱への適切な対応が求められていた。

さいたま新都心のチームバベルの首都圏再建チームの会議室では、吉岡と長田が参加して状況報告が行われた。会議が終わり、Xデイ公表を控えた最近の話題について雑談をしていた。

「アメリカだけではなく、中国やロシアの情報収集船や国籍不明の潜水艦が、相模湾沖を航行しているのが確認されたらしい」

「表向きはメタンハイドレートだが、さすがに、地震の観測であることに気がついたのだろう」

「地震本部には、アメリカのCIAからの問い合わせが増えているらしい」

「CIAは経済分野の諜報活動も主な業務だからね。それに横須賀や横田などに極東の軍事バランス上、重要な基地がある」

「チームノアは、Xデイ発表後の在日米軍と自衛隊の連携もテーマにしているようだ。首都が機能しなくなると、優しくない隣国の活動にも対応しなければならないからね。在日米軍を横須賀や横田から他の基地に一旦退避させることも議論されているらしい」

さいたま新都心に置かれたチームノアのオフィスでは、Xデイの発表が近くなり、減災対策の具体化と、救援・救助活動の体制の整備を急いでいた。

「三週間後にはXデイが発表される」

「世界で初めて、地震予知情報が、政府から発表されることになる」

「いや、初めてじゃない。中国は予知情報を流していたことがある。そういえば、二〇〇九年にイタリアで地震予知に失敗して裁判になったことがあった」

「聞いたことがあるが顚末はどうだったんだい」

「イタリアのある地方で地震が頻発した。でも政府の委員会は安全宣言を出した。しかしその後、大地震が起こり三百人以上の人が亡くなった。それで裁判になったというわけだ」

「二〇一二年の一審では、地震の専門家七人全員が殺人罪で有罪となり、全員に禁固六年の実刑判決が下されたらしいね」

「そいつはひどいね。自然科学と政治問題の対立か。政府は責任を科学者に押し付けたのだろう」

「日本でも熊本地震の際、続いて起こった二回目の地震の方が大きくて、一回目の後に自宅に戻った多くの人が亡くなった。二回目が予知できなかったことを非難する声もあったね」

「地震の予知については課題が多いが、予知に確信を持った場合、防災、減災を目指すのは役人として当然だよ。たとえ間違って罪に問われてもね」

「日本では、東海沖の地震が議論された際に、大規模地震対策特別措置法が制定されている。地震が予知されると、鉄道も道路も止めて、商店なども営業を止めるための法律だ」

「新聞などメディアが、この措置法に不備があるとして、廃止を求めていたね」

「地震予知は、経済的にも社会的にも影響が大きすぎるために異議をとなえたのだろう。しかし、予知を決断する重みは、言われなくても誰もが認識していることだ」

「地震予知は、都市の衰退をもたらすこともある。この前、久しぶりに沼津に行ったが、デパートや工場は撤退し、シャッター街が広がっている。土地の人に理由を聞くと、東海沖の地震が近いという報道が効いたのではないかという。三島や沼津は本当に自然に恵まれた美しい街なのに」

「そうだな。メディアで盛んに取り上げられた富士山の噴火もね。高い確率で津波や噴火があるという地域に工場を作る企業はないし、転出者率も全国で三番目に高い。リーマンショックの影響などもあるだろうから因果関係は明確じゃないが、正確な情報を発信して、不必要に恐怖を煽らないよう注意しないとね」

「それは首都圏地震対策室の目的でもあるんだ。東京では公共の建物の耐震工事は随分進んでいるし、老朽化した首都高速道路の強靱化も完了している」

「民間の建物の耐震も東京ではかなりの普及率だと聞いている」

「しかしパンドラが想定しているマグニチュードは、元禄関東地震を超えて8・2というじゃないか。大正関東地震の7・9と比べると、差は0・3。ということは10000の0・5掛ける0・3乗、つまり1000の0・15乗か……関数電卓がいるな」

「ウェブで指数関数の計算ができます。約2・82ですね。およそ三倍の大きさのエネルギーを持った地震になります」

「三倍と言われてもイメージできないが、要するに関東大震災の規模をはるかに超えるということだな」

「想定される地震は、震源も規模も分かっているので、災害シミュレーションは、かなりの精度でできているようだ。むろん確率上の精度だが」

「新たな震災評価はだいぶ進んでいるのだろう。リアリティーのある災害予想を、風評が広がらないよう、伝える方法はないだろうか」と、メンバーの一人がいった。

そんな話を聞いていた長田は、ジャーナリストの琴平のことを思い出した。政府によるXデイの発表の前に、琴平に依頼する事柄を頭の中で大急ぎでまとめた。メジャーなメディアは、南海トラフの地震に傾注している。降って湧いたような首都圏震災には、関心があっても大きな扱いにはならないだろう。ここは琴平の出番だろうと長田は思った。

琴平にメールで大学に来るよう伝えたところ、熊野の新宮のDONETの基地を見学しているという。重要な相談があると付け加えると、すぐに東京に戻るという。数日後、大学の研究室に現れた琴平は、こんがりと日焼けしていて、なんだか精悍そうに見えた。

「南海トラフの地震が近いというので、現場に行ってみた。予想はしていたが静かな太平洋が広がっているだけだった。対応してくれた海洋研究開発機構の職員は、なぜかピリピリしていて取り付く島もない。大手のメディアに注目されて困っている風だった。仕方がないので、熊野古道を歩いてきた」

「琴平さんにお願いしたいことがある。しばらくオフレコにしなければならない情報もあるが、聞いてくれませんか」と、琴平の反応を窺った。

「東京で起こる地震だろう。近いのかい」と、琴平は身を乗り出した。

「差し迫っているかもしれない。でも空振りかもしれない」

「予知とはそんなもんだろう」

「つまり、あなたが言う予知はそんなもんだという意識を世間に広めたい」

「どういうこと？」

「あなたも承知のことだが、世の中では、地震本部が伝える南海トラフの地震に興味が集まっている。一九八〇年前後に東海沖の地震の発生が近いことが報告されて、東海地方での地震への意識が高まったが、それからずいぶん時間が経っている」

「今や関心もそう高くはないな。大手メディアが流す南海トラフの地震への反応も、実はそう高くはない。規模が大きく、範囲が広すぎて、現実離れしているのも原因かな」

「東京の場合はピンポイントだ。意識を高めなければと思っている。週刊誌で特集を組んでもらえないだろうか」

「出版社が飛びつくようなネタがあればできる。聞かせてくれ」

「首都圏を襲う地震。東京と横浜、千葉が大変なことになる」

「それで」

「それに備えなければならないが、空振りかもしれない。だから可能な限り風評を抑えて、無用な犠牲や負担が少なくなるように首都圏の人の意識を高める」

「つまり、首都圏地震の発生とそれに伴う被害をアジる。それも信憑性高く」

「いずれ政府が予知をアナウンスすることになるが、その時のショックを弱めたいんだ。そして政府が行う予定の減災なども伝えて、世間の反応を見たい」

「なるほど。地震による被害をできるだけ正確に前もって知らせておく。それも注目されるようにセンセーショナルに」と、琴平は、長田の意図を見抜くようにいった。

「対策室では、かなり精密な被害予想のシミュレーションを、コンピュータで行っている」

「十分な対策をとれば、被害がある程度、限定されるということかい」

「そう。被害はとても少ないとはいえないが、ある程度、限定はされる。だから具体的な方がいいね。定年退職した先生も紹介する。僕の先生で湯田名誉教授だ」

「了解だ。その先生とよく相談することにしよう。必要なデータはくれるね」と、長田の目をまっすぐ見ながらいった。

「無論です。全てには答えられないが、出せるものは出します。湯田先生と琴平さんの名前で記事をお願いします」というと、琴平は片目をつぶって、

「芸能人の浮名や政府の失態には飽きていた。こういう話はジャーナリストの血が騒ぐね」と、いって、目深に帽子をかぶり、「話はわかった。任せてくれ」と研究室を出ていった。学生たちがたむろするキャンパスを、コートを肩にかけて歩く後ろ姿は、なんだか小躍りしているようだった。

それから数日、長田は、琴平や湯田名誉教授と山のようにメールを交わした。退職して暇にしていた湯田名誉教授も、目的を理解し、記事に協力してくれた。普段、芸能界や政界の特ダネ記事を掲載するゴシップ週刊誌は、琴平の話にすぐに乗った。南海トラフの地震のことは飽きるほど世間に流れていたので、出版社も新味がある話題を求めていた。

琴平の「首都圏を襲う地震の恐怖」とする記事が週刊誌に掲載されると、都民の反応はすぐに現れ、関心の高さを示した。湯田名誉教授の解説も真に迫っていた。ゴシップ週刊誌発とはいえ、東京に地震が迫っていることを、自分たちに関わる問題として捉え始めているようだ。

官邸では、官房長官が中心になって、首都圏地震対策室と地震本部のメンバーを含めて、一週間後に迫った「Xデイ」の発表の準備を行っていた。チームパンドラから示された状況を説明するドキュメントを元に、発表の内容を詰め、パニックを避けるための作業も慎重に行われた。

大手のメディアは、首都圏地震を報道した琴平たちのゴシップ週刊誌の記事に対して、主張する根拠が希薄であり、南海トラフの地震を警戒すべきだという立場から反論した。琴平が推す首都圏地震の話は、立ち消えになりそうになった。地震本部のメンバーの一部も、文科省の役人のサポートを受けてXデイの発表を中止すべきだという意見を公然と言い始めた。

さいたま新都心のチームノアの会議に参加した後、権藤と山城、長田は、思いの外混乱した状況に、今後を話し合っていた。

「琴平さんたちの記事は、予想通り効果があったが、それにしても大半のメディアがこれだけ反論するのは意外だった」と、権藤がいうと、長田は、

「メディアは政権に反発するのが使命だと思っているのでしょうか。それとも別の力が働いているのかな。詳しく読めば、湯田先生の正しさはわかるはずなんですが」

「しかしだな。メディアや世論の反論も含めた反応から、課題が明らかになったのはメリットだし、Xデイに向けて行わなければならないことも焦点が明確になったと思う」と、地震後の再建を担う権藤がいった。

「チームノアでは、法律のエキスパートが、首都圏地震という極めて特殊な状況に対する時限立法を検討してきた。官邸は、集中豪雨とか大火災など大規模な災害がかなり高い確率で予測される場合のテストケースとして考えているようだ」と、山城は、今までの検討の経過を説明した。そして、

「紆余曲折があったが、結局、チームパンドラが報告したように、Xデイは十四ヶ月プラスマイナス三ヶ月後と発表されることになった」と、地震本部でも検討会が難航したことを説明した。

「官邸は、彼らの反論を押し切ったのだろう。もし地震が空振りだと、政権が危なくなるだろうね」と、権藤は、最近のメディアの論調や世論の反応を思った。

「総理たち官邸は、メディアを気にしていないようだ。それよりも、首都圏を地震から守ることに自信を持っているらしい。木田審議官の力だろうね。チームノアやチームバベルの活動がそれを支えてきたんだぜ」と、権藤がいうと、

「それには長田先生のXデイの決定が必須だった」と、山城がいい、さらに、

「ところで長田先生、確信があるんだろうね」長田の方を振り返った。

「確信と言われても」と、長田は口ごもった。

「そうだよな。地震は確率的だからな。あとは神のみぞ知るだな」と、権藤がいうと、

「神社に行くか。でも地震が起こるのをお願いするのもな」と、山城は、長田を横目で見ながら、皮肉っぽく笑った。

長田は、所属省庁から離れ、対策室に出向している権藤や山城の苦労と努力は理解していた。空振りに終われば、貴重な経験をしたとはいえ、彼らの努力も水泡に帰すかもしれない。そう思い、身を硬くして二人を見た。

Xデイの公表の日、首相官邸の会見室にメディアが招集され、多くの記者やカメラマンが集まった。南海トラフの地震や首都圏地震が話題になって、地震に対する不安が広がっていたので、払拭するためになんらかの発表が行われるものと、記者たちは思っていた。

大型のディスプレイを後ろに登場した官房長官は、多数の報道カメラや記者たちの視線が集まる中で、首都圏を襲う地震について話し始めた。場所は相模トラフのプレート境界で、大正関東地震と重なる震源域と、場所を特定すると、会見室は静まり返った。そして、その発生時期は、今日から十四ヶ月プラスマイナス三ヶ月後、つまり、来年の十月から再来年の四月までで、最も確率が高いのが再来年の一月であると告げた。

官房長官の後に、地震本部から調査委員会の委員長と政策委員会の委員長、首都圏地震対策室の長田の三人が登壇して、相模トラフのプレート地震について現状を説明し、想定される地震の震源と規模について、ディスプレイを用いて説明した。

説明された内容は、琴平たちがゴシップ週刊誌に載せた内容に近いものだった。当然、南海トラフの地震に関わる発表だと思っていた記者たちは虚をつかれた思いだった。ゴシップ雑誌にスクープされていたことに苛立ちも感じていた。地震の発生時期を明示したことも驚きをもって受け止められた。

しばらくざわついていた記者たちのうち、一人が、

「説明は、納得できるものでしたが、南海トラフの地震ではなく、首都圏、つまり東京を中心とする地震なんですか？　それもこれまで言われてきた首都直下型地震ではない。地震発生の

周期からいっても、その地域のプレート境界地震はあり得ないといわれていますが。内閣府の中央防災会議でもそうだったのではないですか」と質問した。長田は、

「相模トラフのプレート境界地震は歴史的にもはっきりとした周期性は認められないのです。地震学の立場からも、いくつかのプレートが重なるこの地域は研究対象として興味があるのです」と答えると、

「研究者の興味はどうでもいいのです。我々が知りたいのは、近々、この地域で地震が起こるという根拠です」

「先ほどの説明にもあったように……このアスペリティの分布と変化です。もう少し時間を縮めてみます。視覚的にも、アスペリティが浸食され、その面積が少なくなっていることがお分かりでしょうか」と、長田は冷や汗をかきながら説明を続けた。

アスペリティの浸食の原因は？」と、記者は、そんな長田を追い詰めるようにいった。

「今回の観測でもキーポイントだといっていいでしょう。水が重要な働きをしているのです。

「アスペリティの固着している部分では、間隙流体圧が高くない、つまり水があまり入り込んでいないのです。ところが、アスペリティの周囲では間隙流体圧が高くなっており、スロースリップの頻度の増加も見られた。そして、それが周囲から徐々にアスペリティの中に入ってきています」

「その観測ができたということですか」

「そうです。人工的に発生させた地震波でこの水の振る舞いを観測することに集中したのです。

ここが怪しいとわかったので、それに向けた特殊な稠密観測を二年にわたり続けた結果です」

「その結果はあなたたちの他に、専門家や学者たちも認めていることなんですか」

「すべての研究者が認めているわけではありません。反対の立場の方も少なからずいます」と、長田が応えた。

「では、この発表は、百パーセントではない。空振りもあり得るのですか」

「私たちが提唱している地震の発生モデルに立脚しています。そのモデルに基づいて理論的には十分に実証されていますが、相手は自然現象です。モデルに見落としもあり、判断ミスもあるかもしれない。そういうわけで空振りもあり得ますが、今持っているデータでは、非常に高い確率で地震発生が近いと判断したわけです」

「我々は、あなたたちに一九八〇年前後から東海沖の地震の予知で振り回され、また3・11東北沖地震など他の多くの地震は予知されず、そんな状況で、この発表を信じろという方が無理です」

「もちろん、空振りもあります。しかし、多くの地震研究者が確度が高いと判断した地震について、予見されるリスクにどう対処するかを、皆さんに考えていただきたい。そのための発表だと理解してほしいのです」と、調査委員会の委員長が応えた。

「いつかは起こる地震だから、私たちが常に備えておくことは分かりますが、空振りがあるなら、この発表は政府としてどんな意味があるのですか」

「Xデイに首都圏が地震に見舞われた場合の、その規模と震源域も想定されています。場所が世界最大の経済活動を行っている首都圏なのです。首都圏ということが問題なのです。予見された危機に対して政府は、できる限りのことを行う必要があります。まずは防災と減災です。すでに検討チームが稼働しており、具体的な作業を行う準備ができています。また、震災後の首都圏の復興を円滑に行うチームも研究活動を行っています。それらの検討で明らかになった課題について政府として対処することになります」と、地震本部の政策委員会の委員長が応えた。

「少し前から、次世代ネットワークの構築が急がれ、首都機能の地方への分散が叫ばれるようになったのは、この地震の予知と関係しているのでしょうか」と、記者が質問すると、政策委員会の委員長は、

「東京への一極集中は、いずれ解決しなければならない課題で、ネットワーク技術の進歩でそれが可能になったということです」と答えた。

「噂では、自衛隊に対する災害派遣の規制を緩和するとか」

「微妙な問題もあるので、それも含めて、防災と救援に係る法整備について慎重に検討をします」と、委員長が応えた。

「自衛隊法の改正を行うのか」というしつこい質問に対して、

「慎重に検討します」と、困った顔の委員長は応えた。

その数日後、大規模な災害が予想される場合、官邸に置かれる対策室が、その災害に対処す

る全責任を負い、付帯事項として、自衛隊の災害要請を前もって行える内容の議員立法が提案された。この提案に対して、法律家や野党、市民団体から、その一部が現行の憲法に違反し、自衛隊への規制を弱めるものとして批判が集まっていた。官邸は政府を納得させ、首都圏大震災に関する特別措置法と称する数件の時限立法を有無をいわせず強行採決した。

　想定される地震に対する時限立法とはいえ、この強行採決は民衆の怒りを買い、日本各地で政府に対する批判が高まり、各地で市民団体のデモも行われた。その後の国会でも政府は袋叩きにされた。しかし支持率がさらに下がることも承知の官邸の強い決意を示すものだった。

十五　地震発生

　チームパンドラの大島観測基地で、不具合の機器の調整を済ませた小池は、海上自衛隊の救難ヘリで、調布飛行場に向かっていた。九月の下弦の月が東の空に昇り始めた真っ暗な空間に、行く手の横浜の街の明かりが宝石をばらまいたように美しく輝いていた。時刻は夜の十時を少し過ぎていた。

　ヘリが三浦半島上空に差し掛かったとき、突然、小池のスマホが警戒音を出すと同時に、ヘリの中にも警戒音が鳴り響いた。

「くそ、地震だ。地震が起こったんだ」と、小池が叫ぶと同時に、機内の全員が下界に目をやった。

小池が振り返ると、飛び立った大島の街の明かりが、揺れるように瞬き、すぐに暗闇に吸い込まれるように消えていった。左手に見えていた湘南の街の明かりも西から東へと消えていき、闇が広がっていた。地震波の主要動になるS波の速度は秒速約四キロだから、大島から横浜までおよそ二十秒くらいかかる。小池は、胸の中で数を数えた。やがて、横浜の南側から、各地で閃光がいくつも走り、明かりに満ちていた街が次々に闇に飲み込まれ、その暗い闇が東京都心に向けて進んでいった。

小池たちは、呆然としてその様子を見ていた。次々に照明が消えて、闇の中に吸い込まれていく街々に、恐怖を覚えた。はっと気を取り直すと同時に、長田や吉岡のことが頭をよぎった。今日は二人は都心にいるはずだ。不安に胸が張り裂けんばかりだった。

茨城の百里基地から緊急発進した二機のファントム戦闘機がアフターバーナーの淡いオレンジ色の光を引きながら、湘南海岸方面に向かい上空を横切っていった。古参の戦闘機ながらマッハ2・2、時速二七〇〇キロで飛行でき、偵察機としても利用されている。

「百里を飛び立って、まだ五分も経っていないだろう。津波の観測だと思う」とヘリのパイロットは、南の方に消えていく光の点を見ていった。深い海の海面を進む津波は高くない。そのために、測定にはレーザーを用いた精密な測定器が必要で、そのファントムにはレーザー測地装置が装備されていた。

地震発生とともに伊豆半島東側と房総半島、湘南地方には津波警報が出され、対象となる住民に避難勧告が出された。観測機からの観測データはチームノアに送られて詳細な分析が行われ、逐次、被害が予想される自治体に通報された。ほとんどの要救護者は、震災前に他の地域に移っていたが、それでも少数残っていた。防潮堤を超えるまでの時間が、地震発生から早いところで二十分程度で、月明かりのもと、余震が続く中で、訓練された手順に従い、車を使って懸命な救助活動が行われていた。

海上自衛隊下総航空基地を緊急発進した哨戒機が、識別灯を点滅させながら、横浜の南部に向かっているのが見えた。空港としての機能を失った羽田空港の上空には、数機の旅客機の認識灯が旋回しているのが目視された。実際には行き場を失った機は数十機に達しているだろう。

管制室は、前もって準備されていた中部国際空港に移管されている。さらに空港に近づくと、事故を起こした旅客機の機体から炎が立ち上っており、想定を超える地震動で崩れ落ちたターミナルビルもあった。探照灯の明かりの中で、消火、救援活動をしている人影が見えた。

パイロットは、彼が所属する館山の海上自衛隊の第二十一航空群の基地に連絡をしているところだった。夜の海を音もなく津波が進んでいるはずだ。基地からの応答はなく、パイロットは、繰り返し応答のない基地を呼んでいた。小池も、長田や吉岡に電話をしたが繋がらない。

小池は、大田区周辺や羽田空港の映像を無線でチームノアに送り続けた。ディープソートセンターのことが気にかかった。日吉に向かい、斎藤たちをピックアップするために慶應大学のキャンパスに下ろすようパイロットに伝えた。

ヘリは大きく左に旋回し、月明かりの下、地上を淡く光る蛇のように見える多摩川に沿って日吉に向かった。眼下に広がる地震で破壊された街は暗闇の中にあり、高速道路や幹線道路に止まっている車のライトの列で、光の筋が縦横に走っていた。

長田は、誰もいない夜の大学の研究室で、地震警報を聞いた。虚をつかれたように立ち上がり、彼が予測したXデイより、さらに一ヶ月以上も早い地震発生に、血の気が引く思いだった。本棚に囲まれ、雑然とした研究室にいることに危険を感じて廊下に飛び出した。

その瞬間、縦波の強い衝撃を受け、廊下に這いつくばった。そして、大きな振幅の横波を感じ、ついで縦波の表面波であるレイリー波で何度も床に叩きつけられ、続く横波の表面波であるラブ波で大きく左右に揺すぶられて気持ち悪くなった。地震波を分析している自分を呪いながら立ち上がり、照明が消えた廊下を余震を警戒しながら歩き、ふらふらと階段を降りた。

吉岡は、六本木のジャズクラブで、裕美たちの演奏を楽しんでいた。数ヶ月後に地震の発生が予報されているにもかかわらず、東京はいつもと変わらなかった。政府の指示に従い、子供や高齢者の避難はある程度進んでいたが、ビジネス活動は変わらず、六本木の賑わいもいつも通りだった。

カウンターに座っていた吉岡は、裕美が歌うナット・キング・コールの「ア・ビューティフル・フレンドシップ」を聞いていたが、シングルモルトのロックのグラスがかすかに揺れてチリチリと鳴っているのに気がついた。

その時突然、数人のスマホから緊急地震速報が流れた。演奏者は、演奏を止め、目は宙を彷徨《さまよ》った。吉岡は、大声で客たちに身を守るよう指示し、呆然とマイクを持ち立ったままの裕美のもとに走った。天井からの落下物の危険がないテーブルの下に裕美の体を押し込み、その上に覆いかぶさって、地震の揺れに備えた。

すぐに激しい揺れに見舞われ、店内は泣き叫ぶ悲鳴に包まれた。やがて無限に続くかと思えた揺れは収まり、停電で真っ暗になった店内に、お互いの安全を確認する声が交錯した。すぐに非常灯が点灯した。軽い傷を負った客もいたが、全員の無事が確認された。

霞が関の国交省の危機管理室では、チームノアの山城が数名のメンバーとともに、来る地震に対応するための体制についてシミュレーションを行いながら検討していた。一週間後には、すでに活動を開始していたさいたま新都心のチームノアのオフィスに移ることになっていた。そのためのデータを含めた移行作業も行っていた。仕事も一段落して、帰宅しようとした時、緊急地震速報を聞いた。

山城は、予知より早い地震に毒づきながら、残っていたメンバーの安全を図った。合同庁舎は、建設されてから半世紀くらい経過している。むろん耐震工事はされているが、倒壊の不安が脳裏をよぎった。激しく揺れる建物のあちこちからガラスが割れる音や悲鳴のようなきしみ音が聞こえ、生きている心地がしなかった。

激しい揺れが収まると、停電で真っ暗になった室内は、しばらくは埃っぽく無音の世界だった。非常灯がつくと、山城は、さいたま新都心の関東国交局に置かれたチームノアのリーダーと衛星電話で連絡をとった。お互いの無事を確認した山城たちメンバーは、すぐさま政府の危機管理室としての活動の開始を指示して、救援・救助のセンターとして機能するさいたま新都心に行くためにヘリを要請した。

日吉のディープソートセンターでは、斎藤マネージャーたちが、山城たちのチームノアの要請に応えるためにメンバーとともに、いつ果てるとも知れないプログラミング作業を行っている最中だった。地震発生を伝える警報を受信したディープソートセンターは、システム内の現在の状態を、仙台の第二センターにセーブし、電源をシャットダウンした。それでも地震による激しい揺れと電源を一時喪失したために、超低温状態のディープソートの中核が破壊されるのは避けられない。

斎藤たちは、地下坑道が崩壊するのを恐れ、しゃがんだまま非常灯の薄暗い中で息を詰めて時間を過ごした。地下では思いの外、揺れは強く感じなかったが、船酔いを感じた。恐怖の時間は永遠に続くかと思われた。やがて揺れが収まると、全員で手を取り合って地上に向かった。エレベータは故障しており、補修していない昔の壕の一部は崩れていた。

余震に怯えながら階段を登り、地上に避難して一息ついた。震源域に近い日吉での地震被害は大きく、暗闇の中、活動を始めた消防署のサーチライトで照らされたキャンパスでは、建物の被害も見受けられた。吉岡たちに連絡したが、スマホはどこにもつながらない。動くのは危険と判断して、明るくなるまで待つことにした。

仙台の第二ディープソートセンターでは、ホログラムディスプレイを見ながらプレート境界の様子を観察していた研究員が、突然悲鳴を上げた。アスペリティとして表示されていた部分が乱れて消えていく。それと同時に緊急地震速報が鳴った。

世界で初めて地震の破壊の進行を、一瞬だが目にした研究員たちは、ディスプレイに赤く表示されているプレートを啞然として見ていた。速報からおよそ四十秒後、次第に大きくなる震度3強のゆっくりした揺れを仙台でも感じた。

揺れが収まるとすぐに研究員たちは、騒然とする中、関東圏の観測機器の状態を検証する作業を始め、半分程度の観測点は正常に稼働していることを確認した。これから行わなければならないことを研究員たちは承知していた。余震の兆候を把握するためにプレートの状態を監視して、得られた情報を、気象庁とさいたま新都心のチームノアに逐次伝えていた。

チームノアの最優先課題は、遭難者の救助はもちろん、火災の延焼の阻止だった。津波によって壊滅的な被害を受けた房総の館山海自基地は、二十機の救難ヘリを擁する最大の基地だが、数機を残して群馬県の陸自の相馬原駐屯地に移されていた。

地震発生から数時間後、相馬原駐屯地から三十数機の救難ヘリが、夜の地平に向けて次々に飛び立ち、ニンジャと呼ばれる機動性の高い観測ヘリも各地の基地から、被害状況の偵察、調査のために関東に向かっていった。大型飛行艇も、戸田の彩湖などから消火用水を運ぶために、プロペラの轟音を残して夜の空に舞い上がった。

チームノアのオペレーションルームには、ディープソートがシミュレートした津波の到達予想とその高さが送られてきていた。緊急発進したファントム戦闘機から、刻々、津波の進行の様子がリアルタイムで送られ、防潮堤を越えた箇所や、地震で破壊された防潮堤からの浸水箇所が特定されるとともに関係する自治体に連絡された。

状況の把握で、SNSでの情報のやり取りが有用だったことが東日本大震災で報告されていた。その有用さとは裏腹に、SNSでの不必要な情報の拡散は、正確な状況の把握にとって深刻な障害になることがある。特に根拠のないフェイク情報は危険でもある。また不用意な拡散も問題を複雑にする。救助の報を受け取った人は、良かれと思ってその情報を拡散する。拡散された情報はさらに拡散される。

救助要請は拡散しないで、警察か消防、海上保安庁に伝え、その情報はチームノアのオペレーションルームで一括管理され、救助スケジュールとともに通報者に応答するシステムが作られていた。ネットワークの中では、通報者からの各々の要請に対して、対応するエージェントがネットワークの中に自動的に作成され、その要請が解決するまで、そのエージェントがオペレーションルームと救助者たちの間のインターフェイスとなった。

従来も移動体通信事業者は、普段から移動基地局車をそれぞれ百台程度保有しており、災害時やイベント開催時のトラフィックの確保ができるよう準備をしている。しかし、カバーできる範囲は数キロに限られ、地震の場合は車の移動が困難なケースが多い。そんな中、日本の通信技術を支えてきた通信企業は、災害用のエントランス光伝送路を設置する準備をしており、すべての移動体通信会社にも対応できる移動基地局を開発していた。そして来る大規模災害に備えて、大型の輸送ヘリで搬送できる準備を終えていた。

被災者が救助の通報や安全確認をするため、また救助作業の迅速化に携帯電話は必須であり、可能な限りトラフィックの確保が急がれた。まだ余震が頻発する中、各地の基地から、移動基地局を吊り下げた輸送ヘリが、被災地に向かい、前もって決められた高層ビルの屋上や丘の上に次々に移動基地局を設置していった。

最初の延焼の拡大が横浜市中区で発生していることが、スクランブル発進した海自の哨戒機からの画像で確認された。木造の建物が多く、道路も狭いため、大正関東大震災で大きな火災被害を受けた横浜市も危険な場所とされていた。その地域に対して消火エージェントが作成されて延焼のシミュレーションが即座に実行され、画像の解析から倒壊、がけ崩れなどの被害状況を調べ、避難方法とともに消火のための作業プログラムを担当する消防署に送られた。小規模の火災は各地で起きており、チームノアのオペレーションルームでは、延焼が危惧される地域を優先度とともに表示していた。

震源域に近い、厚木基地は、酷く破壊されて基地としての機能は失われていたが、入間基地は、被害は軽微で、空港基地としての機能は残っていた。震災直後から近隣の消防署からレンジャーを乗せた消防ヘリが到着し始めていた。基地からは、警察のヘリや陸自のヘリも次々に飛び立ち、チームノアの管理下に入った。輸送ヘリには、一機あたりおよそ一〇トンの消火剤が積まれており、火災現場に向かっていた。

六本木のジャズクラブでは、時折、強い余震に見舞われ、悲鳴が上がっていた。窓の近くで起こっている火災の明かりがちらちら見えた。エレベータは動かず、階段も崩壊していた。携帯もつながらず、十数名の客やミュージシャン、スタッフは、非常灯だけの薄暗い室内で、途方に暮れていた。

余震の揺れがいくぶん収まり、しばらくすると、通りを人が移動しているざわめきが聞こえた。車のヘッドライトで街は明るく、いくつかの信号機は、停電に備えて用意されているリチウム蓄電池や発電機で稼働していた。街には六本木ヒルズを始め、自家発電を行っているビルや病院も多い。照明が点いているビルは少なくはなかったが、六本木通りの華やかだった街は破壊された被災地となり、行く先が定まらない避難者で溢れていた。

しばらくすると、背中に江戸火消しの纏のイラストを染めたコスチュームの一団が現れ、避難者の整理を始めていた。この地区で組織されたボランティアの消防団のメンバーだった。六本木辺りは江戸時代、いろは四十八組の中の五番組え組が担当しており、消防団の纏の印はその組のものを使っていた。

倒壊したビルでは、彼らが消防署員たちと一緒に被災者の捜索に当たっている様子も見受けられた。そのうちに、消防団の消火活動に参加する背広姿の人たちも現れていた。彼らは、もはや被災者ではなく、街を守ろうとする集団だった。オフィスで働く女性たちも、消防団の女性たちとともに負傷者の救護活動に参加していた。

吉岡たちがいるライブハウスの古びたビルは、窓は外れて落下し、壁には斜めに大きな亀裂が走っているが、倒壊の可能性はなさそうだった。吉岡は、チームのメンバーたちの消息が気になるし、ディープソートの状態も心配だった。ともかくここから出たいと思い、部屋を見渡すとマイクケーブルが目に留まった。

マイクケーブルは一〇メートルくらいある。三階の窓の高さは七メートル強。スタッフに聞くと使っていないケーブルが三、四本あるという。一本でもいいが、二本繋げば、安全に肩がらみ懸垂下降で下まで降りることができる。早速二本まとめたケーブルを窓枠にかけて、ケーブルを片足に掛け、さらに肩に回し、肩がらみの体勢をとった。窓枠に足を置いてゆっくりと体を空中に投げ出した。ケーブルはザイルより滑るので怯んだが、一呼吸置くと体勢は決まり、そのまますうっと降りていった。降り立つと窓から見ていた人たちが拍手を送った。

行き場を失って混乱する人波をかき分けて、近くの電気が消えたコンビニに行ってみると、ほとんどの商品はなくなっていた。懐中電灯を持っていた店員に事情を話し、倉庫にあった水や食料を手に入れた。すぐに、ビルに戻って、荷物をケーブルに結びつけて、ジャズクラブに送った。

すでに普段着に着替えていた裕美が、自分も降りるといい出した。するとロープワークを知っているというスタッフが、彼女のロングドレスで輪を作り、ケーブルに繋いで降ろすという。他にも降りたいという人がいるので、まず体重がある客がトライし、次に裕美が降りてきた。

吉岡と裕美が六本木通りに出ると、傾いたり倒壊したビルや炎に包まれているビルが何棟かあった。被害はないように見える東京ミッドタウンの横を抜けて、檜町公園に一時避難した。すでに多くの人が公園に集まって、余震に怯えながら、夜明けを待っていた。

すると、何人かのスマホから着信音があり、互いの無事を喜ぶ声で公園は次第に賑やかになってきた。近くで緊急用の基地局の設置が完了したのだろう。吉岡も、小池やディープソートセンターのメンバーと連絡を取った。小池は、すぐにヘリで拾いに行くと伝えてきた。

未明、次々に救援物資を運ぶ救難ヘリが公園に舞い降り、被災した人を運んでいた。そのうちの一機から、小池が降りてきて、吉岡たちを機内に招き入れた。

「捜しましたよ。携帯が繋がってよかった」と小池は、嬉しそうにいった。

「日吉のディープソートセンターで、斎藤さんを拾ってきたんです」と、後ろの座席を指差した。斎藤が手を振っていた。

「ディープソートセンターのメンバーは、慶應大学の避難所にいます。全員無事です」と、小池はいった。

「もう一人、裕美さんも一緒だ。いいかい」

「大丈夫。定員には余裕があります。これから、仙台の第二センターに飛ぶんですけど、裕美さんの住まいは？」

「横浜だけど、誰もいないので、みなさんと仙台に付き合っていい？」

「仙台には学生の頃過ごした下宿があって、そこの婆さんがまだ健在だ。そこで斎藤と一緒に預かってもらう」と、吉岡がいった。

「では、そういうことに」ローターの回転音が高まり、フッと宙に浮かんだ。

救難ヘリは一気に高度を上げて朝日が昇る東に向けて飛んだ。パイロットは、所属する館山航空基地が気にかかっていた。

「ちょっと寄り道していいですか」と、みんなの同意を得た。

東京湾の千葉側に沿うように、ヘリは房総の館山を目指した。横浜方面には、大きな火災の黒煙が幾筋も見えた。木更津に近づくと、巨大なタンクが立ち並ぶ工業地帯でも火災が起きていた。眼下には、火災の延焼を防ぐために、海上自衛隊の多用途支援艦がオイルフェンスを設置し、数隻の海上保安庁の消防艇が消火にあたっている様子が見えた。チームノアが用意した、海上保安庁と海上自衛隊による救援プログラムがうまく機能しているようだった。

富津を過ぎた辺りから、津波の被害が目立ち始め、房総の山々には山崩れの痕跡がいく筋も見られた。海岸近くの火力発電所や製鉄所は、原形をとどめておらず、激しい火災の中で崩れた積み木細工のようだった。明るくなり始めた海面を捜索する警察や消防のヘリが数機見え、陸地では、観測ヘリがアクロバットのように機敏に山谷をぬって、被害の確認と遭難者の調査を行っているのが見えた。その観測データは、ネットを介して、さいたま新都心のチームノアと仙台の第二ディープソートセンターにも送られていた。

富浦沖から館山湾に入ると、南国風の美しい街は津波でガラクタの山に変わり果てていた。湾内には海保の巡視艇が数隻浮かんでおり、転覆した船や遭難者の捜索を行っているようだった。三浦半島の上空にもヘリコプターが数機飛んでいるのが見えた。

「あのでかい船はヘリ空母です。何度も降りたことがあります。これから救援のためのヘリ基地として晴海に行くのでしょう」と、パイロットは独り言のようにいい、そして湾の対岸の航空基地に向かった。

彼が所属する航空群の基地は津波によって壊滅しており、骨組みだけになった建物に破壊されたヘリが数機、へばりついていた。パイロットは舌打ちをして、何かつぶやいていたが、仙台に向けて機体を大きくバンクさせた。

九十九里を経て、銚子を過ぎると、津波の被害は少ないようだった。倒壊したり、火災にあった建物は見られたが、朝日の中で別世界だった。ヘリは海岸線に沿って、北に向かい、多数のタンクが立ち並ぶ福島第一原発を左手に見ながら、一時間くらいで仙台上空に達した。


大学の研究室から飛び出して、建物の外に出た長田は、すぐそばのサッカー場に行った。車のヘッドライトで照らされた広場に、すでに数十人が避難してきており、近所の住民も集まり始めていた。

何度か強い余震があり、サッカー場近くの古い研究棟が、轟音とともに脆くも崩れ落ちた。本震ですでにダメージを受けていたのだろう。長田たち数人は崩壊現場に急いだ。暗い中、懐中電灯の光で崩壊に巻き込まれた人がいないか、声を嗄《か》らして叫んだ。夜だったので建物には人はいなかったようだ。

野球場の向こうの根津神社の方で火の手が上がるのが見えた。古い家屋が密集している地域だった。見る間に火事が広がっているのが確認できた。倒壊している家屋も多数あり、数台の消防車のサイレンが聞こえるが近づけない様子だった。

すると、低い爆音を響かせながら巨大な飛行艇が、低空をゆっくりと通過して行った。飛行艇から放出される夕立のような散水が確認できた。そのあと、大きな水バケツを吊り下げた救難ヘリが現れて火事現場に散水していた。航空機による散水が終わると、現場に到着した消防車が消火に当たっていた。

遠くにも数箇所で火事が発生しているのが見えた。初期消火に全力をあげるために、消防庁や警察、自衛隊のヘリや飛行艇が向かっているはずで、ここでも自衛隊の機動力を生かそうとしたチームノアの計画が功を奏しているようだった。

まだ余震が続く中、大学のキャンパスには、避難者が次々に集まってきており、次第に人数が増えていった。安全が確認された食堂やホール、講義室には救護所が作られ、大学病院の医師や職員が運ばれてくる負傷者の手当てに当たっていた。野球場はヘリポートになり、救援物資が次々に運び込まれていた。

明るくなってきた頃、避難所の開設のために大学の職員とともに行った作業も一段落し、長田は、仙台の第二ディープソートセンターに電話をした。すでに小池たちはセンターに到着しており、お互いの無事を喜んだ。数日後仙台で再会することにした。

地震の揺れはさいたま新都心でも大きく、免震構造の建物もかなり揺れたが、大きな被害もなく耐えていた。地震発生とともに、さいたま新都心のチームノアのオフィスに、官邸が主導する首都圏地震対策室が移され、オペレーションルームの隣に用意された閣議室に、官邸と各省庁の大臣たちが、各地からヘリで集結していた。すぐに閣議が開かれ、国民に対して、地震の状況の報告と、今後の注意について報告した。

地震発生の後、夜間で取引は終了していた東京証券取引所はすぐに閉鎖され、計画通りその機能は大阪証券取引所に引き継がれ、次の取引から日本取引所として統合されることになっていた。経済再建チームが、その管理に参加することになった。

地震の直後から世界の金融市場は大混乱に陥っていた。チームバベルは、ディープソートの学習システムで、突発事項で市場がどのように反応するか、すでに二年ほど掛けて分析していた。その分析結果とほぼ同じ動きが、経済指標の至るところで現れ始めた。

大阪の北浜に移されていた財務省では、チームバベルの経済再建チームのサポートを受けて、世界経済の混乱を避ける必死の努力がなされていた。最初に、円を売る動きが加速した。ディープソートは、それらの動きをほぼ完全に読みきっていた。下降が踊り場に達した時、ディープソートはさらに下降するように誘導し、円売りを加速させた。売り越した時点で、一気に大量の円買いをディープソートが行い、わけがわからず狼狽した市場は、さらに大混乱になった。

世界のディーラーや投資家たちの動向を十分に分析していたディープソートは、その混乱を利用して主導権を取り、為替市場の安定化に向けてコントロールを行った。もともと十分な外貨準備がある日本は、王様ゲームで、使えるカードに不足はなかった。結果として復興に必要な大量のドルを蓄積していった。各国のディーラーたちは、呆然と指標の動きを示すディスプレイを見ていたが、その裏で大きな力が働いているのではないかと疑いを持ち始めていた。

鉄鋼や石油などの資源市場では、狂ったように買い注文が出されて、あっという間に高騰した。憶測はさらなる高騰をもたらし、天井にまで達した。ところがしばらくして、日本からの買いが全くないことに気がついた投資家や市場関係者は慌てた。そして、地方移転や首都圏の改造などのプロジェクトで、日本が復興に必要な資源を十分に確保しているらしいという情報が流れ始めると、資源価格は次第に落ち着いていった。

インフラなど復興に必要な資源を枯渇させて、日本を陥れようとした近隣の一部の国や投資家は、法外に高い大量の資源を抱えることになり、ロスカットして損失を出すか、売れないまま保有することになった。

日本の財務省は、Xデイの公表とともに、大震災に伴う混乱を避けるために、地震発生時には為替市場や株式市場に介入することを、各国の財務機関に伝え、そして協力も依頼していた。

権藤は、チームバベルがもたらした成果に度肝を抜かれた。打つ手がすべてうまくいき世界の経済を自らの手でコントロールする快感に酔っていた。ディープソートのビッグデータの上での統計的学習の威力に感動さえした。学習システムとともに働くプランニングシステムは、学習した知識を組み合わせて、目的を達成する行動計画を作成する。目的を「市場の安定」にしているが、それを「日本の利益を優先」とするとどうなるだろうか。

吉岡は、チームバベルの活動を、仙台のセンターから観察していたが、権藤が打つ策が、本来の目的とずれていることに気がついた。

「権藤さん。ディープソートによる積極的な市場コントロールを終えるときがきたと思う」と、吉岡は権藤に電話をした。

「うまくいっているんだ。止めることはない」と、吉岡の意外なコメントに反応した。

「うまく運べたのは、震災による極端な混乱を利用できたからなんです。ディープソートでも、平時に戻れば今までのようなコントロールはできないし、やっても効果は薄い」

「そんなことはない。大丈夫だ」と、権藤は市場の動きを見ながらいった。

「今は効果があるが、世界各国は、大掛かりな市場への介入やコントロールを日本が行っていることに気がついているはずです。それも強力なコンピュータの支援で。そんな日本の動向の分析もかなり進んでいて、すぐに対策をとると思います」

「そうなのか」

「続けたら輻輳《ふくそう》を起こして、悪くすると逆に市場の混乱を招くと思う。今後は、市場を監視し、異常な動きに対処することに集中してください」と伝え、

「地震の災害も組み入れた、予め作られた東京の再建プログラムがあったからこそできたことなんです。外から見ると社会的にも経済的にも、東京は再建途上で、何も変わっていない。その方針を変えることは想定していないのです」と、吉岡はいった。

「君がいっていたサイバー空間に仮想の東京を作るというのは、こういうことか」と、権藤は、

落ち着いてきた経済指標を見ながら思った。震災で失われた東京は、経済の側面から見ると、大きな損失はなく、何事もなかったかのように活動が続けられている。災害によって被った損害は、その額より大きな需要をもたらし、事業機会を生み出す。予見された災害に対して、建物など物理的な面での減災のための対策だけでなく、経済や社会、文化といった論理面での減災の有用さを思った。

「でも今は第一ラウンド。東京再建に向けて経済、財務面でのコントロールの本番はこれからです」と吉岡がいうと、

「大正関東大震災の後の昭和大恐慌を忘れるな、だな」と、権藤が応えた。

「今後は国内の被害による金融や財務状況の動向にも要注意だと思います」

「もちろん承知している。日銀から、専門家がチームに参加している。彼らが気にしているのはハイパーインフレで、財政出動の時期と規模を、慎重にシミュレーションしている」と、権藤が応じた。

「銀行などが状況を理解して協力してくれれば、混乱もなく、大きな問題はないでしょうね」と、吉岡がいうと、

「そう甘くはない。乗じて巨額の富を手にする輩や為替操作で自国の利益だけを考える国も少なからずある。世界は、日本にそう優しくはないことを忘れないようにしているんだ」と、権藤がいった。

その間に、大量の円を売りドルを買った財務省も、世界経済の安定のために、積極的に為替

介入を行った。やがて乱高下を続けた為替は、震災前の状態にまで戻った。

仙台に置かれたチームパンドラでは、地震の震源域を分析し、予想された規模の地震であることを特定した。そして、チームノアに、今後も余震は続くが、それらの余震では大きな被害はないことを伝えた。

さいたま新都心のチームノアのオペレーションルームでは、地震発生直後から、監視カメラや観測機からの情報、救援・救助の拠点となる消防署や警察からの報告の分析が行われて、被害状況の把握がなされていた。その状況は壁一面のディスプレイに表示されていた。近隣からかき集めた建設工事機材は底をつき、そのスケジューリングもきつくなってきた。

そんな中、九州の建設業者が声をあげた。呉にいた飛行甲板を持つ輸送艦「おおすみ」と数隻の民間の大型フェリーが、多数の建設土木工事用の建設機械を積み込み、関東に向かった。二〇一六年の暮れに起きた博多駅前の陥没を一週間で修復して世界を驚かせたチームだった。その他の地域からも次々にそういった建設業者が被災地に到着し始めていた。その状況は、チームノアの情報管理システムで把握されており、即刻救助活動に反映されていた。

湘南地方は、津波予測が正確だったが、最高で一五メートルに達した津波は、湘南海岸の東側の鎌倉や逗子を中心に防潮堤を越えた。二十分以内とされた避難時間内に避難場所にたどり着いた人は多かったが、逃げ遅れた人も少なくなかった。地震によって倒壊した木造家屋が多く、火災が発生したことも原因だった。鎌倉の文化財でもある寺院の多くは、津波の前に地震動で崩壊した。過去に何度も地震災害にあった鎌倉の大仏は、奇跡的に津波にも耐えていたが、周囲の建物のほとんどは崩壊していた。

相模川の河口付近でも、津波は防潮堤を越えて茅ヶ崎の市街の方に進んでいた。茅ヶ崎市が作成したハザードマップはその状態を想定しており、住民のほとんどは、津波の到来前に避難を終えていた。安全なビルや平地のタワーなどの避難場所では、避難した人たちが、住み慣れた街が、月明かりだけの暗い闇の中で崩れていくのを見守っていた。

海上では、まだ津波が続く中、数隻の巡視艇が海面をサーチライトで照らして、遭難者の捜索と救助を行っていた。3・11東日本大震災では、地域も広くて混乱が大きかったこともあるが、早期の捜索が遅れたことも死者や行方不明者の増加につながったのだろう。

横浜は南部を中心に、倒壊した建物が多く、また火災も発生したために大混乱になっていた。大正関東大震災でも石油輸送パイプの破損で大火災が発生し、横浜の半分程度が火の海になった。今も古い木造住宅の密集地が点在しており、そんな地域で火災が発生していた。さらに内陸部では土砂崩れなどで住宅地が受けた被害は予想を超えていた。飛行艇や輸送ヘリ、消防のヘリは、各地で初期消火に成功していたが、崩壊した都市での地上からの夜間の救援活動は困難を極めた。

明るくなるにつれて全容が明らかになり、メディアから流される情報から、人々は被害の大きさに言葉をなくした。倒壊した建物や火災、津波の被害がメディアによって流され続けた。

密集した都心部では火災や崩壊した建物、電柱が救援活動を阻み、補強工事が完了していた首都高速も崩壊した箇所が少なくなかった。鉄道の被害も甚大で、ターミナル駅などの浅い地下施設では、地面ごと落ち込み巨大な穴になったところが数箇所もあった。次々に流される凄惨な映像に、人々は、3・11東日本大震災の時とは違った、大都市での震災の深刻さを思い知った。

震源域の真上にあった神奈川や房総での被害はかなり大きく、都心も特に西部では火災による被害が広範囲に及んでいた。東京の下町、東部も倒壊被害が大きく、瓦礫の山になっていたが、大火災の被害は比較的少なかった。関東大震災や空襲の経験からの街作り、消防団など地域の協力が功を奏したのだろう。東京湾岸の工業地帯の被害は壊滅的で、高層ビルでも倒壊はないものの、外壁の落下などの被害が見られた。古い低中層ビルの被害は少なくないし、耐震工事がなされているはずのビルで破壊されたものも少なからずあった。

チームノアでは、テストベッドとして実現されていた次世代ネットワーク上での災害救援・救助システムも運用を開始した。各地から報告される救援要請や観測機からもたらされる被害状況を分析し、個々の被害に対してネットワーク上に救援エージェントが作成された。そのエージェントに対して必要な機材や人員、スケジュールをアサインして、可能で有効な救援・救出プログラムを関係部署に通知した。そのエージェントのプログラムに沿って、ヘリやトラックで、必要な建設機材やエキスパートを各地に送り込み、また刻々ダイナミックに変化する救助活動の進捗状況の管理を行っていた。

山城は、改めて初動段階から自衛隊が持っている機能を利用する効果の大きさを思った。戦闘能力では世界第四位とも言われる自衛隊を、時の政権が自由に使っていいわけがない。しかし、武力による攻撃だけでなく、予見された大災害に対して、前もって自衛隊の能力を救助などに利用することを可能にした時限立法が施行されていたことに感謝した。

陸上自衛隊の隊員数は十四万人でプロの精鋭部隊である。各地の基地からは、厳しい訓練を受けたレンジャーたちとともに、施設部隊を中心に首都圏の被害が大きかった地域に展開されていた。その輸送ヘリを中心とした機動力は、初期活動を支えてきた。また、救援・復旧には民間の力の有効な利用も鍵となる。中心になる建設業に従事している人は、ピークの一九九七年の七百万人から五百万人に減少しているとはいえ、早期復旧に必要なプロ集団である。前もってチームノアは業界に対して協力の要請をしていた。

航空自衛隊の航空機の輸送力は並外れている。最新の大型輸送機もその巨体に、救援物資や大型の建設機械を格納し、各地から首都圏の拠点に向けて輸送していた。

その頃、チームノアに、防衛省から偵察衛星の情報として、東シナ海と北海道近海での、艦艇の動きがニュースとして報告されていた。近隣国は、地震対策で手薄になった国境に対して揺さぶりをかけていた。東シナ海には数百隻の漁船がスクラムを組んで押し寄せている。そのあとに戦闘艦も続き、日本の出方を窺っていた。北海道でも、戦闘機と編隊を組んだ偵察機による領空侵犯が頻発していた。

Xデイの発表の後、横須賀から呉や岩国などに一時避難していた米海兵隊と機動部隊は、一斉に日本周辺に展開し、自衛隊の艦船も予定通りの体制を整えて、国境の防御に当たっていた。

すでにアメリカからは、救援のための軍の派遣が伝えられており、事前の計画通りにその受け入れを進めていた。人道的支援、救援は本当に必要だし、一刻を争う救援活動には、強力なアメリカ軍の協力は極めて有益だった。

「チームノアでは、この事態も想定済みだ。海上保安庁と自衛隊は、時限立法に基づいた法律の下で、国境を守るための十分な体制をとっているはずだ。彼らの献身的な努力を誇りに思うべきだね」

「ところがその時限立法には、今になっても野党とメディアは反対している。今後、政権を倒すネタとして利用するつもりらしい」

「時限立法とはいえ、十分な説明なしに、官邸はかなり無理をしたからね。政権のダメージは大きいだろう。総理はそれも覚悟の上だったのだと思う」と、山城はいって、

「我々は、そんな批判は横に置いといて、やらなければならないことに集中だ。チームノアが期待した通りに初動はうまくいっている。まだ救援を待つ人が多いし、復興を急がなければならないところが多々ある」と、そこにいたメンバーを鼓舞した。

夜を迎えて、世界を震撼させた首都圏大震災の一日は終わろうとしていた。都市インフラが失われ、多くの被災者が崩壊した街に取り残されていたし、大勢の帰宅困難者が都心に留まっていた。避難者のあまりの多さに避難所や救護所は混乱していたが、秩序は保たれていた。各

地域で企業や団体を中心に組織されていた消防団は、日頃の訓練にしたがって避難者の整理、救護を行っており、彼らの活躍で多くの人が救われた。チームノアのオペレーションルームも次第に落ち着きを取り戻して、被害の詳細な分析と今後の救助・救援計画を立てていた。

十六　首都圏の復興

地震に見舞われてから二週間経って、首都圏震災での人的、物的被害が公表された。直接の物的被害は金額にして九十兆円で、サプライチェーンの崩壊など間接的な物的被害は百兆円を超えていた。人的被害は、死亡者数がおよそ二万人、負傷者数は十八万人に達していた。Xデイ以降、首都圏を離れた人が少なくなかったが、都心に残っていた人も多かった。また、首都圏のベッドタウンが震源域にあり、時間が夜間だったため、自宅での被災者が多かったと分析された。

亡くなった人数は、二〇一一年の3・11東日本大震災のおよそ一万六千人、一九九五年の阪神・淡路大震災のおよそ六千四百人に比べて、地震の規模と地域の人口を考えると、かなり少なかったといえるだろう。チームノアの山城は、首都圏近くで起こった尋常でない規模のプレート境界地震に対して、人的な被害の少ないことに安堵していた。そしてチームノアが果たした減災、救助活動、特に素早い初動の効果の大きさを思った。しかし人的被害を抑えられたといっても、その甚大さには変わりがない。二万人のうちの一人のことを思うと、まだできたことがあったのではと、これまでを反省していた。

想定以上の災害に備えるというのは空論だが、前もって予見された災害に対して、可能な限り備えることの大切さを改めて感じた。もしも前もって避難がなされなくて、減災の対策もなされず、予想される災害の詳細について人々に周知していなかったら、言われていたように十万人とか二十万人の犠牲者もあり得ただろう。


交通網は、都内では、山手線や私鉄各線など地上の線路は、ほとんどが崩壊しており、早い復旧は困難だった。一方で、深い地下を走る地下鉄の被害は軽微で、早期の復旧が可能とみられた。阪神・淡路大震災では神戸市内の地下鉄は、早い路線で二日後には運転されていた。チームノアは、地下鉄を中心に使える線を優先して復旧し、都心へのアクセスの確保に努めた。

各々の復旧工事に対してエージェントと呼ばれる復旧作業が決まり公表されると、ネットワークで提供される情報を見ていた建築土木事業者の動きは早かった。

ネットワークを介して伝えられる復旧エージェントの情報は、全国の関係する組織で参照され、作業チームが組まれた。そして現地への輸送が困難な場合は、物流企業や自衛隊の機動力が利用された。チームノアのオペレーションルームでは、課題をクリアしたエージェントは終了され、次々に生まれる新たなエージェントに対して、効率的なスケジューリングを行っていた。

救助・救援システムをオペレーションルームで監視しているオペレータは十数人だったが、

強力なコンピュータと情報ベースのサポートを受けていた。ディスプレイに点滅する緊急の支援を必要とするエージェントに、修正された行動計画を送り、必要とされる人員や機材を投入していた。雑多なサポート要求は、それらの関係も含めてシステムによって決められた判定基準で分類されていた。そしてオペレータは、表示されるエージェントの大局を見ながら、救助・救援システムのコントロールを行っていた。

スマホなどの通信手段の復旧は特に急がれた。各地の被害の様子や復旧・救助要請を把握するためにも、また被災者の心のケアのためにも、通信が必要であった。緊急時に対応するために用意されていた移動基地局は容量が十分ではなく、緊急の通話以外は制限されていた。

震災以前に、すでに次世代ネットワークの整備が全国に展開されていたため、ネットワークを利用した情報を自由にやり取りできるユビキタスネットワーク社会は、すでに形を整えていた。被災地では、地下鉄や共同溝など、再建される東京のインフラとともに、災害時に備えた次世代の高速大容量の光通信網も最優先で工事がなされていた。

地震発生から数日経ち、東京と横浜の地下鉄網の八〇パーセント近くが開通していた。駅ビルの損壊などで、使えない駅もあったが、安全が確保された路線から順に運転を始め、都心に留まっていた帰宅困難者は、順次帰宅し始めていたし、震災直後から通常通りオフィスでビジネス活動を開始している企業もあった。次世代ネットワークは、大震災でも各企業の活動を中断させることなくサポートしており、地方に展開した支店や自宅からも業務が続けられた。

生産工場のダメージは、特に湾岸で大きく、製鉄所などは修理しても再起することができないほどの被害だった。それらの多くの工場は数十年以上経って老朽化しており、これまで改修と増築で競争力を維持してきたが、海外の新鋭の工場に伍していくには、それを上回る技術革新が求められていた。

また地震などの災害に対応できるよう、生産工場の分散と近代化も、かねての課題だった。チームパンドラでの震災予測から、震災後の再建は断念せざるを得ないと判断し、震災前から新鋭の工場を地方に建設する方針を立てていた。関東の工場が止まった時、名古屋と福岡で生産をカバーしなければならない。震災前から需給関係を分析し、在庫や輸入の調整を行って、震災時のショックを少なくする努力もなされていた。

墨田区や大田区などに多い熟練工を擁する町工場は、日本の産業の基盤だが、その経営基盤は脆弱で、災害対策も十分ではなかった。そのために、多くの工場が被害を受けて、長期の休業をすることになった。ダメージを受けた工場とその業務内容は、次世代ネットワークの中に存在するコンソーシアム（企業体連合）によって管理されており、技術者とともに生産を他の工場に移管し、カバーするなど、サプライチェーンの確保を行っていた。

従来の災害義援金に代わり、そうした災害からの復興を目指す町工場のコンソーシアムに対しては、公開株などを通して資金提供が全国から行われ、投資家との間で新たなイノベーションを作り出す場として機能し始めていた。

被災地では、崩壊した建造物を撤去したり、新たな都市計画に基づいてインフラの整備が開始されていた。新たな首都圏は、震災前と大きくは異ならないが、人口は、それまでの三千万人から二千万人以下にする方針が確認され、それに従って、交通網、インフラが整備されることになった。殺人的な通勤電車や交通渋滞がない都市にするには、都市の許容量を制限する必要があった。

震災から数週間経つと、地方の被災者住宅に移り住んだ人から、全く知らなかった暮らし方があることを経験して、戸惑いや喜びの声が聞かれるようになった。通勤時間がなくなったこと、自然の中で子供は遊び、野菜も魚も美味しい。それでいて、日々の仕事は東京で行っていることと同じだった。数人でシェアするオフィスには、壁一面にディスプレイが設置され、各地との会議は、臨場感が損なわれることなく行われた。そのあと地方のお国自慢で盛り上がることもあった。

チームバベルでは、震災後も、人と物の動向をディープソートの学習能力を用いて分析していた。震災前は、東京に集中していた経済活動が、震災後は地方に分散されて地方間での経済活動が活発になり、外国に対しても地方から直接経済活動の関係が作られていた。整備されたネットワークは、そうした状況に対応し、さらに効果的にサポートしていた。羽田と成田が数ヶ月機能しないこともあって、それまで閑散としていた地方空港は活況を呈し、港湾もそうだった。

ディープソートは、統計的にそれらの活動と動きを分析して、その結果をもとに、チームバベルの都市計画のエキスパートが日本全体で活動がバランスする条件や環境を検討していた。

その結果が、首都圏の人口は二千万人、東京都の人口は一千万人だった。東京の人口が一千万人だったのは一九六五年、昭和四十年頃である。ベトナム戦争が始まり、朝永振一郎がノーベル物理学賞を受賞、コンピュータの台数は世界二位、巨人の王貞治が年間ホームラン賞、といった時代だった。前年の一九六四年には東京オリンピックが開かれ、いざなぎ景気が始まった頃で、それ以降東京や周辺の町は乱開発され、人口も爆発的に増えていった。震災をきっかけに東京をリセットすると、チームバベルの再建チームは考えたのかもしれない。

東京の復興計画が明らかになり始めると、東京の不動産価値は急激に下がった。人が減るのだから当然だが、街は時とともに変わっていく。都市計画チームは、百年の計に基づく新たな街づくりを震災前から目的としていた。

交通網で深刻なのは、湘南から伊豆半島にかけてで、震源に近かったために被害は甚大だった。大磯辺りでは二メートルほど地盤が隆起し、熱海は十数メートルの津波に襲われ、道路も線路も壊滅状態だった。東海道新幹線は東京から静岡までが不通で、在来線も含めて復旧には二年以上かかると見積もられた。東名高速、新東名高速ともに復旧のめどが立たないほどの被害を受けていた。

西日本への交通手段は、海上輸送と中央高速だけで、羽田と成田が部分的に使えるようになるまでは、東日本と西日本で活動がほぼ分断される形になった。頼りは次世代ネットワークだった。物理的な移動は制限されても、論理的には統合されており、大きな問題はなかった。東西間の物資の需給関係も、前もって予想されていたために、準備はある程度進んでいた。

地震から一ヶ月経った頃、大阪の北浜で、経済の動向の分析を行っていた権藤が、さいたま新都心のチームノアのオフィスに山城を訪ねた。一時は感情が高ぶっていた山城も、もとの穏やかさを取り戻していた。

「チームノアの救援・救助のプログラムはそろそろ終了だ」と、山城がいうと、

「そうだな」と、権藤が応じた。

「このオペレーションルームは、本当に有効に機能した。オペレータも有能だ」

「これからはさらに全体を俯瞰して復興計画を進める必要があるだろう」と、権藤がいった。

「すでに実質的な仕事は、国土交通省と総務省で進めている。近いうちに、このオペレーションルームも国交省が主管することになっている。今後は、我々は元の省庁に戻り、アドバイザーの立場だな」

「そういう意味では、もう少しでお役御免か。今夜、飲みに行くか」と、権藤がいうと、

「そうだな」と、山城は応え、落ち着いてきたオペレーションルームの様子を、目を細めて見ていた。

十七　仙台

仙台は、吉岡にとっては、学生時代の思い出の場所だが、東日本大震災などを経て、新たな

街に変貌していた。さらに震災前に東京から科学技術関係の役所の一部が仙台に移され、いくつかの企業の研究所も東北地方に移転されつつあった。青葉通りの緑は変わらないが、通りには若い人が多く、活気に満ちていた。貧乏学生で、研究以外にあまりいい思い出がない吉岡には、今の仙台はまぶしく思えた。

地震から一ヶ月以上経ち、世間は落ち着きを取り戻しつつあった。広瀬通から国分町通《こくぶんちょう》に入ったところにあるジャズバーで、吉岡たちが企画した裕美のコンサートが開かれた。このコンサートには、木田審議官の名前で首都圏地震対策室のメンバーたちが招かれていた。各地に散っていたメンバーたちが、震災後初めて一堂に会する機会だった。

夕刻のジャズバーは華やいだ雰囲気だった。さいたま新都心に移っていた経産省と国交省から権藤と山城も一緒に現れて、吉岡たちと再会を喜び合った。木田審議官はもっぱら裕美がお相手をしていた。大きな花束を持って現れた小林社長は、ディープソートの開発で苦楽をともにしてきた斎藤マネージャーたちと歓談していた。

やがてステージには、コバルトブルーのロングドレスにブロンドに染めた柔らかな長い髪が似合う裕美が立ち、参加者の今までの苦労をねぎらう挨拶をした。山形に帰っていたアコースティックギターの高田など腕利きのミュージシャンがインストルメントで数曲演奏した。その後、裕美が入り、スタンダードを数曲歌った。そのステージの最後では、ボブ・ディランの「ブロウイン・イン・ザ・ウインド」を疾走感のあるジャズアレンジで歌い、聴衆を楽しませた。そして歌詞を店内のスクリーンに出して、客たちと一緒になり、合唱した。バーの中は笑顔に溢れ、一気に和やかになり、お互いの無事を喜び合ったり、震災後の話で弾んでいた。

やがて、仙台の第二ディープソートセンターで地震観測と分析を続けていた長田と小池も到着した。二人と権藤と山城の間にあった葛藤や確執、様々な思いを超えるには、一杯のシャンパンで十分だった。顔をくしゃくしゃにして再会を喜び合った。

セカンドステージが始まり、裕美は、おしゃれなインプロビゼーションを効かせた数曲を歌った。そして最後に、震災で被害にあった人たちへの哀悼の言葉を述べ、バックにカウントを送った。ルイ・アームストロングの「ホワット・ア・ワンダフル・ワールド」の演奏が始まった。

胸に染み込むような高田のギターのソウルフルなソロに、ピアノとドラム、ベースが静かに加わり、そして、裕美の美しいビブラートをかけた透き通った歌声が、ミュートをはめたトランペットの切ない音色と相まって、ライブハウスは厳粛な雰囲気に包まれた。

聴衆たちの脳裏には破壊された東京や横浜、千葉の街が思い出され、あちこちですすり泣く声が聞こえた。吉岡や長田の目にも涙が溢れた。斎藤もハンカチで目頭を押さえていた。首都圏地震対策室のメンバーは、逃げることができないストレスに耐えながら過ごしてきたこの数年を思い返した。

演奏が終わると、木田審議官がステージに立った。海洋研究開発機構の秋山を始め、対策室に関わった犠牲者の功績と努力を紹介し、それに対して敬意を表した。そして、三年間活動を続けた首都圏地震対策室を二ヶ月後に解散するといい渡した。

コンサートが終わると、吉岡と長田、小池は、裕美を誘って、国分町通から若い人が行き交うクリスロードを歩いた。

「この通りは名掛丁《なかけちよう》と言わなかったかな」と、学生時代を思い出しながら吉岡がいうと、

「ここから駅の方が名掛丁で、ここは昔は中央通といっていた」と長田が答えた。

「ずいぶんおしゃれな街になりましたね」と、小池も感心していた。

「東北沖地震以降、人も多くなり、活気に満ちている」

長田は、慣れた足取りで横丁を曲がり、ワインバーに入った。

みんなが席に着くと、

「俺たちの慰労会だ」といって、ソムリエを呼び、ワインと牛タンなどを注文した。

「僕が学生の頃は、こんなおしゃれな店はなかったし、牛タンなんてなかった。今では仙台の名物とはね。当時はホルモン焼きはあったかな」と、吉岡がいうと、

「仙台の名物になったのは一九八〇年代だと思う。一つの名物で街の印象も変わる」

「東京の機能が各地に移され、定着すると街は変化するでしょうね。それぞれ特徴ある街になるといいですね。誰がそうしたか知りませんが、日本の街はどこも似たような風景になっています。駅前などそっくりです。そして、どこもシャッター街」と、小池がいった。

「仙台は規模は小さいけれど、きれいな街だわ。ライブハウスに集まる人も優しくて、楽しく歌える」

「東日本大震災後、この地域は復興景気で相当良くなった」と吉岡が言うと、

「仙台市が努力した結果だろう。まだ、三陸海岸は復興途上だからね」と、長田がいった。

「ところで、裕美さんは横浜に帰るのかい」と、裕美の様子を窺いながら、吉岡が聞いた。

「生まれ育ったところなので、街が落ち着いたら戻ります」と、裕美が、通りを行き交う人々を見ながら応えた。

「復興する東京も、裕美さんたちが戻ってくるのを待っているはずです」と、小池がいうと、

「チームノアとチームバベルでは、中心部の機能は一年でほぼ復興させるつもりだ。今はまだ余震があるが、六本木もその頃にはいくらか賑わいを取り戻しているはずだ」と、長田がいった。

「近々、日吉のディープソートセンターに戻る。ディープソートの次の研究テーマをスタートさせなければならないんだ」と、吉岡がいった。

「俺もだ。大学の整理も進んで、講義が始まると連絡があった」と、長田がいい、

「海上保安庁と防災科技研は南海トラフに注目です。では今度は東京で会いましょう」と、小池が応じた。

「もちろん私のライブに来てくださいね」と、裕美は、明るい笑顔でいった。

吉岡たちは、笑いながら応じ、彼らの歓談は深夜まで続いた。

長田や小池たちの興味は、すでに政府の地震本部が注目している南海トラフと駿河湾の地震

に移っていた。今回の地震で、多くの学術的な知見を得ることができ、関係者とともに山のような本数の論文を書くことができた。知見が増えるごとに、また疑問と難題も増えていった。

次に起こるかもしれない地震の予兆を捉えるためには、まだまだ途方もない経験が必要なことも理解していた。日本には世界に類を見ない地震観測網が整備されている。日本を取り巻くプレートから状況を伝えるデータが送られてきている。その中から、地殻の奥底からのメッセージを読み解く、そんな使命が地震学者に求められていることを改めて感じていた。

権藤と山城は、行政官として、官僚として十分に活動できたか振り返っていた。初めて知ったディープソートによる情報管理と情報処理の爆発的能力は、期待以上の成果があったし、前もって災害を予見していたことも効果が大きかった。首都圏地震対策室が、一元的に情報管理と意思決定を行ったことも評価された。木田審議官が、危機管理の将来のテストケースとして、この対策室を作った意味も理解していた。そして東京に集中する機能を地方に移転する意味も理解していた。

震災から二ヶ月経ち、首都圏の復興は順調に進んでいた。震災後すぐにチームバベルが設計した新たな東京の姿が公表され、鉄道や高速道路、電気、ガス、水道などインフラの復旧計画も発表された。問題は、首都圏の火力発電所が集まる東京湾岸の被害だった。千葉から神奈川にかけては火力発電所が八箇所あるが、もともと老朽化していた発電所が多いこともあり、ほとんどが壊滅状態だった。

官邸は、エネルギー確保のために、安全性が担保された原子力発電所を全て稼働させることを決定した。震災の後だから、原発を持つ地域住民の激しい怒りを買い、大きな反対運動が展開された。国会での紛糾にもかかわらず、官邸は、首都圏の早期の復旧を優先して原発の再稼働を強行した。

ディープソートを含むスーパーコンピュータを用いた経済再建チームによる努力は、経済システムの崩壊を防止し、安定させた功績も大きかった。しかし首都圏大震災による百兆円をはるかに超えるダメージはあまりにも大きかった。不良貸し出しの防止に伴って銀行の貸し渋りが横行し、政府主導の再建計画が優先されたことも、庶民の不満を煽っていた。

チームバベルが進めていた経済のコントロールも大きな混乱を未然に防いできたが、震災で大きなダメージを受けた経済界の全体をカバーできるはずもなかった。

震災後も、マスメディアの多くからは、地震前から繰り返されていた官邸と首都圏地震対策室の独断と暴走を非難する報道が続いていた。原子力発電所の再稼働の強行、マスメディアに対する情報の隠蔽、特に地震対策として土地収用や自衛隊災害派遣を時限立法で成立させたことは、憲法違反だと激しい論陣を張った。マスメディアの論陣に野党が加わり、政権打倒のキャンペーンを展開していた。地震直後の初動では、情報交換の不備で何件かの事故が起こり、数名の自衛官が殉職したこともあった。それに対して政府要人が「市民でなくてよかった」などと公言したので騒ぎが大きくなった。一部で救援の遅れなども指摘され、いっそう政権への非難が高まった。

そんな世間の様子を見聞きした権藤は、

「これだけの大災害で、被害も混乱も考えられないほど減少させた。そんな官邸の努力を認めて欲しいが、目の前の大災害には、勝てないか」と、ため息をついた。

「しばらくは、皆さんにも耐えていただかなくては。首都機能の分散と、地方の再生が待っているのだから」と、これからの展開を思うと、改めて身が引き締まる思いだった。

Xデイの発表後、政府が行政機能の地方への移転計画を発表していたことが、この地震対策の目的の一つだったことを人々は理解した。それが自分自身に関わっているとなると話は別だった。震災に伴う痛みを政府の責任に転嫁するのは容易だった。

しかし、メディアが報道する災害の大きさと復興事業の困難さに、状況を受け入れる思いも静かに広まりつつあった。次第に人々は、出身地やゆかりのある街への思いを強くしていった。実家がある家族はその地方に移り住み、行政機能が移転する街には関係する人たちが集まり始めていた。

次世代ネットワークに期待するところは大きく、在宅ビジネスの普及が進み、子供の教育も地方の間での差異が少なくなり、自然の中で生活することが推奨されるようになっていった。旅行を兼ねた「試し移住」も行われるようになって、それぞれの地方も特徴を強調して移住を勧めていた。

そして震災から三ヶ月後、人々の批判を一身に受けた政権の支持率は地に落ちて、あえなく解散、総選挙を行うことになった。そうなることを予測していた木田審議官をヘッドとする首都圏地震対策室も解散となり、権藤も山城も、出向元の省庁へ戻っていった。

首都圏地震対策室の業務を支え続けたディープソートは、吉岡と斎藤たちによってシステムの内容が詳細にわたって公表された。量子コンピュータが実用目的で利用されたとして注目を集め、専門誌だけではなく、一般のメディアでも紹介された。

その後、大学などいくつかの研究機関に貸し出されて、その性能の評価を受けた。従来のコンピュータの数万倍速く計算すると期待した人は、単に確率的に解を探索するマシンだと知って落胆したり、安定して使えないことに失望したりした。できることが余りにも限られ、また結果を評価する能力がなければ使えないことなどを理由に、汎用のコンピュータとしては認められないという烙印を押した。吉岡は、そうした酷い評価に怒りを覚えたが、まだ研究開発の途上にあるのは確かだった。

好意的な研究者からは、今後の量子コンピュータへの道を開いたものとして期待する声も少なからずあった。精密な機械設計や給与計算など正確な数値計算には向かないのは当然だが、地球の気候変動などの現象の解明やビッグデータに対する確率的な学習などは今回の試行である程度検証できた。

吉岡たちは、そうした評価を受けることは承知していた。曲がりなりにも使えたとはいえ、吉岡や斎藤の天才的なひらめきがなければ能力を引き出すことはできない。求める量子コンピュータはまだ先にある。

エピローグ

日吉の第一センターに置かれた十六セットのディープソートは、地震の直後からシャットダウンされたままだったが、大きな仕事を終えて、オーバーホールの後、調整に入っていた。久しぶりにセンターに戻ってきた吉岡は、ディープソートの筐体を撫でながら、数年間の狂気じみた混乱を思い返していた。

震災に伴うデータ分析やシミュレーションでは、アニーリングマシンとしてできることは、斎藤たちの天才的コーディング技術でなんとかこなしてきた。それは、まだ未完成のディープソートの試作段階における課題を洗い出す作業でもあった。次々に明らかになった多くの課題をクリアしながら、安定したパフォーマンスを維持してきたが、一方で、吉岡たちがディープソートの研究開発で目指すところは、震災対応ですっかり後回しになっていた。

ますます複雑化する社会を円滑に維持するには、それに対応できる情報技術のサポートが必須である。例えば、人間の能力を超えた移動速度の自動車による事故では、二〇一三年のWHOの報告によると、世界で実に百二十五万人が一年間で亡くなっていた。自動車などの産業に限らず、グローバルに広がった経済も政治も、もはや人の能力だけでは判断もコントロールも難しい世界になっている。現在の情報技術は、その状況に十分に見合っているだろうか。二〇一五年になって人工知能や拡張現実、複合現実そしてディープラーニングといった人工知能に関わる技術が急速に認知され始めたのも偶然ではなかった。

　コンピュータの黎明期であった一九五〇年代は、コンピュータは「人工頭脳」とも呼ばれ、人間と同じように考えるマシンが期待された時代でもあった。一九六〇年代には、そんな期待に沿う研究テーマとして「翻訳システム」の開発が、世界中の研究機関で開始され、日本でも九州大学や京都大学、現在の産総研の前身である電気試験所などでプロジェクトが開始された。しかし、当時の主流のコンピュータは、磁気コアの主記憶の容量は数十キロワード程度で、できることは極めて限られ、ほとんどのプロジェクトは頓挫してしまう。それ以降、一九八〇年代になって人工知能研究が再燃し、翻訳システムは実用化を目指して開発され、そして最近では統計的学習システムに支えられて、性能は飛躍的に向上してきた。まだその性能は十分とは言えないが、統計的学習システムの応用は多分野に広がっている。

　吉岡は、人工知能の父として知られているマービン・ミンスキーが、プリンストン大学の大学院生だった一九五一年に製作した、ＳＮＡＲＣと呼ばれるランダム結線型ニューラルネットワーク学習マシンに思いを馳せていた。まだデジタルコンピュータが登場したばかりの頃に、アナログ回路で挑戦した学習システムのアイディアは、やがてパーセプトロンに引き継がれた。そして、ニューラルネットワークやサポートベクトルマシンを始め、現在のデジタルコンピュータでの学習システムの基盤となってきた。昔の彼のアイディアが研究の世界から出て、実用の場で日の目を見たといえよう。

しかし、デジタルコンピュータで実現する学習システムや人工知能で、未来が開けるだろうか。囲碁や将棋などでは、棋譜を学習することにより、プロ棋士以上の能力を発揮できることが示されてきた。しかし人間の学習能力は、囲碁やゲームなど場面が限られる問題とは比較できないほど深遠である。人は、子供の時に見た蛍が飛ぶ情景をはっきり思い出すことができるし、その情景の中の小屋に意識を集中すれば水車小屋であることを思い出す。頑張れば、馬が二頭いたことなど、さらに詳細な記憶にたどり着くこともある。夢の中での幻想、思いもよらぬ発想、脳の中の細胞とシナプスが織りなす動的に組織されるネットワークは、限りない情報を記憶し、無限の探索ができ、高度な問題解決を行うことができる。ミンスキーが今の世界に生きていたら、どんなアイディアを出すだろうか。吉岡のディープソートは、数値計算を行うデジタルコンピュータではなく、より人間の脳に近い情報処理を行うアナログコンピュータを目指してきた。院生だったミンスキーの時代への先祖返りともいえるだろう。

しかし、なんとか実現できたのは、量子状態の重ね合わせを利用したアニーリングマシンとしての機能であり、量子もつれといわれる量子エンタングルメントは出力機構に利用しているだけで、積極的に利用しているわけではない。不確定性原理に支配される量子力学の世界に、少し踏み込んだだけである。次に向けて、どれくらい知見が得られたのだろうか。吉岡は、目指す量子コンピュータの新たな概念について、斎藤たちと議論を続け、構想を練っていた。

世界の研究機関による量子コンピュータの研究・開発は、それぞれのチームで、異なったアプローチによって不断の努力が続けられ、まだ見ぬ次の情報技術を目指して研究はますます加速している。日本でも大学や公的機関の研究所、民間企業でも盛んに量子コンピュータの研究開発が行われており、これからの持続可能な社会と地球環境を維持するために不可欠の技術とみなされている。

長田は、震災で壊れた研究棟の修復を終えた大学の研究室で、関わって来た研究者たちとこれまでの経過を含めて論文にまとめていた。地震の予知から地震が発生するまでの観測、分析を、関係した研究者とともに、これまでの活動を振り返って再検証を行っていた。首都圏地震の予兆は、長田が思い描いていたプレート境界のアスペリティと間隙水圧の仮説とかなりの部分合致していたために、たまたま運よく発見できたものだった。この仮説は、この地震で一層多くの研究者によって支持されたが、間隙流体の物理的性質もプレート境界の状況も、ほんの一端を捉えただけだった。長田たちの研究論文は、政府の地震本部の研究会で紹介され、研究者の間で熱心な議論がなされた。その議論をもとに、予想される南海トラフ地震に備えて震源域における観測体制の強化の方針が確認され、観測方法の多角化の方針も認められた。首都圏地震の規模をはるかに上回り、広域にわたって被害が予測されるために、いっそう精密な分析と観測、シミュレーションを行うことも確認された。

プレート間の間隙流体は、日本近海に眠るレアメタルやメタンハイドレートなど地下資源の生成にも深い関係がある。地殻の高温高圧下で超臨界流体の状態にある水の物理化学的な特性の解明も十分ではない。超臨界水は酸化力がきわめて強く、腐食しにくい白金や金、タンタルまで腐食させる。また気体と同様にほとんど粘性がなくなった超臨界水はどこにでも入り込む。

地殻の中では、水の持つ神秘的な特性が、どのように作用しているのだろうか。長田は、地殻深くで起こっている現象を想像して、新たな仮説に結びつけようとしていた。

　地球物理学者は、観測データから仮説を立案し、それを観測や実験で検証していく。しかし完璧な証明ができるほど充分な観測データが得られるわけではない。そのため数学のように、完全には帰納的な証明ができない。観測されたデータから、地球内部で起こっている現象を読み解くが、それには、時には大胆にして理にかなった仮説が必要になる。数理科学が専門の吉岡は、地球物理学者は科学分野でわずかに残されたロマンティックな冒険者たちだという。長田も、地球物理学者は勇敢な冒険者であれと思う。


　研究室のディスプレイには、今も各地で発生し続けている地震の震源の位置と規模が、日本地図の上に示されていた。両手を頭の後ろで組み、次々に現れては消えていく震源の表示を目で追いながら、「そうだ。ロッククライミングに行こう」と思った。岩肌の冷たさを感じながら、垂直の壁にトライする自らを想像して、日本地図の上で好みの壁を探した。

「やはり剱だな。吉岡と二人で行こう。剱沢から平蔵のコルに出て、剱岳南壁を登攀する。真っ青な空に向かって切り立つ明るい壁に、真っ白なロープが伸びる。軽快に宙を舞うように登るんだ」

　そんなことを思いながら、椅子の背もたれに体重を預け、目を閉じ、やがて静かに眠りについた。

あとがき

東京を中心とする首都圏は世界でも有数の経済規模ですが、その首都圏が位置する場所は、北米プレートの下にフィリピン海プレートが沈み込み、さらにその下に東側から巨大な太平洋プレートが沈み込んでいる、過去にも繰り返し大きな地震による被害を受けてきた危険なところです。

この小説で述べた首都圏大震災の話は、最新の研究を参考にしているとはいえ、具体的な兆候や根拠があるわけではありません。しかし危機管理の点からは、首都圏に政治経済活動や文化活動、教育研究活動が一極集中している状況はできるだけはやく改善することが望まれます。

現在、地震に対する日本の備えは、政府の中央防災会議や地震本部を中心に活発になされています。それにより、例えば、世界に類を見ない規模で観測網が整備され、地殻の構造やプレート境界での滑りの挙動が次第に明らかにされています。まだ地震の発生を予知するまでには至っていませんが、本書では地震の発生メカニズムの解明に向けた研究者たちの努力の一端も紹介しました。日本の周辺の海には豊かな資源が埋蔵されています。そのような資源の生成にも、地震を起こす原因であるプレートテクトニクスが関わっています。地震の研究とともに地球の内部の研究がさらに深まることを期待します。

また、そうした大規模な研究を支えるには強力なコンピュータが必須です。スーパーコンピュータの進化とともに、現在、研究開発が世界中で盛んになっている量子コンピュータがその候補です。ここでは、将来実用化するであろう量子コンピュータを想定して、地震予知に用いられる状況を考えてみました。ここで取り上げた量子アニーリングマシンも理論的な背景は十分に解明されておらず、その実現には課題も少なくありませんが、将来の情報技術を制するかもしれません。この分野の基礎研究から応用まで幅広い研究開発が望まれます。

最後に、この小説の骨格となったプレート境界地震を引き起こす間隙水圧の最新の研究の紹介、および小説の内容に関して専門的な検証をしていただいた長谷川昭東北大学名誉教授に謝意を表します。なお長谷川名誉教授は、地震学での功績により平成二十九年度の恩賜賞と日本学士院賞を受賞されています。また、本書の刊行に当たっては、他にも数多くの方々にご指南をいただきました。本当にありがとうございました。

二〇一七年十二月

牧野武則

参考文献一覧

量子コンピュータと情報技術について

西野友年『今度こそわかる量子コンピューター』講談社（２０１５）
西野哲朗・他『量子計算』（ナチュラルコンピューティング・シリーズ第6巻）近代科学社（２０１５）
古澤明『量子もつれとは何か「不確定性原理」と複数の量子を扱う量子力学』講談社ブルーバックス（２０１１）
西森秀稔・大関真之『量子コンピュータが人工知能を加速する』日経ＢＰ社（２０１６）
西森秀稔「量子アニーリングとＤ-Ｗａｖｅ」（「情報処理」２０１４年7月号別冊）（２０１４）
小川一水・柴田勝家・野尻抱介『ＩＬＣ／ＴＯＨＯＫＵ』早川書房（２０１７）
内閣府「エクサスケール・スーパーコンピュータ開発プロジェクト」の概要　http://www8.cao.go.jp/cstp/tyousakai/hyouka/haihu103/siryo6-2a.pdf
総務省総合通信基盤局電気通信事業部料金サービス課「次世代ネットワーク（ＮＧＮ）について」　http://www.soumu.go.jp/main_content/000486115.pdf

プレートテクトニクスと断層について

山崎晴雄・久保純子『日本列島１００万年史　大地に刻まれた壮大な物語』講談社ブルーバックス（２０１７）
小田原啓「かながわ露頭まっぷ～『神縄断層』」（神奈川県温泉地学研究所「観測だより」第58号）（２００８）
柴田健一郎「自然観察会『城ヶ島の地層』開催報告」（「地質ニュース」６５３号、66～67頁）（２００９）
神奈川県立博物館『南の海からきた丹沢―プレートテクトニクスの不思議』有隣新書（１９９１）

海上保安庁海洋情報部「南海トラフ巨大地震の想定震源域で、海底の詳細な動きを初めて捉えました」www.kaiho.mlit.go.jp/info/kouhou/h27/k20150818/k150818-1.pdf
メタンハイドレート資源開発研究コンソーシアム「メタンハイドレート資源開発研究コンソーシアムについて」http://www.mh21japan.gr.jp

プレート境界間隙水圧とスロースリップについて

長谷川昭・佐藤春夫・西村太志『地震学』(現代地球科学入門シリーズ第6巻)共立出版(2015)
長谷川昭・他「沈み込み帯の地震の発生機構—地殻流体に規定されて発生する沈み込み帯の地震—」(「地學雑誌」121巻1号、128〜160頁)(2012)
八木勇治・菊地正幸「地震時滑りと非地震性滑りの相補関係」(「地學雑誌」112巻6号、828〜836頁)(2003)
鵜川元雄・小原一成「関東地方の火山フロント下のモホ面付近に発生する低周波地震」(「火山」38巻6号、187〜197頁)(1993)
ウェスト・マリン著、戸田裕之訳『水の神秘』河出書房新社(2006)
国立研究開発法人防災科学技術研究所「沈み込むプレート境界の浅部から深部にいたる3つの異なる『スロー地震』の連動現象の発見」http://www.hinet.bosai.go.jp/press/NIED_press.101210/

関東大震災について

吉村昭『(新装版)関東大震災』文春文庫(2004)
「災害教訓の継承に関する専門調査会報告書　平成18年7月(1923関東大震災)」内閣府防災情報のページ
http://www.bousai.go.jp/kyoiku/kyokun/kyoukunnokeishou/rep/1923_kanto_daishinsai/index.html
武村雅之「元禄地震(1703年12月)」内閣府広報誌『ぼうさい』平成26年春号 http://www.bousai.go.jp/kohou/kouhoubousai/h25/74/past.html

地震の観測について

川勝均編『地球ダイナミクスとトモグラフィー』(地球科学の新展開1)朝倉書店(2002)
中原恒解説「地震波干渉法　その1　歴史的経緯と原理」(『地震　第2輯』68巻4号、75〜82頁)(2015〜2016)
白石和也・他「地震波干渉法概説」(『地學雑誌』117巻505号、863〜869頁)(2008)
中島淳一・長谷川昭「地震波トモグラフィでみたスラブの沈み込みと島弧マグマ活動」(『地震　第2輯』61巻Supplement号、177〜186頁)(2008〜2009)
岡部靖憲『実験数学―地震波、オーロラ、脳波、音声の時系列解析』朝倉書店(2005)
宗田靖恵・松澤暢・長谷川昭「レシーバー関数による東北日本弧の地殻・最上部マントル速度構造の推定」(『地震　第2輯』54巻3号、347〜363頁)(2001〜2002)
アーポ・ビバリネン他著、根本幾・川勝真喜訳『詳解　独立成分分析　信号解析の新しい世界』東京電機大学出版局(2005)

政府地震本部について

地震調査研究推進本部事務局「地震調査研究推進本部の紹介」http://www.jishin.go.jp/about/

地震調査研究推進本部「塩沢断層帯・平山―松田北断層帯・国府津―松田断層帯（神縄・国府津―松田断層帯）」http://www.jishin.go.jp/main/yosokuchizu/katsudanso/f036_shiozawa-hirayama-kozu.htm

地震調査研究推進本部「相模トラフ」http://www.jishin.go.jp/main/yosokuchizu/kaiko/k_sagami.htm

中央防災会議について

丸谷浩明、指田朝久編著『中央防災会議「事業継続ガイドライン」の解説とQ＆A―防災から始める企業の事業継続計画（ＢＣＰ）』日科技連出版社（２００６）

東京都防災会議「首都直下地震等による東京の被害想定報告書」東京都生活文化局広報広聴部都民の声課（２０１２）

中央防災会議　首都直下地震対策検討ワーキンググループ「首都直下地震の被害想定と対策について（最終報告）（別添資料４）首都直下のＭ７クラスの地震及び相模トラフ沿いのＭ８クラスの地震等に関する図表集」平成25年12月 http://www.bousai.go.jp/jishin/syuto/taisaku_wg/pdf/syuto_wg_siryo04.pdf

陸上自衛隊「災害派遣の仕組み」http://www.mod.go.jp/gsdf/about/dro/index.html

大震法（大規模地震対策特別措置法）について

大規模地震対策研究会『詳解　大規模地震対策特別措置法』ぎょうせい（１９７９）

震災対策研究会『宮城県沖地震と大震対策―大規模地震対策特別措置法の概説』全国加除法令出版（１９７９）

電子政府の総合窓口「大規模地震対策特別措置法（昭和五十三年法律第七十三号）」 http://elaws.e-gov.go.jp/search/elawsSearch/elaws_search/lsg0500/detail?lawId=353AC0000000073&openerCode=1

研究機関について

国立研究開発法人　防災科学技術研究所（ＮＩＥＤ） http://www.bosai.go.jp

海上保安庁海洋情報部 http://www1.kaiho.mlit.go.jp

国立研究開発法人　海洋研究開発機構（ＪＡＭＳＴＥＣ） http://www.jamstec.go.jp/j/

気象庁「地震・津波と火山の監視　地震・津波の警報と情報」 http://www.jma.go.jp/jma/kishou/intro/gyomu/index919.html

本書は書き下ろしです。原稿用紙456枚(400字詰め)。
この作品はフィクションです。実在の人物や団体などとは関係ありません。
JASRAC 出 1801143-801

著者紹介

牧野武則

Takenori Makino

1944年生まれ。東邦大学名誉教授。京都大学工学博士。大阪市立大学理学部卒業、東北大学大学院修士課程にて、地球物理学を専攻。日本電気株式会社(NEC)でコンピュータと機械翻訳システムの開発に携わった後、東邦大学理学部にて人工知能や自然言語処理の研究を行う。

首都圏大震災

2018年2月20日　第1刷発行

著　者　牧野武則
発行者　見城 徹

GENTOSHA

発行所　株式会社 幻冬舎
〒151-0051　東京都渋谷区千駄ヶ谷4-9-7

電話　03(5411)6211(編集)
03(5411)6222(営業)
振替　00120-8-767643
印刷・製本所　図書印刷株式会社

検印廃止

Printed in Japan
ISBN978-4-344-03258-3　C0093
幻冬舎ホームページアドレス　http://www.gentosha.co.jp/

この本に関するご意見・ご感想をメールでお寄せいただく場合は、
comment@gentosha.co.jpまで。